Postcolonial Affairs of Food and the Heart

後殖民食物與愛情

也斯

後殖民食物與愛情

Postcolonial Affairs of Food and the Heart

by
Leung Ping-kwan

OXFORD
UNIVERSITY PRESS

Oxford University Press is a department of the University of Oxford.
It furthers the University's objective of excellence in research, scholarship, and education by publishing worldwide. Oxford is a registered trade mark of Oxford University Press in the UK and in certain other countries

Published in Hong Kong by
Oxford University Press (China) Limited
39 Floor, One Kowloon, 1 Wang Yuen Street, Kowloon Bay,
Hong Kong

First Edition published in 2009

This Second Edition published in 2012

7 9 10 8 6

後殖民食物與愛情

也斯
(梁秉鈞)

Postcolonial Affairs of Food and the Heart
Leung Ping-kwan

ISBN 978-0-19-398722-7

目錄

後殖民食物與愛情

一

黃昏時分許久不見的阿李拐進我的酒吧，手裏拎着從下面卑利街街市買來一袋叫不出名字的水果。他坐近酒吧櫃圍，剝開狹長的棕色果殼叫我試味，一邊說許久不見了，甚麼時候大伙兒一起熱鬧熱鬧，要不就趁我生日快到了，在那天一起聚首吃頓飯。我試着這怪果子，覺得味道還有趣，核大殼脆，果肉味道有點像曬乾了的龍眼肉，形狀像豆莢那樣是一彎新月，叫人疑心是荷蘭豆跟龍眼雜交以後的私生子。我這麼大一個人，過去一直沒有做生日的習慣。大概因為當年父母偷渡來港，我是私家接生的，連出世紙也沒有。長大以後去領身份證，看不懂英文，就把當天的日期當生日寫上去了。家裏提的是中國陰曆的日子，身份證上是應付官方的虛構日期，還有阿姨後來替我從萬年曆推算出來的陽曆日子，我備而不用，也沒有真正核對過。就這樣三個日子在不同場合輪番使用，隨便應付過去，倒也適合我散漫善變的個性。

前年我的酒吧開張不久，大伙兒晚上聚在一起喝酒聊天，不知怎的說起原來在大學教書的老何跟我同一天生日（即是說跟我三個生日的其中一天相同），結果後來就在酒吧裏搞了個生日派對，各人帶來不同的食物：中東蘸醬、西班牙頭盆、意大利麪條、葡式鴨飯、日本壽司。伊莎貝帶來兩瓶難得的佳釀，是她新婚時在葡國酒區試酒的收穫。老何沒有女朋友，他帶來大學的同事、美國人羅傑。我還請來了有名的前輩食評人薛公，在他的領導下，我們在不能舉炊的酒吧裏弄出了熱辣辣的夫妻肺片、甚至誇張地用油鍋燒出了糯米釀豬腸。白天髮廊用的洗頭盆正好用來洗菜，風筒用來烤魚乾。這些誇張的食物配合回歸前歇斯底里的氣氛，一方面是民族氣節高昂的電視愛國歌曲晚會，一方面是蘭桂坊洋人頹廢的世紀末狂歡，不是只有明天就是沒有明天，好像這明天就是日曆上一個印成紅色的日子，代表了某些偉大事物的誕辰或是死忌。我想那是日子崇拜。我對甚麼大日子都無所謂。但在那段日子裏我們也不能倖免地大吃大喝，荒腔走板地亂唱一通，又戀愛又失戀，整個人好似處於一種身不由己的失重飄浮狀態。

翌日醒來，我發覺頭痛得厲害，我只好在髮廊的門口掛上「休息一天」的牌子。整個早上只覺得口渴，好似是永遠沒法止住的渴。我到處找水喝，嘗試在騷動過後從頭收拾舊山河，重新去過新日子，結果卻只是一片空虛。櫃裏的好酒不見了幾瓶，禮物還未有機會收好，也不知放到哪裏去了。在這個空盪盪的髮廊酒吧裏，我覺得自己也是空空的，不知用甚麼才能實實在在把一切填滿。在這種狂歡過去以後的「產後憂鬱症」裏，我開始對於搞派對這一類事情，有一點意興闌珊了。

現在在這生意冷清的酒吧裏，聽他再提起生日派對，我不禁想起之前那些瘋狂派對，好似只剩下凌亂的影子。生活迫人，我們一群朋友也的確好久未曾聚首了。阿李提議去屈地街「地痞」小店釗記。我剛去過一次，食物夠鑊氣，就嫌師傅下味精手重了，我回來後整晚要不停喝水。還有那兒地方骯髒，而且只有圓凳，連有靠背的椅子也沒一張，我說。伊莎貝去了越南，我不能想像貴婦人或是新潮女子瑪利安會願意在那兒獃上一刻。可是為了你們，她們都願意去呀，阿李說。原來他跟她們說過了。好似大家想回到過去一段比較開心的日子。再多說幾句，我就明白過來，整件事敢情是瑪利安發起的。我跟瑪利安也有一段日子沒見面了。

我記起瑪利安第一次來洗頭。她倒過身仰臥在磁盆上的臉孔看來像個成熟婦人，真人平常的樣子卻像個女孩，是個奇異的混合，我永遠沒法猜透她的年紀。她告訴我在半島工作。沒想到這麼年輕，已經在香港歷史悠久的酒店位居要職。可是她似乎並不知道日軍侵略九龍時，英軍如何以那兒為戰時總部，在天台上架起高射炮俯臨長長的彌敦道。她倒轉的眼睛瞪得大大的，好像在聽神奇的天方夜譚，倒轉的嘴巴張開來：「你説話真像我老豆！」我不知道這是恭維還是嘲笑。

其實我當然沒趕上那個時代，我是從教歷史的老何那兒知道這些軼事的。老何有一把有性格的頭髮，近年開始脱髮了，他不得不接受這歷史的必然。我認識老何多年，也看着他走下坡。由於工作的關係，我每天會接觸各種各樣不同的頭髮：暗啞的、光澤的、油膩的、有層次的、有份量的、硬得像鐵擦的、柔軟得像絲綢的、刺蝟或是狐狸、鞋刷或是麵餅……但它們跟它們的主人未必有一種直接反映的關係，即是説，富家小姐未必有一把豐澤的頭髮，大學講師未必有一把學術性的頭髮，而建築師也就未必有一把建設性的頭髮。對，我在報上撰寫專欄，由髮式説到時裝和飲食，現在也開始有不少讀者。老何太執著了，老要談嚴肅問題，結果弄得報紙也不要他寫；我倒是開始執筆寫專欄，寫起我自己的故事來。我在唸書的日子也曾舞文弄墨，隔了多年再拿起筆來，愈寫愈順利。倒是老何的文字變得糾纏不清。他好似覺得愈來愈難面對種種說不清楚的人和事，像面對打了結的團團頭髮，不知從何開始。

我和瑪利安是從頭髮開始，也可以說是從飲食開始，如果不是從飲食結束的話。第一次洗頭，我們已經發覺彼此對飲食有一種瘋狂的愛好。不僅是喜歡吃喝，而且是喜歡到處尋幽探秘找好東西來吃，還要好似集郵或搜羅舊版唱片的發燒友，與同好交換情報。當她說起很可惜現在再也吃不到禾花雀了，我說不是呀，最近我還吃過。她喃喃自語說：不對，不對，我爸爸說今年沒有禾花雀運來香港了，可能以後也吃不到了。我向她保證，我可以帶她找到禾花雀，就是這樣，我們約了一起去吃禾花雀。

我們第一次約會完全沒有鮮花和燭光，與其說是男女約會，不如說是兩個老饕的飲食心得交流。在大喜慶那樣的舊式茶居裏，穿着 Jil Sander 的瑪利安也可以如魚得水。周圍都是上了年紀的商家，或者一家人攜老扶幼，在這鬧哄哄的氣氛裏我們打開帶去的紅酒，瑪利安的口味像個老頭子：禾花雀、金銀膶、冬菇、魚翅……我納罕口味是怎樣形成的？她告訴我她父親怎樣講究飲食，每次她回去吃飯他都要弄出一整桌的菜，賣弄他的廚藝。出外上館子，他的嘴夠尖，甚麼都逃不過他的法眼，而他説話又不容情，可以整碟菜叫人端回去；鼻孔裏哼一聲：「這樣的菜也可以吃？」這晚上每次當瑪利安説這菜炒得鹹了點，我就彷彿感覺老先生的幽靈來回在我們頭頂盤旋。

瑪利安説，即使她後來在法國讀酒店管理的時候，她父親還是不斷給她寄去一箱箱食物。她早年幾次不成功的戀愛，也都似乎與食物有關。她記得早年跟一個對象鬧翻的原因，是他提議去吃麥當奴。站在路中央，她瞪大了眼睛：「呀，唔係吖嘛？」然後就掉頭而去了。最近一次經驗是在日本餐廳裏，她上一任男友的選擇出了問題。當她覺得整桌人盡在讚美平庸的壽司，忍不住拿起手袋穿上鞋子推門就走。那個可憐的男子至今還沒弄明白分手的真正原因。

我其實也沒法理解瑪利安判別事情好壞的標準是怎樣形成的。不過她似乎對禾花雀的印象還好，也許是我帶的波爾多還可以，儘管我整晚不時感覺老伯的挑剔隨時要從這年輕美麗的女子口中吐出。幸好她興致高昂，尤其知道我晚上兼營酒吧，雀躍不已，一定要回去看看那地方晚上的另一副面貌。當她看見白天做頭髮的髮廊在晚上改頭換面，理髮的大鏡貼牆靠邊站，在昏暗的燈光中映照瓶瓶佳釀暗紅梨渦，她在鏡中回望我，彷彿突然發現了青蛙的我原來是一個王子，她回頭溫熱的面頰猶似吻了我的臉。不知誰違例開了牆角的電視，我也懶得去維持我自己定下的規矩。好像有煙花慶典，幸好沒有聲音，我只是不時從字幕上看見有人在高歌血濃於水的愛情、千萬年的愛情、母親的愛情。我並沒有因為這些無聲而失常的激情分心，我們還是一本正經繼續談論食物，試了一瓶又一瓶我私下的收藏。我隱約感覺客人逐漸散去。但我實在記不起發生了甚麼事。我只知道翌日早上醒來，發覺兩人赤裸睡在牀上，本來好似毫無關連的兩個人，現在我的胸膛感到她的呼息，她的手擱在我腰間，但我卻記不起做過甚麼事。我感覺她緩緩醒轉過來，我有點尷尬地嘗試去面對那瘋狂夜晚翌晨的日常生活。

二

我第一次跟世伯見面，心中不無緊張。世伯穿得西裝畢挺，教我覺得自己特別隨便。我提議約在中區酒店新開的法國餐廳，一來我過去在倫敦試過同名店子覺得不錯，瑪利安還未試過。約了以後瑪利安才告訴我：她父親退休前有一段長時間在這酒店工作，現在還不時提起過去輝煌的日子。我想既然有這重感情的聯繫，那豈不更好？我們通常都會忠於昔日的記憶，有了這重關係，或許會少一點挑剔？

瑪利安介紹我的時候，我隱約感覺她想強調我是酒吧主人的身份，而隱藏了我是髮型師的身份。好像我是蝙蝠或甚麼會變形的怪獸，有一部份特性不便在人前提起。我還以為她喜歡我是入水能游出水能跳的青蛙呢？

我很快發覺，即使一同坐在這餐廳裏，彼此想的大概也是不同的東西呢！瑪利安懷念巴黎的酒和乳酪，還說起最近在西班牙吃到的火腿和香腸；我想到的是在倫敦讀髮型設計那段日子中，最先是在唐人街吃中菜，逐漸大膽去試倫敦的新餐廳。記得還是伊莎貝介紹我到海德公園附近試食 Vong 那所別有風味的 fusion 餐廳；而世伯這位在東方之珠五星級酒店掌管飲食多年的一朝重臣，則當然在回憶昔日的光輝了。

他還記得酒店在六三年建成的風光。就在我們坐的不顯眼的座位背後，他記得頂樓的泳池拆了又建。他記得前朝那高貴的暗綠色的法國餐廳 Pierrot ——原來現在我們坐的地方不過是當時的廚房？即使向窗外遠眺，穿過穿着鮮艷顏色旗袍的陳方安生和外國客人那一桌望出去，雖然依稀可見海港繁華的燈光，但也彷彿盛時不再：室內嘈吵了一點、人客隨便了一點，酒杯上少了印好的字母，連侍者倒酒的手勢也沒有那麼熟練。對於懷念昔日精英風範的世伯，總好似甚麼都差了那麼一點點？

我沒有那樣的緬懷。我不像瑪利安，我童年是在街頭「打波子」的骯髒街童，童年的夏天沒有在這頂樓的泳池度過，我沒有在貴賓廳裏嚐特別炮製的羊扒、沒有因為酒店附設餅店裏美味的巧格力餅吃壞了牙齒。我想世伯告訴我，食物和風俗是如何逐漸轉變的？

世伯正在解釋為甚麼酒杯上沒有了字母。世伯的頭髮梳得光滑，尖挺的鼻子和銳利的嘴唇顯出他的精明。他在酒店這行業做得夠日子了。他沒有甚麼是不知道的。他不點名地提到關於採購和消耗的問題。當然還有管理的問題。某間酒店負責採購和飲食的三巨頭不是富起來了？

世伯是有所不為的前輩。我想追問的是……我想追問的是甚麼呢？我想知道多一點這地方過去的歷史。我想知道有甚麼皇親國戚住過一個晚上、有甚麼達官貴人在這裏大排筵席，然後，萬紫千紅，而今都過去了？不是的。我沒有那樣的懷舊心態。我不同意一位駐港日本女記者流行專欄裏的誇張觀察：她有一天看見這兒一位女侍應生半脱了鞋子，由此就推論出香港的生活素質從此開始下降了！不是這樣的。我想通過這地方去認識自己沒參與過又隱約跟自己有關的那部份歷史吧！總之，沒有這麼容易解釋一切的公式。又或者説：貴族特權的地方已經開放，特殊空間已成為一般人民的地方了？其實也不是這樣的。

我看着舉座的中環食客：優皮與高級行政人員。我選擇這兒是想在這兒找到另外一點甚麼？只記得當年在倫敦，跟伊莎貝在那間 Vong 原店裏好像嚐過一碟碟別有滋味的食物。是法國烹飪和泰國調味美妙的結合，令我感到，東西方文化融合在一起是可能的。好似是用冬陰功湯做了醬汁，好似是法式酥皮做了東方食物的衣裳。不，我記不清楚了。但我很想尋回那感覺。我記得那是清新美妙的滋味，好像偶然還會在口腔裏飄過。抑或那只是我錯記了幻想？為甚麼我老是忘記了，説不出來？

吃一口眼前這米通餅，蘸着輕淡的咖喱花生醬（我想像：至少也該混和了火腿蒜蓉和白酒做調味？）我記得當年外國吃過的 Vong 比現在這同名的 Vong 更美味。不要以為世伯可以給我提供答案。我猜錯了，他顯然對眼前這銀盆裏贈送的民俗小食不感興趣。（也許他心底裏覺得這其實不過是花生那類粗東西？）他説得眉飛色舞的，到底還是傳統的鮑參翅肚。他正在說，他總可以辨認怎樣才是好的魚翅，怎樣才是好的鮑魚。他在說吃螺片，雙手從空氣中切出那麼幾片，挺隆重的東西。老實說，我從來未吃過，不知道是甚麼、也無法想像那排場。為甚麼要多幾個伙計站在背後，服侍多幾個老闆一起趁熱吃？

世伯沒有理會我們，他大概覺得米通餅也吃得上口的大概是傻子。更不用說花錢來吃一個碟子上排那麼幾株菜幾顆豆的新派菜（像他引用的老友食評人說的那樣），不簡直就是無聊頂透？我不敢想像他腦裏怎樣想。我又一次弄錯了：弄錯了對象、選錯了食肆，我老是犯了這樣的錯誤。

幸好叫的紅酒還可以。「唔，Lussac 聖愛美濃，容易入口，」世伯點頭首肯。他留學法國的反叛女兒、我調皮的瑪利安，在她熟悉的事情上受不了她父親的神氣，跟他抬槓：「這可不是我教你的？」世伯不慌不忙，笑話一句打消這小小的挑釁：「到底是我教你還是你教我？」一下子又爭回了尊嚴。

世伯的權威我們是無法挑戰的。他口袋裏總藏着那麼多歷史。「你說一碟好的滑蛋炒河應該怎樣炒？」這樣的問題聽來有預設的答案，我無謂在不認識的事情上賣弄聰明，還不如聆聽前輩細說因由——那裏顯然有一個故事。唔，那是世伯在中環另一所酒店掌管中菜時的軼事。老闆傅先生對飲食特別講究，有一晚他下去宵夜，叫了一碟滑蛋炒河。你知道，滑蛋炒河是要一條條河粉鋪在鍋上，明火炒至兩面黃才算好，世伯說。但那天晚上，炒的師傅沒留神，端出去，顏色白白的一碟，傅先生一看就有氣，吃了兩箸，放下筷子，叫周師傅出去見他。河粉其實不是大師傅親自炒的，但他也只好硬着頭皮認了。「唉，」世伯說：「他還要口硬，說你傅老闆出這麼高薪請我回來，不光是為了叫我炒一碟河粉嘛。傅老闆當場就臉色一沉，說：叫馮先生明天打電話給我。我打了電話回來跟周師傅說：你就是不懂，請你回來，你就有責任打點一切。事無大小，都同樣重要。愈是像炒一碟河粉這樣的小事，愈是見出真軍！」

我們都給這些軍事詞彙懾住了，不敢多說。權力連起傳統，所向披靡。反叛的女兒當然還可免疫，但也暫時避避鋒頭，任由世伯紳士風度地給我們分頭盆的鵝肝（我當時就特別覺得自己不懂禮儀），說明他反正不欲負荷滿碟的膽固醇。我們也公平地分食主菜：還算可以的鴨胸、太乾的羊肉、不過不失的三文魚。世伯沒有明說，但我想我明白他的意思：還是酒店頂樓過去這兒那所高級法國餐廳「比埃羅」比較像樣。今非昔比了！我吃着肥美的鵝肝，卻總在想：上次在海德公園附近同名餐廳吃過那種薑汁與芒果配合的亞洲味道呢？當時試的菜不就是法國與泰國菜的混合烹飪，為甚麼搬到這兒就找不回來了？那些混合了不同東西文化的食譜，帶着法國風味，又有獨立的泰國的辛辣與尊嚴，彷彿還在我的口腔裏縈繞未散，但它是真的存在過，還只不過是我想像出來的後殖民食物而已？

沒想到連泰國的身份也要被抹煞了。眼前這位女部長微笑着否定我的進食經驗：「我們的不是泰國菜，是新派的法國菜，吸收了廣泛的亞洲影響！」於是本來好有自己個性的泰國，一下子變成廣義的亞洲了。這大概是跟我們身處香港有關吧。泰國變成沒有了在歐洲遠距離所見的神秘異國情調，只是赤裸裸的芭堤雅、陪浴、妓女和愛滋！（那些跟我們以前叫布政司現在叫政務司司長同座的外國客人，眺望窗外港灣的燈火一邊進食，一邊想像的又是一個怎樣的香港呢？）香港這幾十年發展出來的飲食界，強調的往往是法國菜。正如世伯說的：法國菜才能賣錢嘛！泰國菜能賣甚麼錢？而當然，在他心中，法國菜應該是像過去酒店頂樓「比埃羅」那種派頭，又跟他女兒回想的浪漫的藝術家的紅酒乳酪不同。世伯懷念那些銀器亮閃閃的排場，我卻想像亞洲熱帶的芒果混合薑汁粗野的辣味端上枱盆，名正言順地與高貴的鵝肝平起平坐。大家圍坐同一張餐桌，卻是各自想像不同的食物。

那頓飯吃得不算成功。雖然紆尊降貴的世伯未嘗口出怨言，但他的女兒也接收了他隱含的不滿。兩父女在飯後共抽雪茄的時候（瑪利安曾經帶點自豪地說過，父親教她吸雪茄是想她嚇跑所有男子），我就被孤立成為瑪利安過去口中母親的角色、一個不懂飲食文化的平庸婦人，在他們父女奢華的餐飲經驗中一個無話可說的閒角。

在送瑪利安回去的路上，我們不知怎的就吵起來了。我只記得在中環電車路那列名牌時裝店面目模糊的灰黑色模特兒櫥窗外面，瑪利安開始攻擊我的衣着：「你以為這就很時髦了嗎？告訴你，」她拉着我外衣底下的T恤的衣袖，「你在這兒露出了馬腳！」

我很生氣，有一點被出賣的感覺。送她走上斜路，走到大門前面，看她開門進去，我就掉頭離開了。

三

一個星期以後瑪利安若無其事地來找我做頭髮。剪了個愜意的髮型，大家又再開開心心去喝酒了。瑪利安總是知道哪兒有新的玩點，哪兒有新的試食和試酒。那天去的是灣仔一所新開的酒吧，樓上是餐廳，樓下是跳舞喝酒的地方。我受不了樓上那澳洲侍者勢利兼裝腔作勢的模樣，轉往樓下喝酒。我大概有點忿忿不平，還在根據早報最近的報道訴說灣仔酒吧對非白種男性的歧視。他們歡迎亞裔女性，但若是男子，他們就會藉口客滿而把你拒諸門外。真是豈有此理！瑪利安正隨着勁歌扭動身體、全情投入，對我的嘮叨不以為然，只隨口答了句：「這有甚麼出奇？一向都是這樣的嘛！」

瑪利安當時的理所當然教我吃驚。我們還來往了一段時間。即使分手以後，我還得承認，她確是個好玩伴，精力充沛、花樣又多，跟她在一起不愁寂寞。而且她本性善良，又不小器，實在難得。唯獨她對事物好壞的判斷有時近乎武斷、對許多事情的看法不可理喻地固執，簡直就像老頭子一樣。

「那個女人完全不懂乳酪！」就好像有個充滿偏見的百歲老頭附上她身體說話。我以為她說的是誰，原來是她媽媽。每次說起，只是說「那個女人」，好像她說的是後母而不是親生母親一樣。說到過去父親從酒店帶回甚麼美味的食物、或者怎樣在家裏大展拳腳、炮製一兩款美味主菜，她都只是說他們「兩父女」如何享受，如何彼此調笑，而家中母親就總是不懂欣賞，只會享受最普通的自助餐食物，正如一般香港家庭主婦只享受打麻將和八卦周刊一樣。在瑪利安醉後誇張的説話中，我可以想像兩父女吃過鵝肝頭盆、生蠔和羊扒，喝盡瓶中的葡萄酒以後，正一人一根雪茄吞雲吐霧，而在杯盤狼藉的長枱一隅，一個裹在清朝舊衣袍影子中的蒼老幽靈，獨坐一旁吃力地咀嚼鹹魚肉餅和白飯。

我們喝得半醉，趴在櫃枱上看電視。我已經逐步修正了酒吧的規條，從不准看電視到可以看電視，從不准帶食物到可以帶食物，我隨着時勢的變化而逐步接受現實。我記得在倫敦的時候跟伊莎貝談起回來辦酒吧，當時大家趁這機會泡了不少酒館，參考倫敦種種地方作為未來的藍圖。談的是怎樣有風格有品味。我一心想着回來有一個自己的地方，可以工作也可以跟朋友聊天。事情在實行的過程逐漸變得有點荒誕了。到了今天我們結果只是在看電視上的「回歸繽紛 Show」，旁邊兩個年輕男女吃着從隔鄰泰國外賣店叫回來用發泡膠盒盛着的沙爹，滿嘴油光。

「那個女人正是去參加這樣的飲宴！」瑪利安晃着指頭，指着電視上的回歸盛宴酒席。主持人隆重而抑揚頓挫地喚出每一道菜的名字，鏡頭以特寫俯拍，我們則在旁邊跟着起哄：

「嘩！『香江添喜慶！』」

「嘩！『港人共富貴！』」

她母親和同在小學教書的同事們大概也參加了這種不知是教育界或是社團界舉辦的盛宴。那些民族色彩又滿帶吉祥好意頭的菜名令我們捧腹。「九如重展翅」原來不過是紅燒雞絲生翅，而「七一同歡笑」呢？則是發財玉環柱脯。「香江添喜慶」這官方名菜原來是夏果香芹帶子，至於「港人共富貴」的富貴則其實指的是富貴雞。每次弄清楚偉大名堂背後的真相總叫我們忍不住發出噓聲。本來是我們自己熟悉的傳統家常菜，卻因善頌的誇張修辭和相對而來的噓聲，令我們無法不與之疏離了。

那些昨日穿上西式婚紗或西裝、坐上跑車或直昇機，而且還一邊握着手提電話說過不停的藝員們，現在換上唐裝大褂或中山裝，面對一盆盆豐富的菜餚仍然擺出「為食到日本」、「泰國點解咁好玩」那種節目裏的饞相，對着鏡頭擠眉弄眼。香港的藝員總好似有無限的活力，以及永不饜足的胃口。

瑪利安的母親可曾在這樣大大小小的歡宴中找到一個自己的位置嗎？我不知道。我只知道瑪利安已喝得差不多了。她左手一揮，否定了「那個女人」，嘴裏喃喃地說着：讓我們找那幾個法國仔來玩音樂！讓我們現在過海去參加那個 rave party！

「你醉了，瑪利安。」

「我沒有醉！我還可以煮一個『港人共富貴』！」

美子走過來，扶着搖搖欲墜的瑪利安。她們看來好像一對姊妹。

「我順路送你回去吧。」

瑪利安的頭搖來搖去。

這時背後電視裏的油鍋發出響亮的滋滋的聲音。

有人說：「該找美食權威老薛來品評一下這樣煮中國菜是否正宗？」

「他正忙於幫阿李開新酒吧的事嘛……」

我這才留意到阿李他們不在。要由其他人說出來，我才知道他們兩人原來也正籌備開酒吧。地址也定了，就在上一條街道上。奇怪，原來每個人都知道了，就只有我蒙在鼓裏。前個星期我還問剛從日本公司裁員出來的阿李，問他有甚麼打算？他說還未有甚麼決定。為甚麼偏偏要瞞着我呢？現在從其他人的話裏，我才知道他們已經快要開張，而且今晚正是約了伊莎貝去諮詢她訂甚麼酒。難怪最近幾星期閒聊中阿李會有意無意的問這問那。這樣說起來……

「他們的殺手鐧是四川小碟！酒吧裏兼賣中式小吃！細佬，你這次遇到勁敵了！」他們擾攘着離開，國強的分析令我愕然。原來這也可以變成競爭？我感到好似被背叛的苦味了。我們不是朋友嗎？我們不是想有一塊聚首的地方嗎？是甚麼時候，又是甚麼原因，令我們也要彼此拚過你死我活了？

這時從外面湧進幾個人，帶來時而高昂時而沙啞的歌聲，原來是瑪利安的幾位法國朋友。她剛才打電話去找他們來了。他們簇擁着她走往門外。一切不過是眨眼間事。

一下子，整所酒吧安靜下來了。我過了一段時間才習慣下來。後來坐在那邊的羅傑站起來，挑了張卓比察加的爵士樂，然後才再有了聲音。老何老那麼獃獃的坐着，也不知是醒是睡。

本來與瑪利安同來的幾個同事，站起來也要走了，其中阿素聽見音樂又停下來站在那兒，我跟她們聊起比莉·荷里地。

我聽見後面有杯盤的聲音。我回過頭：是美子幫我洗完剩下的幾個杯。

「謝謝你！」

洗完以後她走過來拿起擱在櫃圍的手袋。「我也要走了，」我不明白地看着她。

「我明天飛去新加坡，如果一切順利，我們的公司會搬過去。」她再加上一句：「我夏天要結婚了！」

我有點意外，但也不是太意外。我想到該說點甚麼，就說：「恭喜你。」我停了一下，她沒有說下去，我也沒有問。她是我們之中最成熟的。她一定有她的理由。我相信她的選擇。

她走到老何旁邊跟他道別。他陪她走到外面叫車。深夜的街頭靜靜的，我從玻璃窗望出去，只有斜坡頂一盞古老的路燈，看來也快要熄滅了。

車來了。她上車前緊緊地抱了他一下。他站在那兒，看着車一直駛下路的盡頭，轉過彎消失。店內的人客也要走了。我送大家走出門外。老何離群孤身一人往上路走。眾人四散了。我站了一會，夜有點涼。我轉身走回店裏，把鐵閘拉上。

四

隔了這麼一段時間再跟瑪利安通電話，雖然激烈的情緣已盡，日常對飲食的共同興趣仍然存在。報道了一番飲食近況以後，瑪利安說她本來向阿李提議去意大利川菜館「頂呱呱」，說是近期試過，頭盆尤其不錯。但阿李說我不會喜歡的。我想未必，其實我正是可以喜歡「地痞」的釗記也可以喜歡蘭桂坊坐得比較舒服的外國餐廳。何況瑪利安說，「頂呱呱」沒有酒牌，正好請伊莎貝出主意讓我們買酒帶去，吃過東西不必另找地方，就在那兒可以坐到打烊。我自然改勸阿李說不如就去那兒算了。

到了生日那天（其實我也永遠沒法弄清楚幾十年前我是不是那天出生的），中午瑪利安打電話來向我借鍋子，並且說她們正在做意大利飯，叫我不如一起去吃吧。我帶着鍋子和酒又一次爬上那唐樓樓梯，瑪利安來開門，身上穿着鬼五馬六的彩色和服，頭髮上插着一根筷子，臉上帶着稚氣而捉狹的神色，仍然是那個喜歡發起搞各種各樣古古怪怪派對的瑪利安。

她那兩位在酒店工作的朋友也在，她們說酒店生意不景，工作沒了。近期大家正在研究簡單省錢的食譜，以便共度時艱，阿素的素鵝做得不錯。瑪利安呢，洗乾淨了鍋子，拿出不知是不是她父親大字寫下的食譜天書，切了野菇，依樣葫蘆地做起意大利飯來，其間又不免忘了這樣缺了那樣，最後大家笑作一團，顛三倒四，做出了自己的版本。

吃飯時她們一直在說最近酒店業的生意如何不景，以及餐廳如何推出各種廉價套餐以便招徠顧客。阿素說以前彭定康最喜歡那間意大利館子，現在中午只花百多元就可以吃到意大利式自助午餐了。阿毛說沒有可能吧，這樣一流的餐館……後來她們問我酒吧的生意怎樣，我說今年也不大好，跟初辦時許多浪漫的想法不同，實際維持起來有許多瑣碎煩惱的東西，愈來愈難做了。我也想過結束，不過還是看多幾個月再算吧。

她們離去以後我與瑪利安還再喝光了一瓶。奇怪，幾個月沒見，瑪利安比我原來印象中顯得稚細一點，好似不是一個跑了去聽法國DJ通宵跳舞而可以傷害我的女子，她其實只是一個喜歡不斷搞睡衣派對、火鍋派對的妹妹。由於她是那麼天真，到頭來你接受了她，覺得事情也許就應該這樣，沒有甚麼好分析和批評的了。

我不知怎的睡着了，在夢中有百歲人魔在向每一個人唸咒，老何煮了一頓非蝦非蟹的菜，自己覺得很精采，到處去請人嚐，不知怎的老是沒有人肯嚐……又是飲食的狂歡節，有人派給我一個七彩繽紛的盒子，沿着盒子四邊摸，老是找不到打開的方法、見不到裏面深藏的甚麼，後來我就吃着盒面七彩的光影……

我醒來時瑪利安正坐在牀邊講電話，說的是法文，好似正在談煮湯的材料。我進去洗澡，過了一會，瑪利安推門進來，坐在廁板上繼續跟我討論馬賽海鮮湯該怎樣煮才最道地。

睡過一覺令我覺得精神爽利，晚上大家圍坐一張長桌，我很高興許久沒見面的朋友再聚在一起。阿李和我本來也想過移師別處，因為他對洋菜館做川菜耿耿於懷，我說隨大伙的意思吧。只是大伙的意思也分歧，而且說已約好了一位神秘朋友，沒法再聯絡對方，也就只好算了。

我坐在中間，跟我個性相反的老何坐在我對面。看着席上不同背景的朋友，想到連在飲食的問題上也難有一個共識呢！記得對座的伊莎貝跟我說過：「中國食物這麼美味，如果可以坐得舒服點，好好喝一點酒，不是更好嗎？」的確，跟懂酒的伊莎貝去蘭桂坊試菜，嚐她帶去的佳釀，真是一件美事。但另一方面，我也可以跟饞嘴的老薛阿李去上環或西環的橫街窄巷，在那些破舊骯髒的舊店裏，細嚐快要失傳的廚藝，同樣可以大快朵頤。還有反叛美國菜的美國朋友羅傑、反叛了日本菜的日本朋友美子、不太浪漫的法國朋友、港澳兩邊走的澳門朋友，我們都好似曾在香港尋到我們的地方，有過愉快的進食經驗。但現在連反叛自己日本傳統的出身來愛香港的美子也寧願把製作公司搬到新加坡。這群人要再像以前那樣走在一起就難了，真有一種可以適合這麼多不同的人的食物和食肆嗎？

美艷的貴婦感慨萬千，近月的雞肉、海鮮和豬內臟先後都有衛生問題，這樣不能吃、那樣也不能吃，我們彷彿面對一張塗塗刪刪的菜單、百孔千瘡的現實。我想起來：是了，貴婦家美酒乳酪的派對，也好久沒有舉行了！

遲些時吧！她說。近月的金融風暴、股市大瀉，連貴婦也做了「大閘蟹」。不過今晚朋友難得聚頭，還是嘴角春風，舉起筷子，淺嚐端上來的頭盆三小碟，覺得倒還可以。

我偶然抬頭，看見鏡中的老何。與我同一天出生，好似是我的另一個重像，只不過他卻老是悒悒不歡。我說：「老何，怎麼樣？」他就說：「史提芬，怎麼樣？」好似我們是唱雙簧的。

那邊廂，阿李老薛卻已經開始起哄：「不成，這哪裏是甚麼川菜？」

「哪有人這樣做燈影牛肉的？」

他們是民族主義者，堅持要在蘭桂坊尋找純粹的四川菜。

這邊廂，喝光了伊莎貝帶來的香檳。下面酒吧不見了我們帶去的白酒，伊莎貝下去理論。

原來酒在瑪利安的腳旁忘了交給經理。我拿到樓下，發覺伊莎貝正在櫃圍後面扮演酒保，在群酒林立的酒櫃之前自得其樂。

再上樓，他們已經召來了在廚房裏操勞的四川廚師。是個年輕小伙子，資深食評人老薛正用四川話向他訓示：我們想吃簡單標準的四川小菜。

本田正在開機拍攝這紛亂的戲劇。阿李和老薛輪流盤問這位意大利老闆請回來的中國鄉土廚師。他的口試成績差強人意。

「他們連最基本的郫縣豆瓣醬也沒有！」

「部長還叫我們吃豆瓣東星斑呢！」

貴婦對面的國強從分析特首政績、文化官僚的積習、人心的向背、以及為何他對目前的選舉並不看好等問題停下來，舉起筷子，夾了一箸可疑的乾煸四季豆，放進自己口中慢慢咀嚼。

我們覺得還好，但阿李說：「煸得不乾！」

羅傑像一個沉思的哲學家，夾了一口蒜泥白肉，點點頭說挺好。阿素坐在他身邊，兩人不知怎的談得挺來勁。

「蒜泥白肉無辣！水煮肉片不麻！」老薛的頭搖得像搏浪鼓一樣。

說也奇怪，權威的老薛和阿李變成言論領袖，廚師就像沒有信心的學生，愈批評愈糟糕。起先是議而不決，後來要討好嚴厲的民族主義批評，迎合各方不同立場的檢討，聽從隨口叫出輕浮的意見，把各種各樣的辣味都放進去，結果就真的不能下嚥了。我們自己也對大家種種極端的評論作出反彈爭辯不休。

幸好這時來了轉機：生日蛋糕出場，好似財政預算的好消息那樣光臨。大家的注意力回到我們的快樂誕辰。瑪利安吻了我。還有貴婦人，還有伊莎貝，然後她們又去吻老何……忽然，「神秘嘉賓出現了！」原來是美子從天而降，從機場直接帶着行李回來我們之間！大家起哄：「呵，你終於回來香港了！」她笑道：「不，明天還要轉飛台灣！」

大家擠來擠去，增加座位，又再安頓下來。本來讓美子坐我旁邊，結果卻把她讓到老何那邊，敢情要把她悶死。美子一心飛回來，待會一定要多跟她談談才是。

要切蛋糕了，原來是我喜歡的白乳酪巧克力餅，我很高興不是老何喜歡的黑色苦巧克力。一定是瑪利安的傑作，她知道我喜歡甚麼，剛才下樓時她說要先走一步洗衣服，一定是那時訂的蛋糕！

我和老何一起切蛋糕，彼此各自嘲笑對方的刀法。

瑪利安的法國男朋友也來了，我站起來握手。我們第一次見面，沒有甚麼壞印象。他們真是天生一對，十分登對。這時鄰座一位衣服中間有個洞的女孩子走過來跟我說：「生辰快樂！我是安，我來自澳門，姊姊是陶樂絲，她跟你很熟的……」

「對，不過她移民了。」

「我聽說你的手藝很好，我想找一天來你那兒做頭髮。」

「讓我把電話寫給你。」

她伸出白皙的手掌。我就在那柔軟的手掌上寫下我的號碼。她向我露出一個頑皮的微笑：

「她說你是個回家的浪子！」

我無奈地聳聳肩，回到座位上，環顧兩旁，得意地見到來自不同背景的朋友圍坐一桌，談興正濃，高高興興地把酒也差不多喝個清光了。有些人離開我們到別處生活，又有些新人加入進來。這是個新的時代。事情有時不太順遂。我們對事老是各有不同意見，彼此爭吵不休，有時也傷害對方，但結果又還是走在一起，也許到頭來也會學習對彼此仁慈？目前的處境大家都不怎麼好，夜已深了，望出外面只見一片荒涼蕭條的街景，但我們還是坐在這裏，留在燈光和人聲中，不想離去，沉醉在這一刻鏡中溫暖和歡笑的幻影裏。

尋路在京都

要去的旅館，只有日文名字的拼音：O-ya-doi-shi-chou，他就這樣唸出來，也不知對不對！也許是指一所充滿了優雅氣氛的宅第，也許是指松林和流水旁邊的別墅，他一點都不知道。

長途車抵達京都時天已經黑了，火車站顯得寬宏，羅傑可卻認不出來。驟眼看來只覺是一座高聳的新派建築物。他七〇年代背着背囊來旅行，坐在硬板凳上等候凌晨長途車的那個車站呢？而今舉頭只見一座酒店那樣的高樓，火車站哪裏去了？出了大門羅傑還頻頻回顧，阿素年輕敏捷，眼看着前面遠方，已經一邊扯着他一邊拉着行李往計程車走去。他忙從口袋裏挖出那紙傳真，心裏還不知今夜下榻的是怎樣的一個地方！

「Dear Roger … 親愛的羅傑，你真是挑的好日子，這個星期在日本旅行恰好是最擠擁也是最昂貴的黃金周……京都國際酒店廿八廿九兩天滿了，松業家三十那天也滿了……月尾這兩天是最擠迫的，酒店滿，較好的飯館恐怕也滿……所以我立即先作決定，為你訂了一所我住過的方便的西式旅館。但後來我又改變了主意，想你既然是一個富有的美國人又是來度蜜月，又想體驗一下日本文化，不如就讓你奢侈一下吧……我挑的日式旅館（ryokan），位置適中（近着皇宮），榻榻米（tatami）房間，在這樣的規格來説是便宜的（一萬二千日圓），有私人設施並且有「大浴場」（雖然這不是你想試的 onsen 溫泉）……在第一個晚上長途跋涉之後沒有甚麼比一個好好的日式浸浴是更大的享受了！」

羅傑拿着阿麗絲用英文夾雜着他懂或不懂的日文的傳真，想起他這位聰明伶俐、以前非常英國淑女化而現在變了日本通的舊學生，帶着苦笑接受了這優皮一代頑皮的好意。其實誰都知道他不是甚麼富有的美國人，也還不能算是度蜜月。但他真是想跟阿素好好地度個假。他想在京都尋回二十年前瞥見的平安和寧靜？從計程車窗口望出去這個豎滿高樓的城市他再也認不出它的面貌來。手上這張印得有點模糊的英日夾雜的傳真，成了他唯一的指南針：「附上的是一幅小地圖，為了方便你，我已經圈住了旅館所在，但你必須明白，日本人地圖上的地址是用充滿想像力的方法繪畫出來的！」

計程車司機臉上看不出甚麼線索。聽了他不準確的日語發音，看了地址一眼，就駕着車穿過高樓林立的大街往前去，面上甚麼表情都沒有，既沒有：「噢，你們真懂得門徑，那是了不起的地方哩！」也沒有：「真是笨瓜，又來一對上當的遊客了！」換了在香港，司機見路途太近會罵、見路途遠或會換上另一副面孔，喜怒都掛在臉上。但每次來日本，他都覺得自己摸不清楚人的想法，他不了解這裏的文化。在東京街頭總覺得每樣東西都有他叫不出的名字，所有那些繁褥的細節都暗藏他不懂的規矩，把他拒諸門外，令他份外感到自己是外國人。他在香港當然也是外國人，但在那兒也快二十年了。雖不見適應得很好，但香港人一般比較隨便散漫，他也好似找到一個可以生存的空間，只有久不久，他會勾起這種外國人的焦慮。現在來到日本，異鄉人的感覺又明顯了。阿素拍拍他的手背。有阿素在，好似稍為緩和了一點那樣的焦慮。

計程車拐進小巷，在一所旅館門前停下來。地方並不特別起眼，跟介紹不大吻合。他們走進去，眾人齊聲唱喏，櫃枱後的眾人快速作出手勢，指向旁邊——那大堂邊的甬道。一位穿和服的女人帶路，一直走出門外，把他們帶到隔鄰另一所旅舍。那兒更像民居，走近時阿素發現了甚麼，伸出指頭指向門外一列列牌子上寫着留宿貴客的名字，也包括了他的！是有人用手寫字體寫下他的英文名字，在甚麼吉川先生井田先生的旁邊，這樣一個英文名字顯得佔的位置長了。長頸鹿伸首伸出欄柵外，份外顯得礙眼。任誰都一眼看出不屬於本地人。

登記名字時不知道櫃枱後面的人是不是強忍着笑，笑他這不懂日語的美國佬強充內行，來到這不說英語的日式旅館？抑或是對這高瘦的白人與一個胖胖的年輕東方女子攜手同行感到看不過眼，但又忍住不表達出來？他看着那些臉孔，完全沒法猜出它們在想甚麼，只見它們職業化地笑、鞠躬、熟練地引路前行。穿過大堂那兒，看見玻璃櫃裏擺着的頭盔與和服，它們一定是價值連城、大有來頭的歷史文物，但他卻沒法感受到它們的價值和意義，只能像路上碰見陌生人那樣，客氣地保持距離走過，避免不必要的碰撞。

大概原來期望走過大堂，轉出廊下，會見到一片日式庭園，會有沙上的紋理、石上的綠苔、水流下竹筒以後，一頭翹起來，另一頭敲到石上，發出清脆的卜的一聲！

可是，拐一個彎，不見庭園，還是短廊通向短廊，老婦人打開一道房門。他們看見一個光禿禿的榻榻米房間，一時還不知怎樣反應過來，只顧在玄關脱鞋，也沒聽清楚婦人的話，只見她又已一陣風地走出去了。

羅傑想去抱住阿素。又有敲門聲。老婦人再一陣風捲進來，打開櫃門，手勢麻利地把被褥、敷布團拿出來，鋪在榻榻米上，一下子把他們今晚的牀鋪、布團弄好了！然後又微笑、鞠躬、退出門外去！

不是應該有庭園的好景致，在月色下對着松樹的影子喝一瓶清酒嗎？怎麼只有這麼禿禿的一個房間、這麼狹窄的空間！

羅傑和阿素一直都覺得：好像還未找到一個適合他們兩人生活在一起的空間。有時他們也想：兩人會走在一起其實是不可思議的一回事！阿素在酒店做公關，羅傑在大學教英文，中間隔了雜七雜八的許多事情，真是風馬牛不相及。

可是正如羅傑常說的：世界變了，大學也變了！大學每年春夏之交在酒店設宴招待商界，還要設法拉攏行業中的幾大巨頭，他們都是學生畢業出來面對的大僱主，那樣做不是公關是甚麼？大學不管教得多好都沒用，都得賣傳媒的賬，同事說大學裏有冗員，甚麼都不用做，就是在傳媒裏當寫手，那不是公關是甚麼？

羅傑本來是個理想主義者，可是一個理想主義者在香港工作上十多年，少不免也變得有點犬儒了。大學所在接近交通要津，南來北上，過海隧道或國際機場、佛教道場或天主教堂、政府行政或平民街市都同樣接近，也不可避免地受到各方影響。每早回學校，羅傑總自嘲說：又回到十字街頭來了！羅傑本來是唸惠特曼的，勉強趕上當嬉皮，年輕時自然也喜歡阿倫·金斯堡，最初來香港是教文學，後來從中學到大學修英美文學的人都少了，他又調去教語文，甚至也教過商業英語。羅傑是有名的好好先生，做甚麼都負責，也老老實實備課，也去想想新教材。後來他還兼教大一英文，百多份作文堆在桌頭，他埋首其中，一份一份改下去。

是左襟蓋在右襟上面？……他把衣襟擺來擺去，衣帶又攪弄了許久，最後還是去查看傳真上怎樣說——對了，在浴室（fu-ro）一項底下：「穿上為你準備好的日本浴衣（yukata），穿的時候，記得是左襟蓋在右襟上，這樣才會看來正常，不然人家就知道你是個對他們文化一無知的美國佬了！你知道嗎？只有死人才是右襟蓋在左襟上面的！衣帶隨便怎樣綁紮都可以，把貴重的東西放保險箱裏，拿一條大毛巾一條小毛巾，走下走廊去找你的性別的浴室。進去以後，你會找到盛衣物的籃子。脱去衣服，在水蓬頭下沖洗，那兒會有肥皂，你也可以自己帶。洗乾淨了你就可以跳進浴場裏……」好詳細的指示。他在腦中排演許多次，最後還是發覺自己失去了浸湯的興致。

羅傑認識阿素的時候，他正在開始懷疑自己是不是患了甚麼病。醫生也沒驗出甚麼，但他總覺得有些地方不妥。其實已經開始一段時間了。自從九〇年代初，羅傑任教的學院，像香港其他一些小型學院，陸續升格成為大學，應大學撥款委員會的要求，各系重新檢討系務、釐定進度、撰寫課程介紹，呈交上去，再經過大大小小的委員會、三番四次的評核會議、三申五令的修改，來回折騰。羅傑任教的英文系是個小系，老的太老、嫩的太嫩，只有他們兩三個中堅份子在那兒衝鋒陷陣，多個回合下來，也就不免筋疲力盡了。

等到通過了評核，也不等於從此就一了百了。他們被分配到各式各樣的委員會去，撰寫各式各樣的報告書、參與各式各樣的評審工作。學校也奉命重新檢討教師的資格，沒有博士學位的要盡早取得博士學位，學生評估反應不佳的老師要由人專門旁聽上課，提出意見以作改善，做教師的要受嚴格評核看是否每年都有論文著作發表在國際水平的期刊上。羅傑以為忙完了升格成為大學那工作就一了百了，沒想到壓力一下子就來到頭上。他一直教最多學生，也算是負責任的老師，又參與各種系務，寫這份那份報告書，他哪裏還有時間去做研究呢？

好不容易出來看場電影。回去的公共汽車上，阿素看着在她旁邊座位上打瞌睡的羅傑。汽車拐了一個彎，她推推他，說：「到了！」出了電梯，一邊用鑰匙打開家門，她一邊跟他說：「我們不如找個機會去度假吧！」

羅傑出版過一本惠特曼的論著，當年也得過一些好評。後來也不是沒有發表過文章和書評，多半都是刊在舊同事辦的刊物上，雖然在外國出版，水準也不錯，卻不在大學訂定的一級刊物名單上。以羅傑散漫而略帶不羈的性格，過去有點不屑也不在乎迂腐的學術規矩，這樣過了多年，他變得不能不理會，人是逐漸變溫和了，但外面可卻已發展成種種門禁森嚴的堡壘。羅傑如夢初醒，發覺周圍不怎麼樣但懂得按規矩玩遊戲的人也升上去了。最後他也得面對他的評估，續約終於通過了，卻有一個附帶的警告：他必須兩年內在國際認可的學術刊物上發表兩篇論文。羅傑開始把他的舊書和文稿重新找出來，但系裏的工作不斷打斷他的思路，學生年終的論文湧進來，然後，是時候監考、改考試卷，然後是一連串的試後會議了。羅傑覺得自己開始常常失眠、身體疲倦，心跳加速，最明顯的一個病症是：食物吃進口裏都沒有了味道，他好像對一切飲食都失去了興趣。

不要理會左襟還是右襟？不要按規矩洗溫泉了！夜未央，到外面走走吧。把門在背後帶上，從那好像優雅然而狹窄的榻榻米房間逃出來，不想夜晚就這樣結束。轉進橫巷，走出大街。汽車風馳電掣駛過，他們停下來打開地圖，但橫看豎看，總也看不懂自己在甚麼地方。那就這樣走走吧。

羅傑告訴阿素說：如果再那樣下去，多半年，也許我永遠也不會遇上你了！他的意思是說：他正逐步告別他的溫和的波希米亞生活，步入一種中年的認命的秩序之中。其實溫和也可真溫和：也不過是偶然跟一群朋友吃吃喝喝，聽聽爵士樂，周末去熟悉的酒吧喝喝酒，到了午夜十二點，還不是帶着微醉站起來，像灰姑娘一樣老老實實回家去！

他帶着微醉站起來，但他在回去以前遇見了阿素。也可能是開酒吧的史提芬介紹的，至少多嘴的史提芬後來是這樣對人說，儘管他們兩人都不覺得是這樣。是他們都不想就這樣讓一個夜晚結束，是石板路上的星光、說不盡的話、從一家到另一家酒吧、是背景裏的一段色士風音樂，或者，是緣份吧！

不想就這樣讓一個夜晚結束。於是他們繼續往前走，走進有燈光有人氣的地方，是一所韓國麪店，看着一大桌盯着他們的人，又走到機器那兒揣摸那些按鈕會帶給他們甚麼。最後還是逃難一般逃回街上。左看右看，還是決定再走走。

一直說要好好的度一個假。羅傑已經開始忘記度假是怎樣一種滋味了。學校裏的外國同事，一放假就約在一起去打哥爾夫。他從不參加他們。他問：是在大陸哪兒？他們老是回答：不知道！總之帶了護照坐上公共汽車就會把你送到目的地，完了又把你送回來！

他羅傑不願意這樣，度假也要看該地的文化。老說要去北京，但就像阿素說的那樣：每次要去北京總發生其他事情，不是扭傷了背就是臨時取消了假期，不要再說到北京去了！

兩個人最後說好了去京都。羅傑二十年前去過，印象很好，他不知怎的老想帶阿素去看。阿素從未去過，兩個人都覺得那兒會有他們喜歡的地方。

沒有居酒屋，沒有他們想像的那樣：用小杯喝着清酒，眺望優美的夜景。太晚了！到頭來還是坐在一所音樂太響的西式小酒吧裏。Cheers！羅傑和阿素舉起啤酒杯。喝一口，還好啤酒夠凍！

隱約有鳥兒的啾鳴，好像有點水聲，跟着，樹枝碰在木簷上的聲音……是有人在敲門。是誰？大清早被弄醒，羅傑變得有點緊張。他打開門，老婦人在門外，鞠躬，面帶笑容，抑揚頓挫地唱出早晨的頌歌。

他說：晚一點吧，老天，讓我多睡一會！對方並不明白他說甚麼，但也不退卻，他一軟弱，她不知怎的就鑽進房間裏來了。房間大放光明，阿素也不得不起來。老婦人公事公辦，跪下來，整頓他們的枕頭，褶好被褥。他們不知如何反應，沒顧到門外還有後援：幾個大漢進來，拈起粗重的棉被，砰砰嘭嘭，不幾下手勢就把一切歸位，放回壁櫃裏。

他們忙着看看自己的和服睡衣是不是左襟蓋着右襟，可不要在人家面前失禮。他們兩個節節後退，最後躲進洗手間。他開始記得阿麗絲說過的話：在日本，私隱的觀念是跟你們西方不同的。面對整個在一剎那間搬空了的房間，他們瞪大眼睛，看着婦人隨後把矮几移到房間中央，把大大小小盒子分別盛着的全套早餐端進來，睡榻轉眼變成飯廳。婦人把一樣一樣小菜擺放，這一切都好像一套不可打斷的儀式，不管他們怎樣反應，婦人臉上照樣掛着微笑，不住鞠躬，口中斷續發出輕微的單調應聲，要把這傳統的儀式好好搬演下去。

他們想去看櫻花，卻發覺剛過了賞花的季節。

阿素提議去買旅遊的交通套票，又回到火車站。剛進去，他們就迷失了。以為是售票處的大堂，不知怎的卻變了摩登的酒店！轉來轉去，又轉進了售賣時裝的百貨公司。又迷了路！羅傑戲劇性地拍拍自己的前額：呵，真受不了！阿素在旁邊看着他的樣子忍不住笑！

他們相好不久以後，她工作的酒店要派她到美國受訓一個月。她走了以後，他心情老是有點恍惚。但學院裏兩年一度的評核又開始了，總有寫不完的報告、填不完的表格，他也沒辦法走開去看她。她不喜歡寫信，連字也不願寫，她不用傳真，也沒有電郵。通過幾次電話，然後周末她不知到哪兒去了。他有點茫然，心裏覺有點空洞。年紀大了，也就有點認命。也許就像以前許多次一樣，總是有點甚麼原因。也許是年齡的距離、也許是不同的愛好、不同的背景。也許就這樣結束也好，趁事情還未太去到不可收拾的地步。

他寫了半天報告，覺得自己是個劣等文員。他覺得有點空虛，迷迷糊糊地走到廚房，扭開了煤氣，一叢藍色的花瓣，細細的牙齒。他擱上一鍋開水。沒多久，水燒開了，他把水拿開，看着那藍色的花，忘記了自己想做甚麼。

最後，他想起來了。他拿出阿素買下的麵餅，放進沸水裏去。他沒時間想得太多，還有兩份文件，反正甚麼都沒味道，他也不介意吃進肚裏的是甚麼東西了！

他好像每隔不久就感覺面對着大幅的空白。他隱約記得多年前在寺院裏住了一個星期，一個老婦人帶着一把大掃帚緩緩掃着地上的落葉。那閒靜的生活令他平伏下來，之前他從一場殺傷性的愛情中退下來，他日後回想也記不起事情的始末，好似寺院中的清茶和豆腐治療了他，令他可以站起來走到外面去。

後來他決定申請到日本教書，心裏一直幻想着那個安靜的東方。結果他來了香港……不完全是他心目中的京都，但是也生活下來了。是跟他想像完全不同的世界。他也懷念那些淺灰、淡棕的顏色，那些清淺的草色。他過去從英文閱讀日本禪學大師的著作，看加州詩人寫在日本學佛的經驗，那東方哲學裏好似有他追求的生活態度；但他來到東方，卻覺得這不容易在日常生活中找到，還是捉摸不住的東西。他學了一點中文，認得地鐵站的名字；懂一點粵語，會得在小巴上叫「有落！」和在茶餐廳叫「奶茶」和「雲吞麪」，先忙於解決生存的問題。他也不是沒有美學的追求，但在他任教的大學裏，教道家思想與文學的老先生只愛打麻將，用分數攏絡學生，然後又不斷賣弄版本學和中文字源的知識，叫虛心來請教的羅傑覺得對方拒人千里之外，只好安份地做個外國人算了！反正大學的官方文件和會議語言是英文，沒人要求他改變甚麼，只是他一直有那種懸空的、空白的感覺。

他吃着那碗淡而無味的麪，然後電話響了，是她從機場打來的：我好想你！我回來了！他們一見面就擁在一起。她說：我不要再回去了！

滿天的浮雲。迷濛的細雨，一片無盡的綠色草坪，他一直記得當年看過三千院裏一張女子飛天的圖畫，他很希望尋回它。

他記得好似是這裏。在那後面。趁她想要排隊去敲那口鐘，他要到後面去轉悠。迷濛的細雨。沒有，並沒有那張飛天的圖畫。他隱約記得那神仙的臉孔，但尋不回了。他轉回來。走近時他突然好像第一次地看見了她：

這個他所愛的女子，穿着顏色鮮明的世俗衣服，拉着一根粗繩子，繩子通向頂上一口鐘；她正望向他，帶着童稚的笑容，而鐘聲像漣漪一般盪漾開來，不是禪院的清音，卻是悠揚的現世之音。

他嘗試向她解釋鎌倉幕府、足利義滿、豐臣秀吉，他嘗試解釋那些血腥的歷史與匡明的治理，不斷轉移的權力中心以及隨之而發展起來的文化。她打呵欠了。她對歷史沒有興趣！最初她知道他是教英文的，便嚷着要他教英文，正如香港大部份朋友對他的印象，都覺得他不過是一個教英文的吧了。她們都對英文有興趣，都有英文名字。阿素是Suzie，阿麗絲是Alice。她們都說一點英語，或者話中夾雜一些英文單字，彷彿已是她們語言的一部份。他逐漸也習慣了，至少她們比英文系那幾位老賣弄牛津口音英國文化的同事自然得多。但他還是堅持叫她阿素。

結果沒教她英文，也沒教過她任何英美文化。他無可避免地有他的執著。有時他也絮絮滔滔，指着路邊一朵紫紅的野花唸他的壞鬼英詩。他們到頭來忘了原來要找的寺院，來到不知名的小徑，左拐右轉，爬上了小坡，把他弄得滿頭大汗、精疲力盡，最後還是她幫他提着外衣，牽着他的手步步為營地走下小坡，他沒做成一個教賣花女英語的的赫根斯教授，反倒彷彿變成是女兒哥地亞牽着的一個戴着花環的半瘋的老父王李爾。

不對，這只是羅傑的比喻而已。阿素用的又是另一套詞彙、另一組典故。只要看羅傑辦公室的桌面就知道了，上面不知甚麼時候已爬滿了阿素派來的日本漫畫人物的文具：Twin Stars 橡皮擦、Momotalo 鉛筆刨，羅傑對此毫不抗拒，有一天開文學院的大會，他甚至毫不在意地結了一條花斑斑的美少女戰士（Sailor moon）領帶回去，令他的院長為之側目，心想這美國佬敢情是瘋了！在阿素看來當然沒甚麼不妥，反正領帶是她送的，叫她的男人看來年輕好多呢！走下山坡的時候，阿素倒覺得是頑皮的櫻桃小丸子牽着永遠順從她又疼愛她的爺爺的手從另一趟冒險中歸來呢！

到頭來所有這些名字，都不一定適合。回到地面，他們又像一對小同學，到了傍晚時分，他意氣消沉，她又變成寬大包容的小母親。他們去看一套電影，裏面一個角色問：名字之前是甚麼？另一個人回答：prénom！他在座位上大笑起來。她瞪他一眼，不知他有甚麼這麼好笑……他說：我是說，未改名字以前……。

不知怎的又下起雨來，所有的路都變得泥濘。他們坐錯了車，下錯了站。站在這沒有屋簷遮雨的地方，截不到計程車，雨愈下愈大了。她說你不是說你來過嗎？他委屈地說：是這個名字，但地方會改變的呵！

修打蘭教育報告書出爐了。大家可以感到所謂教育改革帶來的壓力。八、九〇年代大量增加了大學的學位，更多小學院被承認升格為大學，現在又開始走回頭，強調把大學分成研究和教學的，強調要保留及發展一兩所精英大學，然後把其他的合併、淘汰！用「學分轉移」制度，讓學生和資金隨着湧向資深的名牌大學，其他學院的不同學科面對裁員、甚至整個部門一筆勾銷的命運。有些校長自稱：我們是養牛的，當然需要更多資源！其他學校變成養鴨的了！你可以見到：政府又一次打響教育改革的名堂，其實卻在削減教育的資源，回到非常實際的做法。因為削減經費，可以看見更多明爭暗鬥，更多公關標榜自己學校優異的言論。學院裏面，因為削減資源，不公平的情況更見明顯，一個學院剛宣佈解僱了八位老師，另一個跟隨政治趨勢而成立的傳統神州文藝推廣中心開幕，以政治人物為顧問，耗巨資成立中華文化網頁，高薪邀請北京學者編寫教材、開壇講學。羅傑在學院的底層，但覺會開得更多，班上學生人數愈多，工作人手卻愈來愈不足了。

疲累的一日工作之餘，羅傑路過禮堂，站在擠擁的後排聽一回演講。講座已去到尾聲，一位台灣的小說家才批評過閩南話不是完整的書寫文字，觀眾席上就有一位老太太舉手發言：「我也算是民運先鋒了，從法國來了香港兩個月，最不滿就是電視台整天都是說粵語！我根本不知他們在說甚麼！我看一國兩制嘛，最重要是大家統一說普通話。」另一位穿長袍的觀眾說：「我也剛從外國回來，特別不滿香港人的中文！不中不西！比方說，士—多—啤—梨！這是甚麼中文？這是香港人的殖民地中文！」羅傑沒料到文化推廣會有這麼群情洶湧的場面。半懂不懂地聽了半場，他悄悄地退出來，趕回去見最愛吃「士—多—啤—梨」的阿素了。

龍安寺的石庭……對着沙的紋理，石的島嶼，那些禪理的空間裏有一個理想的庭園嗎？他們安靜地坐在那兒休息。羅傑坐在那兒，他彷彿覺得以前也這樣坐過，看着沙地上那兒幾塊不同形狀的石頭，他始終是個未能禪悟的人，但也樂於坐在這兒休息一下。而在旁邊，阿素舒舒服服地坐在那兒，沒有羅傑悟道的野心，沒有裝作懂得，也不去想懂得不懂得，好似她本人就是其中一塊石頭那樣。

前一段時間老是吵架。阿素老說他沒時間陪她，對她不夠好。

羅傑解釋說他現在的生活就只能是這樣。對，人不應該太多妥協，抹煞了自己本性，但人也不就是隨便想怎樣就怎樣呀！阿素說我就是不明白為甚麼不可以：你們那個院長，不是在電視上表演潑墨山水，講生活情調！人家有閒情聽曲、遊湖品茶、在雨中漫步，一個學生也不用教，你為甚麼就要做到像一頭狗一樣？

唉，他羅傑真是有口難言，她阿素不知道閒情也有政治，文化也有路線和手段，但他怎向她解釋呢？他得煞風景地向她說那些她覺得美好的東西也藏了複雜的一面嗎？外面種種好似無關的事情，都會帶來壓力，影響了他們這段好似單純的感情。都說不清楚。他但願不必一切都要解釋，不必一切都靠言語——不理想又充滿陷阱的言語。

龍安寺的手水鉢。竹筒流下清澈的水，竹子造的水勺，羅傑知道鉢口的筆劃像是漢字，複雜難明的漢字，但那幾個符號怎也沒法看得明白。最後還是阿素想到：每一個殘缺不全的部份「隹、吾、矢、疋」都連起鉢口最常見因而也忽略了的「口」字的形狀，加起來就成為四個完整的字：「唯吾知足」！羅傑不禁搖頭讚歎：阿素，你真聰明！還是她有日常生活的智慧。

他看見庭園角落裏一塊石頭，他對她說：像不像一塊還未有眼耳口鼻的臉孔？你們的神話裏，不是有甚麼「渾沌」，有個人去好心為它鑿出眼耳口鼻五孔，反而害了它？她聳聳肩。不知道，看來倒像用來做餃子的一團大麵粉！他問：你可是餓了？大家不禁大笑起來。

過去吵架的時候，她就會説：這是一段沒有名份的關係。他説：你真是不可理喻！我現在不是專心一意地對你好嗎？每天除了工作得像一條狗那樣，就是跟你在一起！我不是照顧你嗎？我不是愛護你嗎？你到底要甚麼？

阿素説：你是外國人！説不定那一天你一聲不響跑回老家去！羅傑嘆氣説：唉，我跑得到哪裏去？回到美國，現在的政治氣氛，我會比在香港更不適應。有你這樣的女朋友，我為甚麼要跑？

於是阿素又説他對她的家人不夠好。羅傑大喊冤枉，説每次去喝茶他想跟他們説話，他們不是只顧看娛樂周刊就是埋首大嚼！阿素説：誰叫你説英語，為甚麼你不學好你的廣東話？

還有你的弟弟，羅傑説：我買滑板送給他，他每次見到我就叫「鬼佬」！連我的名字也不叫，就這麼説：「鬼佬！遞壺茶給我！」「鬼佬，遞張報紙給我！」

阿素説：叫你鬼佬，沒有侮辱的意思！是當你是自己一家人，是親暱的稱呼！

羅傑發覺他學的文學和理論都沒有用，他説不過阿素！

坐車去到老遠，還是進不了苔寺。是要預約的，他當年就錯過了，這麼多年以後，他還是進不去。但他記得附近還有一個小小的寺院，是他喜歡的，他很想尋回它。但每次好似走到附近，就又迷路了！

從南禪寺出來，尋路往銀閣寺去，現實的道路總好像不照地圖上畫的。他們逐漸也不理會了，就隨自己的意思走。無意中，在路上看見了點點櫻花的痕跡，走遠一點，枝頭上還有櫻花呢！他們好像離開了其他的人，慢慢地走，沿路有一道明渠，他們就沿着水流走，一旁有些人家，還未開門的店鋪，真是難得的一個安靜的早晨。櫻花不是明信片裏那些最燦爛的櫻花，有些已過了盛放的年華，有些已經飄落在地；另外一些還是含苞待放，有好些還未盛開。但是，互相補襯，它們也構成了獨有的風景。他們走着走着，好像渾忘了時間、渾忘了外面的世界，在水流的旁邊、落花的小路上，一直走着，走着，直至重又聽見了人聲，從一道路牌上發現了那是甚麼地方，讀出那名字：「哲學之道」！他們不禁相對大笑起來，這名字儘管美麗，卻並未能完全說出他們的感受，看來他們還得自己想出一個名字來。

傍晚時份來到祇園區，一本正經地去吃正宗的懷石料理。又是阿麗絲安排的，正宗的日本菜！還記得阿麗絲初抵日本，像一個阿麗絲掉進花花世界的兔子洞裏，不知如何是好。現在卻會老成地說：「那是一所享有盛名的京都料理，可以從你們的旅館徒步走去。不過日本的地址對外國人來說是毫無意義的，我另外再附上一份地圖，讓你們按圖走去吧！你們去到祇園最大的馬路以後，就試找那所有名的茶店『一力亭』，據說所有的京都人都認識這茶店。信不信由你。然後轉過彎就找到這名店了……」

現實的情況卻完全不是這樣。走到祇園繁盛的大街，但見兩邊繁盛的小店，賣着各種各樣花花綠綠的糖果和日用品。橫街走出來兩個舞伎，頭上頂滿纍纍繁瑣的裝飾，臉孔塗上一層白膜，當中是突出的刺目的心型紅唇，層層疊疊的和服底下，穿白襪的雙足踏上高高的木屐，好似是時光倒流，或是歷史上的畫像，時代倒錯地從發黃的書頁上走到現代喧囂的街道上來。

他轉過去看身旁的她，隔了一個世紀的這當代人，她對這毫無興趣，目光反而一下子給對街一所商店吸引了，拉着他，拔足狂奔，衝過去，好像虔誠的教徒目睹聖靈顯現！

那是甚麼呢？但見斑馬線通向街角一所白色建築物，寥寥數筆一張女子臉孔素描。走進店裏，牆上掛着的海報、架上擺着精緻包裝的小禮包，全是這個商標：右邊一抹黑髮、眼睛是兩點黑點、鼻子一鉤、嘴唇是一點櫻桃，整個頭像框在一個圓形裏，也可以是鏡中照出的影像。這是 Yojiya 面油紙！阿素向不懂的羅傑解釋：這是出名多年的美容品店！護膚美容和化粧品的聖地！羅傑對於香港年輕女子追隨日本潮流的狂熱並不了解，但覺十分有趣。全店的年輕女子顧客像被催眠了一樣，着迷地搶購這種據説對皮膚特別好的面油紙，其中也包括立即排在人龍中結果買了許多小包來當手信的阿素。高高瘦瘦的羅傑就呆站在商店一角，是唯一的男性也是唯一的白種人，沒有人理會他，大家全是着了魔地對這含有金箔、吸油力也特別強的面油紙吸引住了！

面油紙是傍晚的高潮，傳真紙上據説是真正傳統京都料理的表現卻相形失色了！跟阿麗絲引述的資料都不一樣，包括她説找到那人人認識的老茶店就不難轉個彎找到老料理店。實情卻是：他們找不到那茶店，問路也沒人認識，反而是無意中在橫街裏看到料理店的招牌，吃過飯後再轉回來，還是找不到那茶店！

料理店倒是像阿麗絲説的那樣是非常傳統的料理店（記得阿麗絲還在紙上在傳

統兩個字底下重重地畫了幾根粗線以表示加強語氣！）多謝阿麗絲訂座時的安排，老闆娘理解這對客人不懂日文，已經預先安排了菜餚（正如阿麗絲寫的：你們只管叫清酒就可以開懷享受了！）上菜到吃完也差不多整整兩個小時，的確是一頓隆重的傳統料理。但不知為甚麼，整個進餐的過程，就是沒有原來預期的驚喜！

羅傑最先發覺阿素對開頭幾道小菜不怎麼起勁。用蘿蔔絲、青瓜絲、紫菜、豆苗等拌成的沙律她不熱心，這可以理解，她本來就不喜歡冷的沙律，寧願吃一點漬物。但跟着大碟上的前菜五別不應該是她最喜歡的嗎？可是她只是吃了薄薄的鋪着山椒粉和小蝦的山野燒餅，覺得鮪魚牛油果卷很普通，不喜歡麪包捲着紫蘇葉及鰣魚炸的小卷，對於南瓜煮物她甚至說：我煮的南瓜比這鮮甜多了！

羅傑說：好大的口氣！不害臊？他想阿素是太年輕了，不懂欣賞傳統的好處！至少這樣精美的陶瓷碟子上的小盅小盤，本身就是藝術品。日本食物的擺放與構圖，本身就有它的文化！他夾了一箸南瓜放進口中，想說甚麼又在半途停下來。味道的確有點寡、有點木膚膚的。為甚麼呢？

在老闆娘久不久推門帶進新菜之間，他們偷偷地討論：是不是他們對人家的文化了解得不夠，所以對其中許多細緻的東西還未能真正欣賞？但他們又想到過去在不同地方吃過的日本菜，他們在沒有這麼有名沒有這麼貴這麼隆重的店裏也吃過自己喜歡的料理呀。

面對眼前碗中這不知是甚麼（或許可能是木薯吧）造成的粉紅色美麗的一團，阿素放下筷子：我寧願吃最普通的油豆腐！羅傑要說她，自己舉起筷子，用筷子夾不動，用湯匙舀了一點嚐，沒說話了。

至少清酒還是挺好的！

碗裏倒剩了不少。面對慈愛又帶點憐憫的老闆娘，他們都覺得不好意思，盡坐在那兒傻笑！

吵得最厲害的一次，她有好幾天沒有回來。有時羅傑也想：他們之間那根深蒂固的距離，不是大家有善良的意願就可以改變的！他在辦公室工作到夜深，又累又餓，回到家，掏出鑰匙，才想起家裏沒有吃的，連方便麪也吃光了。他回過身，想乘電梯下去買點甚麼。門卻一下子在背後打開了！她回來了，做了一桌的菜正在等他回來。

這麼多天下來他還是提不起勁去洗旅館的浴場，她卻每天都歡歡喜喜地去了！

在黑暗中，他感覺她的身體燙熱，接近他，暖和了他，她的手不知從那裏來，輕撫着他。四周一片黑暗。他看不見她，但他的身體感知她無處不在；他不知他們置身在甚麼地方，但知他們屬於彼此。

回程是中午的火車，阿素說想先去買些手信帶回去，不如先把行李擱在車站的儲物櫃。或許還可以在附近逛逛，看一兩處名勝才上車。

他們推着沉重的行李，再一次走進京都火車站。把行李挽上樓梯，羅傑說：你帶的東西真多！阿素說：你買的浮世繪畫冊才沉重呢！等到把行李箱都擱進儲物櫃，大家不禁鬆了一口氣！現代化的設施，未嘗不方便！

阿素叫羅傑乖乖坐在咖啡座上，等她去買她的面油紙、口炎貼或甚麼的生活零碎。羅傑傻傻地坐在那兒，看着熒幕上介紹的繽紛節目，才曉得這火車站也連起了劇場和酒店、還有商場和百貨公司。周圍幾道行人電梯，七上八落的，打通了多層不同用途的空間。他朝底下望去，大堂那邊連起酒店和商場，人來人往；看上去，連綿的梯級通向露天的大劇場，那兒顏色繽紛，正有音樂聲傳來。羅傑想阿素敢情會對這種音樂表演感興趣，便離座站起來，踏上行人電梯，隨着眾人一直往上去看過究竟。去到上面，才又發覺原來別有洞天，露天劇場正有樂隊在演奏，吸引了不少聽眾，色彩繽紛的各式人等，散坐在環形梯級的觀眾席上，正享受一刻閒暇中的小調。

羅傑也不怕累，好似恢復了童心，回頭就去找阿素，想告訴她這新的發現！走下去阿素剛才說去的商店，卻不見了她。羅傑一所一所女服和時尚小店找過來，卻不見她的蹤影。他從闌干望下去，看着來來往往的芸芸眾生，心裏有點擔心：在這樣偌大混雜又帶點危險的空間裏，一個人一不小心是會失掉自己的所愛的。

他正想要不要靠廣播去尋回她，但見一抹人影衝到他跟前。阿素執着他的手臂叫起來：「叫你不要亂跑，看你跑到哪裏去了！」她一定也很焦急，聲音也似帶嗚咽。

穿過背着背囊提着臃腫行李的人群，兩個人相擁着再乘行人電梯上去。羅傑還想指給阿素看他剛才所見的景象，這一刻卻又已變化了。樂隊已經演奏完畢，觀眾倒還是散坐在階級上曬太陽。但他們再走上去，走到剛才的劇場背後，倒又發覺：上面還有偌大的露天天台，別有洞天，可以俯覽城市的全景。

他們互相扶持，站在那兒眺望京都的風光。真想不到，這人來人往的火車站，這暫時過渡的空間，到頭來也變成他們久久留連的所在。他心中那個舊火車站，已經一絲不留了！她說：還可以把這叫做一個火車站嗎？這是一個新的空間，他們眼前面對的是新的景象。這兒有各式各樣的人：穿着漫畫 T-shirt 的年輕人、相撲手一般的胖子、穿着時髦地印着佛經的黑褲子的貴婦、拿着大包小包購物歸來的家庭主婦。一個足踏三吋高竹桿高跟鞋、着短裙、眼蓋塗上鮮螢黃色的少女走過，吸引了一輪目光；一下子，另一個瘦削的紅鞋花衣的男子，手持結他，彈奏一首樂曲，又吸引了一群新的追隨者。人們上上落落，流動不居，這樣的空間混雜不純，開放而帶點滑稽，卻正好讓他們置身其間也可以感到舒服。他們慢慢踱步，走回人群之間，漸漸又離開了人群，在平台的另一邊遠眺這個城市。連羅傑也不再翻他的地圖和傳真去找他那還未找到的寺院了。他們互相倚偎，看着從這個角度看來沒有甚麼特別的一個芸芸眾生生活在其中的現代城市，享受着陣陣微風，在中午趕上火車回去工作以前，暫時度過這一個只屬於他們兩人的早晨。

幸福的蕎麥麵

一

我問阿麗絲想吃甚麼？在東京六本木山莊這繁華的顛峰、新發展的城中之城、嶄新的美術館裏，看了一個早晨的畫，真是有點累了。這兒除了西式餐廳，也開了不少中式食肆：南翔饅頭店、北京厲家菜、四川重慶樓、香港茶樓，可以滿足你懷鄉之思。想更奢侈一點，我們也可以去 Alaine Ducasse 的 Spoon，看會不會僥倖找到午餐位子。但是阿麗絲堅決地搖頭：不：她只想吃一碗精緻的手打蕎麥麵！

阿麗絲樂意來看這以幸福為題的展覽。巴比蒂（Dominique Louis Papéty）的〈幸福之夢〉：豐腴的男女和嬰孩，悠閒地倚偎坐臥，彷彿一個正在悠閒憩息的社群；

馬奈（Manet）的〈草地上的午餐〉：兩位衣裳楚楚的紳士，坐在公園草地上正談得興起，赤身的女子安坐旁邊，以手托腮，毫不猶豫地轉過來，瞪着我們。阿麗絲移過去，專注看着旁邊屏風上的〈蘭亭曲水圖〉，大幅山水裏，茂林脩竹、清流激湍。果然是群賢畢至，少長咸集，各有各的姿態。彷彿那些曲水流觴的文人雅集，是她嚮往的樂土。狩野永納？我還以為是一個中國畫家。總是有不同的選擇，看你為甚麼要選擇這個或那個。我也不是不可以想像：暮春三月，天朗氣清，惠風和暢。大家坐在水畔。酒杯會從那上游飄下來？好像還有天鵝，要不就是鴨子，鴨子會碰翻了那些酒杯？我穿起闊袍，倚着書、展讀友人的新作；又或者我提起毛筆，賣弄我的書法。我們的酬唱，會被鴨子的叫聲打斷了嗎？

打斷我們的，是現代的顏色，湯馬撒利（Fred Tomaselli）的肌肉骨胳人，花朵都長到肌肉裏去了，是當代的伊甸園裏的亞當與夏娃？她舉起的雙手是要呼喚鳥兒，是要無奈地投降？所有鳥兒都平平地填進樹葉間的隙縫去了。他伸出手是要擁抱她，是要阻擋她？他的手快要碰到她的乳尖了。樹葉子像是印上去的一個個橢圓，鳥兒和花朵也像是印上去的，看不見那兒可有一個蘋果？這是一個奇怪的後現代樂園。人體像是科學課本上的解剖圖。小兒稚趣的畫本。

阿麗絲不喜歡這當代的趣味，這粗俗與優美之間的曖昧；回到一幅哥庚面前，面對那些充滿韻律綠樹婆娑的大溪地的夏娃，才彷彿安了心。在那些令人放心的淺綠色的草地上，夏娃伸出的手彷彿快要觸到樹上的果子了，仔細看，禁果葉子底下可見昂起的蛇首，在樹幹上盤桓着牠黑白兩色相間的身軀。

我越過阿麗絲，停在小野洋子的裝置藝術《蘋果》前面。玻璃架子上放着一個普普通通的蘋果。記得在水戶的回顧展上看過這件作品，並說明觀眾可以隨便拿來吃，吃完就會放上另一個。

「這一家可以嗎？」不肯定的回答。遲疑地打量這太沒有個性的店子。

「這一家好點吧？」店外的布簾，清雅的外表。眼光在木架上的菜牌巡逡。不，還不夠道地。供應太多東西了，並不是一家蕎麥麪的專門店。不夠純粹，不夠專業。阿麗絲有她的執著。

「小巷裏頭好像還有一家賣麪的，我們過去看看？」我再一次提議。

阿麗絲喜歡優美的東西。康定斯基馬背上相擁的愛侶，深深淺淺的藍紅色點並未化為溶去現實形狀的抽象圖案。畢加索豐碩的婦人斜倚石上，懷裏的水瓶傾倒了，汩汩流了滿地。柔軟的水。莫奈崖邊的風景，晴朗的日子，陰涼的日子。海角一株修長的樹，葉子伸展開去，藍色的山，綠色的水——不，看來是綠色的海水裏，其實混和了說不出名字的各種顏色，暗藏了各種深淺不一的情緒。

京都府立陶板美術館有陶板的《水蓮》，粼粼的波光前面我問阿麗絲：「日子過得還好嗎？」她矜持的臉孔難以察覺地紅起來，羞澀地笑道：「好！」忙着把剛才講完的手提電話放回提包裏。

羅傑知道我要到日本訪問就說：「你到京都一定要去看看阿麗絲！」他說他沒碰上她，她出差去了，但她給了他最好的旅遊指南。羅傑和阿素在京都度過了一個愉快的假期，似乎也全賴阿麗絲的訊息。阿麗絲是朋友中的優皮，過去大家聖誕節常在她香港半山的住所開派對，她的食物就跟她的廚具一般講究，從半山眺望香港夜晚的燈色，感覺對我來說就簡直就像不在香港一樣。阿麗絲這香港人就像是倫敦人或是紐約客，沒想到了京都一年，又幾乎是一個道地的日本人了。羅傑老愛誇阿麗絲。我一直以為有文學氣質的羅傑會跟阿麗絲好起來的，據說他們當年還一起去看了法斯賓達十幾小時的長片，這世界上能一起挨完十幾小時法斯賓達的男女沒有多少。他們之間互相欣賞，但甚麼也沒有發生。反而後來羅傑認識了連法斯賓達是誰也不知道的傻大姐阿素，兩人沒多久就打得火熱了。男女間的事情就是這麼奇怪。

我在去大阪都開會的時候給阿麗絲掛了電話。她真好，在我餘下的一天，帶我看了我之前作為遊客沒有看到的京都。在賀茂川她住的那區散步，看着河裏的鴨子，天上的雲和飛鳥，我感到許久沒有這樣的閒心了。我們在附近閒逛，走進一戶賣舊物的人家，原來是名宅，主人又給我們泡了茶，看她們收藏的古老和服。房子有寬大的客廳，兩邊的窗都通向流水和花園，滑溜的絲綢、細細的芳香，潺潺流水聲，蓋去了時鐘的滴滴答答。

在京漬物老店，嚐着千枚漬、菊葉漬、壬生菜漬，都盛在優雅的碟子上，配一碗入荷新米飯，看着這些鮮白、嫩黃、翠青的顏色，吃着清淡可口的美食，我想：難怪京都變成阿麗絲流連忘返的樂土了。

走出陶板美術館，我們在地鐵站說再會。阿麗絲的手提電話又響起來。她笑得特別甜蜜。我走下樓梯，回頭看見她正奔向街角一輛銀灰色的轎車。

現代化的廚具、電器、吸塵機。從塞尚叢叢綠樹的普羅旺斯風景，轉進城市家居生活的後現代拼貼，阿麗絲未免有點適應不過來。我倒是覺得還可接受，光是題目已經充滿戲謔性了。懷舊的浪漫海報，與舊式電器和罐裝火腿在一起。家居的環境裏，肌肉先生女士正在展示肌肉。羅曼斯是電視中的影像、海報裏的宣傳。綠色長襪的女子抱膝坐在綠色小軟墊上，可口可樂，噴射機、櫻桃、真金……《親暱的自白》：持槍的手：「卜」。卡通漫畫的話圈：「我是一個有錢人的玩物……」那是摹倣八卦周刊封面的戲謔？持槍的手：「卜！」我忍俊不禁，卻見阿麗絲匆匆掠過，彷彿覺得被冒犯似的，轉往另一個展室。

真抱歉，等到阿麗絲來東京公幹，我在這兒做研究卻沒法更好地回報招待她。即使人人談論這新開的森美術館的開幕大展《幸福》，走遍「樂土」這個展區，並不覺得怎麼樣！她似乎已經累了。連想好好吃一碗手打蕎麥麪，在這六本木車水馬龍的街頭，也沒法找到她心目中那種京都的老店！

終於在後面的街角，找到勉強湊合的那種空靈。阿麗絲建議我吃鴨肉麵，她則忠心欣賞純粹的蕎麥麵條。

阿麗絲說起剛過的深秋，我上回去過的錦小路通市場裏正堆滿新上市的鮮果，紅柿褐栗、黃柚橘橙，不同枝頭的樹葉深深淺淺地參差變紅了。

阿麗絲真像個京都人那樣禮貌周周。帶給我的紫蘇漬和柿乾，受之有愧。總覺對京都優雅的文化認識不夠深，擔心浪費了有心人一番心意。

吃蕎麥麵恍如隆重儀式。我是受教的學生，不知規矩，細心觀察。

阿麗絲的蕎麥麵盛在兩個竹盒裏。麵夾進小碗，放進山葵和海苔絲，倒進特別的醬油。吃完了再吃另一個盒裏的麵。吃過了，再有一壺特別的麵湯，混進剩在碗中的汁液。我看阿麗絲慢慢呷着湯，想她一定比我從這平凡的麵條裏嚐出更多味道，比我更能從這簡單的儀式感覺到更多快樂。

但不，阿麗絲並不滿意。這碗蕎麥麵：湯，夠不上她的期望；這麵，不是她心中的韌度。不，不是她心裏的那碗。

我真笨，沒嚐出那分別。我只想至少大家可以坐下來談談。她說待會要到新宿西，我說我也差不多同路，要從西武新宿線回去。她問我住哪裏？我告訴她住在鷺宮，東京大學一位同事父母在那兒有一幢房子，是小津電影裏那種老房子，還有美麗的花園。我白天在東大的圖書館看書，傍晚回家就坐在書桌旁對着園子裏的花木看書，過去的主人在牆上留下一張原節子的畫像，我則過着電影裏笠智眾一般的素淡生活。

想起來，我說：「羅傑和阿素上周來了，還在我那兒住了一晚！」

「哦！羅傑的小女孩怎樣了？」

「很好嘛！她在淺草玩得很開心，最喜歡看商店街的壽司模型！他們這次是去九州玩，要去福岡、長崎、還有熊本！」

「唉，羅傑！」阿麗絲苦笑搖搖頭，彷彿一切盡在不言中。她也沒有很上心，好似她想的是自己所在和要去的地方。

她說京都藝術館的工作忙，剛忙了好一陣子。這次來開會，順便拜訪她們剛轉到東京來的上司。

「伊藤先生對美術品的鑑賞最有眼光！尤其是古陶瓷器，我跟他學了不少東西。我今天黃昏去見他……」

穿着白衣獨自捧着茶杯好似若有所思的她，不知怎的給我一份寂寞的感覺。

分手前我告訴她明天羅傑和阿素會回到東京，我們約了除夕晚一起吃飯，「要是沒事，歡迎你來，他們一定高興見到你！」可能還有一兩位香港的舊朋友，她也多半認識的。

「我看情況再說吧！」

沒想到傍晚再收到阿麗絲的電話，她說原來訂了劇場的門票，日本友人臨時有事不能去，問我要不要一起去。

我也很想去，但約了一位漢學前輩吃晚飯，約定很久了，不好失約，只好向她說抱歉。

我重提明天晚上的事，她說：「我明天下午還要見伊藤先生，今天比較匆忙。再看吧。」

我說：「若果伊藤先生有空，也請他一起來吧！」

二

初遇見漢學家小澤老師，在一個漢學會議裏。

和小澤老師很談得來，他漢語造詣很深，人很親切，我也想多了解一些漢學方面的情況。有一天會議後他邀我到樓上的辦公室坐坐。果然滿室都是書、期刊、厚厚的工具書、魯迅像……最特別是牆角擺了個酒甕。小澤老師倒了兩杯濁酒，放在桌上。我們從魯迅談起。都是從魯迅開始的。老師一輩是研究魯迅的專家。兩杯喝完了，再來兩杯。任魯迅從鏡框裏瞪着我們。

他們都說小澤老師年輕時愛過一個中國女子。那一定是個哀艷動人的故事。是怎樣的一個女子令他那麼刻骨銘心呢？是一個成熟的帶着沙啞喉音的上海歌女？是一個隱身在工人之間的女革命份子？是一個心地善良的富家小姐？是一個孑然一身浪遊求愛又苦疾纏身的翻譯家？

我看着畫中朦朧的色彩繪就的一對男女。

好似是沐浴在愛河中的一對男女的理想的幸福之畫，看仔細點，好似又不是這麼簡單：這男的看來好像年紀較大，是個外國人，女子是東方人，他們好似各望向不同的方向；不，不一定是外國人，像個書生，女子正要離他而去；不，沒有要離去，兩人正相擁，但背後有個朦朧的人形，那年長的男子原有的愛人？他是有太太的？他們在她的注視下顫慄了。不，我沒看清楚，是一對男女肆無忌憚地擁吻，也許他們喝了酒？而在背後的不是女子，是一個男子，帶着妒忌的怒火，要舉手把他們傷害……

糾纏不清的關係。

另一張畫，名為《涅槃圖》的畫，是鎌倉時代的作品。

該怎樣去繪畫涅槃呢？

我最初看畫中的眾生，以為是繪畫民生百態的百戲圖，但細加端詳，可發覺並不是這樣。仔細辨認，可以看見紅衣佛祖躺臥在中央的矮台上，四周其他人和動物，好似各有不同的活動。若看仔細點，又可看到，尤其是圍繞着台邊的人群，他們彷彿正處於哀慟之中。是哀悼得道者的圓寂。很奇怪，這畫並不是站在一個超越的角度，繪畫涅槃的境界；反而是從一個世俗的角度，去繪畫塵世的憂傷。

該怎樣去繪畫涅槃呢？是極樂世界？是佛像的微笑？還是小野洋子鏡頭下約翰·連儂入聖的微笑？是從端納到莫奈的波光雲影？是抽象的色團？純粹的黑與純

粹的白？

是豐收纍纍的馬鈴薯？像北朝鮮的 Kim Sung-Ryong。畫中的勞動模範，正在秤豐收的馬鈴薯，圍攏過來的勞動青年，每個人臉上都帶着狂喜的神色。在背後，是拖拉機和彩旗，為這圓滿的樂土添上伴奏的和絃。

我想我見過這樣的圖畫，在一爿大阪的小酒吧裏。

換一個地方。到學校附近的酒吧去。喝啤酒。然後再換一所居酒屋。不，我對日本酒沒有偏見。小澤老師原來文革時在山東。物質條件簡陋不是問題。挨苦不是問題。那時有的是理想。再來一瓶。大吟釀真好。戰後不滿美國的日本知識份子反而有不少轉向中國，那時左派還是理想主義者，中國大概是遙遠的烏托邦吧。

來，喝完這瓶我們再換個地方。我帶你到一個地方去。

左拐右拐的小巷。踉蹌的腳步。

在不可能有酒吧地方的一爿酒吧。非常狹小、陰暗。四邊掛着了畫，彷彿從一個遠古的時空裏跌出來，冷凝在那裏。凍結了時空。發霉紙張的氣味！舊雜誌。海報。畫框裏的畫。手抱金黃色禾稻的女郎！健康的白白胖胖的嬰兒抱着鯉魚的年畫。農業學大寨。拖拉機。超英趕美。意氣昂揚的戰士。枱燈邊的陶瓷軍車裏，三個穿軍服的軍人，主席從後座站起來，舉起手！戰無不勝。黃金的稻顆滔滔流下。鐵器熔成金色的洪流，再鑄成飛機大炮，每個人握緊拳頭，意氣昂揚，譜成鏗鏘的合唱：「祖國，我們遠航歸來！」

小澤老師安坐在那僅靠枱燈照亮的陰暗角落中，在那熟悉的過去的位置找到安慰。有信仰的人是幸福的。步兵操過，少數民族跳起歡騰的舞蹈，天安門前萬頭鑽動。年青人是早上八九點鐘的太陽。大海航行靠舵手！領導親切接見少數民族的姑娘，她們梳着長長的辮子，穿着五彩花裙，獻上長長的絲巾，這是「幸福的時代」。

荒蕪的田野。張大嘴巴呼喊的一排排臉孔。身前掛着牌子低下頭去的卑屈的軀體。頭上的侮人的奇形怪狀的高帽子。河上的屍體，貼上條子的住宅。麻木的目光。熊熊的要燒毀一切把甚麼都燒得不留痕跡的一把火。

「我們這一代也失落了！」

經過許多年的反覆。然後又是傷痕文學，又是尋根文學……如今又是上海寶貝，人和地方都變了。

「……經過了許多。過去相信的也改變了。不容易調整過來！真不知從何說起呢！」牆上的老鐘滴滴答答，轉眼又走過了五十年，走進了新天地。

我抬頭，看見圓圓的菩薩般的小澤的慈悲的臉上，流下了一滴淚。

我把杯中的酒乾了。

在朦朧的放大了的俄國人的日常生活照上，似有一個男子在閱報，一個婦人在餵孩子吃早餐。但在畫面上，每隔兩、三方吋就有一朵紙花釘在畫面上，這些顏色的紙花反諷地加強了畫面的裝飾性，阻撓了我們簡單地投入感情的閱讀。

出生在烏克蘭的嘉巴哥夫（Ilya Kabakov）曾在蘇聯官方報刊畫插圖及為兒童書插圖。他在自己作品如《公眾假期》組畫裏，用近似官方社會主義寫實主義路線繪畫人民的度假生活，卻在畫面上每隔若干距離加上顏色的紙花。他說大家的樣子看來愁兮兮的，需要加點甚麼來令大家開心一點。

羅氏三兄弟的作品：胖娃娃與鯉魚、穿肚兜的娃娃、友愛的姊妹、母親抱着舉起雙手的小孩、古裝的男女、舞着綢帶的古典美人，完全是傳統年畫的風格，大紅大綠的顏色。不同的是：手裏舉起的不是風箏和玩具，是收音機、電視、可口可樂、奧利奧夾心餅、漢堡包。

記起與小澤老師說起近日中日間的齟齬。

江門嫖妓的事。

在西安日本學生晚會表演被認為是辱華。

足球賽的爭執。

問起達夫的下落，我說幾年沒見到他，可知道他的近況嗎？老師說：這是個有志氣的孩子，有一段坎坷的日子。躲起來跟誰都不來往，終於完成他的論文了。

來到這「涅槃」展區最後一個房間：頭頂上是印尼藝術家 Heri Dono 的數不清的飛翔的天使的模型：這些天使像昆蟲又像機械人，有紅色的足踝，胸口的地方有一個紅色電動開關掣，它們懸吊在天花板上，發出嗡嗡的聲音：未知世界中令我們既仰求又驚懼的天使群！

三

我給鴻燊和他的女朋友在花斑斑的六本木美術館門前拍照，前景是村上隆千千萬萬的花朵，每一朵是個哈哈笑的臉孔，構成色彩斑斕的地面，承載無數遊客的腳步走進這新美術館。走上樓梯，我又給他們在懸垂的崔正化巨大的《花花》底下拍照：巨碩、扭彎、鮮艷又肉感的花朵。

從樓下那層畫廊走上一層（是移往「欲望」展區嗎？記不清了！）我鏡頭裏的鴻燊特別留意高高從天花板垂下來、掛在扶手電梯四周那四幅森村泰昌花團錦簇的女像《高雅的祈禱》：攝影師裝扮成女身出現，頭戴綠色羽毛頭冠，披帶紫色圍巾，身穿淺黃淡綠紗裙，綴以粉紅鮮綠的羽毛。身上戴滿金銀佩飾，手上是重重銀鐲，指尖套了長長尖勾，金蛇纏繞的魚網襪消隱於一雙奇厚的高跟鞋。

我想鴻燊也特別留意印度女神婀孅的腰肢和舞蹈的天女豐滿的乳房。

經過荒木經惟的攝影，我沒有特別指給他看。我們曾經在澀谷的一個晚上見過荒木，他把我們帶到他熟悉的酒吧去，他有一個紙板的裸女像，整晚掛在身前玩過不休。那晚美子也在，穿了一襲旗袍。後來她坐到我身旁來，我們那晚喝了太多的酒。

滿臉通紅的鴻燊，扭曲了臉孔。

我在黑暗的裝置錄像的房間裏看見那滿臉鬍渣的漢子在不停大笑，不，不是他的臉孔。我想他大概也可以這樣大笑；看到圍坐一桌吃得杯盤狼藉的食客，我想他也可以這樣豪吃；他看葛飾北齋的〈浪千鳥〉看得津津有味，我就想他大概也想代入做畫中的男角吧。

不過，也許這只是我的感覺，引發我的想像。我老覺得他有特別好的胃口、貪吃貪玩、喜歡購物，他的欲望不斷膨脹、永不饜足，不過這欲望也有正面的效果：他的事業不斷發展。我對他老帶幾分揶揄，其實我知我們只不過是走上不同的路。他隨史提芬之後開酒吧，進一步做日本餐室，還做得挺有成績。今天他跟老薛合辦「創意旅遊」，由食評人老薛帶隊去京都嚐懷石料理，或者由鴻燊帶隊享受美食與溫泉，這次帶隊去的是北海道，看冰雕、坐破冰船、洗溫泉，其中特別有一站是小樽：電影《情書》的景點、運河、音樂盒的專門店，他都知道這些最新的熱門遊點。

上回見他，他正跟阿娟在電話裏吵架。電話響了又響，那邊好像生氣了，講了許多話，我只聽他說：「我有朋友在，遲點再說好不好？」過一會電話又響，他生氣了，「我正在開車！遲點再說不成嗎？」電話再響，他就不應了。他說：「說我答應了過節跟她在一起，我根本就沒有答應！」過一會他又說：「真麻煩！這女子太纏身了！」

沒想到過了幾個月再見，他還是跟阿娟在一起，好像還蠻恩愛的。也許我沒完全看清楚他。

他挽着阿娟的腰，說看畫看得累了，今晚到哪兒吃飯？我問他想吃甚麼，他先說想吃天婦羅，我便帶他到新宿的老店。但見門外排了長龍，就說不如吃外國菜；還未去到意大利餐廳，阿娟又說想吃辣，我們就去吃韓國菜了。

鴻燊是我的舊朋友，大家逐漸走上不同的路。愛美食美酒，身旁老有不同的女朋友，自稱最大的日的是享受人生。我想我們是很不同的人，九八年春因緣際會幾幫人馬剛好在東京碰頭，那次玩得瘋了，也是那次我們大吵了一回，之後大家就不見面了。不光這樣，他還到處去說我的壞話。我自問，我做了甚麼值得他這麼痛恨，要用一切手段來打擊我毀掉我？我問心無愧，但也許我也明白。那是人生無法說明的事情之一……

但陰差陽錯，最後又總會碰在一起。我想我的憤怒過去了，諷刺揶揄也停止了，最後還是接受了他就是這樣的。

我們走過大街，商店裏正有人放大喉嚨喊減價。城市是霓虹燈閃爍不休的大市場，不同的貨品各有誘惑性的包裝，挑逗和被挑逗的在互相追逐，欲望在沸騰。不同的買賣在進行，大家討價還價，喧叫的高聲永無休止。走過歌舞伎町，做另類生意的人也明目張膽地拉客。走過燈紅酒綠的街頭，逐漸走上後面比較冷清的街道，一直走到新大久保，才又有了韓國商店和飯館的燈光。

我叫了幾種海鮮刺身，包括還會蠕蠕捲動的八爪魚爪、辣泡菜、辣窩……各種濃烈的顏色濺在一起，各種刺激的味道湧上鼻端，到處是鐵板上煎肉的聲音、石頭飯滋滋嗚叫，大家舉杯祝酒、大聲談笑，老闆娘和侍女不斷歡迎和歡送來去的客人。

觥籌交錯中，鴻燊卻忽然問我：

「你來了以後，有去找美子嗎？」

我一時答不上話。難道他找我見面，就是為了問清楚這個？不過我還是照事實回答：「沒有。」

我不想說下去，說他也不會明白。這是我們兩人心中的一個疙瘩。

他夾起一片金槍魚片，蘸了不必那麼多的山葵，好像很放心地吞下肚去。

阿娟問起韓國泡菜的做法，鴻燊取笑她的上海粵語腔調不正。話就回到眼前世俗的飲食嬉戲上去了。

鴻燊吃得很滿意，出來要我帶他去看gay bars：「聽說新宿附近有幾百間！」我笑道：「你們沿這邊走回去，就會見到了。好好玩吧，我不去了！」

鴻燊指着我對他女朋友說：「這是個最『自我壓抑』的人！」他不是第一次這樣說了，說我是書呆子、不懂享受生活的人，更壞的貶抑我的話他也說過了。

我點頭笑道：「對！他說得對極了！」

畫展的黑色的牆壁上，掛滿了不同的狂言面：福之神、姫、賢德、大黑；能面：翁、三番叟。一張一張笑着的面孔，我看着它們，它們也看着我。

四

我很高興離開以前終於有機會見到達夫。雖然隔了幾年，但大家很快就接起話題來。我可以感到，彼此仍然有不少接近的想法，而他這幾年的進修、讀書和交遊，也令他的學識愈見沉潛了。

他給我看他的論文。我接過來，欣見他完成了初稿，我恭喜他，他感慨地說：「我也為這付出了不少代價……」

前後五年的時間。他說他妻子在去年終於離開了他。她受不了，不願意再等下去，不想再過這種不安穩的、前途渺茫而不切實際的生活。

我不知怎樣說。他在咖啡店附設的影印機再覆印一篇文章送我。我默默地翻看手上這本論文的目錄，翻看裏面的章節，細看一些段落，追隨裏面的邏輯推理，思考一些問題。我是肯定那價值的，我也知道，在現實的標準裏，這些價值往往容易被人否定。

在現實生活裏，總有那麼多不完整、不圓滿的事情……

桌上放的小野洋子的展品，是一堆打破了的茶杯的碎片，都是碎缺不全的、三尖八角的破片。桌上放了手套和萬能膠，需要觀眾去耐性尋出關連，找到補充的缺片、銜接的破邊，重新併合成一個個新的茶杯。

我和達夫在居酒屋裏，等其他人來。年近歲晚，就往往有忘年會。師生相敬、朋友歡聚，送舊迎新，暢飲忘憂。今夕是除夕，尤見熱鬧。周圍就有好幾桌在鬧酒，年輕人也能喝，紛紛敬酒，夾雜着轟然叫好的聲音，足以忘掉一年累積的煩憂？

達夫說着尋書訪學之樂，說聽課聽演講、做研究、每月跟導師的討論、長輩朋友的切磋往來。可以想像，雖無絲竹管弦之盛，一觴一詠，亦足以暢幽情。我又穿起長袍，變成了畫中人。忘記了案頭老寫不完的 annual report, budget, evaluation，幾乎又提起毛筆題詩了。仰觀宇宙之大，俯察品類之盛，所以遊目騁懷……微風吹過垂柳，小野洋子的茶杯還沒有打破。當其欣於所遇，暫得於己，快然自足，曾不知老之將至。

細數神田區的書店、藏書閣的珍本、老教授做學問的嚴謹、哲學家思想的深度。我們回想六〇年代的學生運動，現代文學和電影帶來的新視野，以至目前經濟泡沫的爆破，政治的保守，還有當前中日之間微妙而緊張的關係……

「……又說要拜祭神社呢！」

「你去看了？」他問。

「真可怕，是不是？」

他點點頭：「還叫做『游就館』呢！」

「用的還是荀子的話，要紀念的人物卻真是諷刺！」

我們都沉默了。我可以感覺我的朋友對異國文化深厚的愛慕中卻像有一根刺在那裏，像一段深情中那令人無法圓滿的部份。

鴻燊和阿娟來了，帶着表參道購物回來的大袋。他們一來，氣氛就活潑起來了。他們還說在酒店碰見剛從京都回來的羅傑，約了他一起來。

他說晚點來。「好極了，阿麗絲一定會高興見到他！」阿麗絲還沒有來。阿娟說起今天去的咖啡店，富麗堂皇，在香港恐怕找不到這樣的地方。鴻燊說他找到一些罕見的爵士樂CD。還有，他從HMV出來，剛好碰見學生遊行了。

我早幾天也在澀谷大街上見過，抬了布殊的漫畫像、還有棺材，隊伍裏有和尚，有扮成戰士的持槍者，舉起反對跟隨美國派兵的牌子，他們還改編了聖誕歌，一邊走一邊敲鼓，抗議國家的軍事新政策。

羅傑和阿素也來了！他們好像又在鬧彆扭。重遊日本，這次卻不像上次，一點也不順利。羅傑想去追蹤小泉八雲在熊本的足跡，阿素卻想去看火山，去柔布苑洗温泉，因為羅傑的耽擱去不成。他們吵了一場，阿素發脾氣，今天下午還是鬱鬱不樂的。

「我們有『代溝』，你知道嗎？」

「是，是這麼大的一條大溝渠！」羅傑張開兩手比劃。

阿素不願坐在鴻燊旁邊，就坐過來我對面。我說：「阿麗絲從京都來了公幹，她說了會來的！」阿素做了個鬼臉。羅傑苦笑：「阿素這人甚麼都好，就是心眼兒太窄了！」說着就去撫她的頭，阿素搖搖頭，甩開他的手：你不要扮我的老豆！然後又去玩她剛買的鋅皮玩具：一個小人兒搬動一件大行李，上了鍊就從這一頭走到那一頭：腳短短的，就好像一件行李在搬動一個人一樣！

那晚阿麗絲很晚才到。她坐下不久，達夫已差不多要走了，因為他住在郊外，住得遠，要花時間坐車。阿麗絲好像有點不舒服，也沒說甚麼話。所以結果我們這一群香港人，那晚也沒有甚麼興奮熱烈的鬧酒，也不算怎樣慶祝除夕，只是隨便吃點甚麼，喝點酒。阿麗絲尤其吃得少，我看見她坐在我對面，像鳥兒那樣小口小口吃着小碟的京漬物，姿勢優雅，但又帶幾分落寞，時不時用手帕捂着鼻子，眼角也有點紅紅的。

鴻燊他們說要去看午夜的倒數。阿麗絲說不舒服，要先回旅館去了。我也不想趁熱鬧，便跟她一道走，送她往地鐵站。我站起來，撿起放在一角的達夫送我的論文。

「這人，喝了多少酒都會記得把文章帶走！」輪到鴻燊揶揄我了：「你以為我稱讚你嗎？我是說你還不夠放，還沒有真正的酩酊大醉！」

對，我們還是在各種限制中生活下去吧。每個人有不同的重視的東西。達夫的論文是重要的，我可不願意為了一個豪放的姿態，隨便失落了它。那是他生命的一幅圖畫。現代畫家湯馬撒利那樣把烏安排在樹上，編織成一個花園或一個網狀。可以有許多不同的組織方法。甚至可以說像一個曼陀羅的圖形，不一定是樂園的模型，而是為生命體現一個形式，嘗試包容複雜，把那些光暗參差的對照暫時整理為一個形體。

我和阿麗絲離開背後燦爛的霓虹燈光，沿着鐵軌的旁邊走向車站去。我想起剛才的話：

「伊藤先生不能來嗎？」

「他……要回家過節！」

在地鐵站，此刻正是最熱鬧的時刻，人群穿着誇張炫目的新裝，頭髮上還留下節日的金粉，帶着氣球戴着面具，成雙成對地嘻哈笑鬧。香水氣味混和着地鐵站午夜時份的酒後的腥臭。

我理解阿麗絲的驕傲，她一定是想獨自安靜一下。我們在月台上道別，然後分別往不同的方向。我希望她好好生活下去。月台這時突然起了騷動，原來午夜到了，人們狂呼擁吻。我在阿麗絲耳邊説：「新年快樂！」我感到她的眼淚流下我的臉頰，我聽見她説：「謝謝！」然後回身趕上快要開行的列車！她在開行的車廂內跟我揮手，車廂裏擠滿了人，濁黃的燈光下，雜影紛陳，一襲白衣身影也彷彿難抵眾生聲色，真似是衣白漸侵塵呢！

西廂魅影

一

何方晚上在辦公室讀書，想趕着看完手上學生厚厚的論文，卻不知怎的老是有點浮躁，有點心神恍惚。窗外的風呼呼吹着，磨砂玻璃外有隱約的花影，他停下來，又想到別的事，想着新學期開始自己要備的課、開會要唸的論文，想開始寫甚麼，不知怎的老寫不出來。他迷迷糊糊掙扎，不知該怎樣把腦袋裏晃動的詭異幽靈寫出來。

磨砂玻璃上隱約有雲光霞影，有物撞到門上。「誰？」又好似沉寂了。雲霧輕移、花影晃動。

「誰？」又好似有新的聲音。打開門。一個人也沒有。風呼呼地吹着。長廊的盡頭只是幢幢影子。

只有風聲，不，不是風聲，像是哭泣的聲音。

走廊那端的燈掣鬆軟無力。蒼白的燈光照在舊日歐洲風格棕紅色菱形花紋瓷磚上，地上已有不少裂痕。露台外邊因為裝修而搭起的竹棚帶來許多曖昧的陰影，而在那些竹格子外邊，看來只是無邊的黑暗。

系裏進門大堂信格底下堆滿雜物，在黑暗裏顯得猙獰。他又亮了門廊大堂那兒的燈，卻只有一片蒼白褪色的淡影；順便把通往西翼走廊的燈掣也打開，但那邊的燈泡早壞了，一閃一閃的，加上旁邊嶙峋的維修竹棚，白天看來頂有氣派的殖民地建築，不知怎的竟有點襤褸兼帶陰森之氣了。

舉步走過去，四處環顧。通往西翼的通道堆滿雜物，是歷史遺留下來的種種疙瘩。走廊的盡頭一片漆黑。待要舉步，不知是不是裝修工人留在那兒的一堆東西幾乎把他絆倒。伸手按着旁邊好平衡自己，觸手卻像是柔滑的肌膚！一道肩膀的弧線？一張伸出來的裸臂？纖柔的指頭纏上他手臂！一陣奇異的香氣。黑暗中一對張開的眼睛正炯炯發光望着他！

他驚叫一聲，回身就走，一直奔回自己東邊走廊的辦公室，把門嚴嚴關上，還上了鎖。倒在椅上，他發覺自己上氣不接下氣，胸中揣緊，嗆住了，咳着咳着咳個不停，擱在膝蓋上的手，還在那兒微微戰慄！

回過神來，他沒法解釋自己為甚麼這般驚慌。白天埋首在書堆裏細讀前人的志怪傳奇，老有書生夜讀遇到美女的美談，不知為何在現實裏碰到類似的場景，卻落得驚懼如許！

到底是甚麼一回事？又過了一陣子，緩過氣來，他又覺得自己有責任向自己弄清楚。他的正義感也回過神來：是有人受了傷、發生意外？不要遭了甚麼不測才好！

如果是其他異象，那與其躲在書齋裏胡思亂想，不如面對現實了解多一點？他在課堂剛跟學生講過：不管現實或是文本多麼複雜，總有可以解讀的方法。他難道不能以身作則？

從雜物櫃中翻出一支手電筒，把掛起的外衣披在身上。手電筒的光暈一晃一晃，在黑暗走廊中探出小小一幅一幅空間。在西翼走廊那兒，戰慄的手把光圈遲緩地推往曖昧的現場：欄干的旁邊卻闃無人影！只有扔在角落的黑色破布，電筒探索的目光移上欄干上碰見了從外面探首進來的一朵白色大花，孤寂地在黑夜裏招展，散發出一陣奇異芳香！

二

新學期開始，在會議室裏舉行比較文學及文化系成立典禮，進門處擺了幾位教授的英文書。系主任布萊希教授介紹了大方向和新課程，福軻教授也作了演講。其他系來了同事，英文系也有風度，雖然分家，還是來了幾位老師。此外也來了一些記者，問了些問題。然後大家上去 common room 喝一杯。何方特別疲倦，剛才好幾次幾乎瞌睡過去。不是演講不好，是他自己太疲倦了。今早幫忙學生註冊選科，中午看學生論文，有學生進來問研究課題，下午又是文學院的會議。剛才福軻一邊在講理論，何方幾乎沒法控制自己的眼皮，只聽見「福軻⋯福軻⋯福⋯⋯」頭一晃，才又驚醒過來。都怪昨天晚上開夜車，但工作實在太多，不開夜車無法完成。結果工作還是太多，開夜車也無法完成。

在十五樓，布萊希教授和福軻教授背窗坐在長沙發上，巴汀和岩士唐坐在旁邊，幾個帶導修課的研究生阿哲和明生，還有阮，散坐在旁邊的矮凳上，聆聽布萊希和福軻嘴中吐出的藍圖。說了一會，他們轉談最近《倫敦書評》雜誌上一篇書評。新來的幾位老師也來了，局面合久必分，又形成了小組討論的趨勢。

何方喚了咖啡，這才進來的肥陳坐他旁邊，剛坐下來就帶着他一貫萬事通的神情對大家認真地說：「格雷過去了，你們知道不知道？」

何方覺得有點愕然，不自覺地搖搖頭！雖說知道他進出醫院有一段時間，可沒想到這麼快！退休也不過幾年的事，回到祖家，後來又聽說回到香港來，當時也是肥陳知道內情，告訴大家：「據說他要控告學校令他因工受傷！」大家都知道他的問題是酗酒，怎麼這也跟工作有關係？

何方自然望向酒吧周圍的高台，彷彿看見一個英國人坐在旁邊的高凳上，看着杯中澄黃色的酒液，偶然也抬起頭來，透過額前的金髮，視線茫然地望出去，不知是不是穿過底下櫛比的灰色唐樓樓宇，望向遠方正在緩緩滑落山坡的夕陽？也許他甚麼也沒看，只是看着杯中的酒，一飲而盡，再跟白衣的酒保說：「再來一杯。」

「真可惜，到底是艾略特的專家！」肥陳彷彿要蓋棺定論，彷彿覺得不好意思光說八卦，也要帶點學術的層次，人既然死了也就不妨慷慨分他一點學院的尊嚴。布萊希教授和福軻都沒有答話，大概他們也覺得說笑話有點不合時宜，雖然過去同在英文系時有不少恩怨，也不想在這時輕薄；但話又說回來，因為人死了就肯定他的學術，這他們也不願苟同。巴汀不答嘴，福軻又回去講權力，研究生們當然就更不答嘴了！

沒人搭訕，肥陳又惡作劇地轉回何方：「他過去的辦公室就是你現在的辦公室！小心他頭七的晚上回來找你！」何方只好說：「沒關係！我們合作愉快！」

說合作愉快倒不是真確的。何方曾經和格雷合作教過一科英文創作課。那年只不過有三個學生，理論上是每個人寫了分別拿給兩位老師看，但她們老找不到格雷，所以基本上整個學期還是何方跟她們的創作，看各自的發展、修改、提意見。其他兩位年少，也不敢說甚麼，獨有作為成人學生（mature student）的阮，會說些捉狹的話：

「喲，真害怕見到格雷老師啦！這學期我只是上月見過他一次，他邊看我的小說，一邊把桌上的鉛筆啦、橡皮擦啦、膠紙座啦，全往嘴裏放！真擔心他會吃掉我的作文哩！也擔心他會突然在我面前讓甚麼哽在喉嚨裏！沒有甚麼比這更提心吊膽的事了，但結果他看完了，甚麼也沒有發生，只是說：『可以了！繼續寫吧！』甚麼也沒有發生，真是反高潮！」

阮做了幾年護理，然後才又回來讀大學。她本來是越南人，自小來港，在香港讀書，跟一個美國醫生結了婚，有一個女兒。因為她的工作經驗，因為她的背景，令她比同學都成熟點，她的粵語和英語都說得很好，好似正因為她的背景，令她的故事寫來豐富耐看一點。她最後一篇習作是一篇愛情故事，背景也寫到越南的傳統戲劇、水木偶、香港的粵劇，好似要把這些文化背景融合到現實的事件中去。何方覺得寫得不錯，給了B+，不料格雷覺得不好，說不知她想表達甚麼，要給「不合格」！

何方連忙去找他理論，他說看不明白，何方嘗試解釋：這是寫跨文化的愛情！格雷搖頭，從櫃裏找出他過去教過一位女同學的文稿，那是由他推薦發表在外僑雜誌上的小說，他遞給何方看：「這才是跨文化的愛情哩！」何方一看之下，為之氣結，原來那是寫一個香港女生，下午無聊，在彌敦道蹓躂，碰見一位英國男子，大家去喝了一杯紅酒，然後就上牀了！「這才是跨文化的愛情！」何方說不出話來了！

何方也固執，評分不讓步。兩人堅持己見，結果只好待校外評審決定。開考試會議之前，何方才發覺系裏沒有甚麼人支持他，一位高級講師本說支持，到那天早上卻突然說小說也不怎樣！何方這人微言輕的新人硬着頭皮等待發落，沒想到峰迴路轉，那位素未謀面的英籍校外評審，竟然反而支持了何方的分數，維持原判！何方好似打了勝仗，但下一學年，卻發覺自己不再在教創作的名單上了！

何方再抬起頭，彷彿看到酒吧高凳上的舊同事，又再舉起酒杯，一飲而盡。何方微微舉起杯子，想：一切都過去了吧！搞文化研究的班子，終於已從英文系分離出來了，現在已經有自己的系，分配了自己的辦公室。而同學們呢，像阮，大學畢業的成績不錯，現在留校成為這新系的研究生兼做導師，現在大家都可以各搞各的理論了。即使在深夜裏碰到從昔日回轉的鬼魂，也可以一笑泯恩仇了吧！

「我們的學生，好像沒有甚麼大家都熟悉的 common text，可以作為討論的起點！」那邊傳來教理論的福軻的話。何方不知該不該同意。他自己一直敏感地覺得，現在教書愈來愈多問題，但到現在還不很確定問題是否僅是在學生身上。

他的視線越過背窗坐着的同事的沙發，望向寬敞的玻璃窗外，底下是密密麻麻的灰色的平民化的屋宇，那裏有更混雜難解也更寬敞的空間。

肥陳在附近的桌子跟人交際，轉了一圈又回到身旁來，為今天的討論對着何方作了一句結語：「我早就說新系不要用舊的辦公室，如今分散在東西兩翼，中間隔了雜物房，三尖八角，好幾處的空間有問題。風水不好，不乾不淨的……」

何方想到自己要下去辦公室了，今晚還要繼續工作，打了個寒噤，還不知道是不是因為肥陳的話。

三

工作到深夜，何方對着滿桌攤開的書，要為新開的課「後殖民主義與亞洲文化」備課，第一節的開場白老寫不出來。還有兩天就要開課了，腦子裏總好像充滿了魅魎的影子，但要寫出來卻怎也寫不出來。書本裏像有許多線索，但執起筆來，零星的頭緒又一一溜走了。他伸出手，甚麼也抓不住；他寫下一句話，又好像是在滿天密密麻麻的線網裏抓錯了無關的一道線索，看來有點荒謬。

他愣在那裏有一會兒了。手上的香煙燒到盡頭，他把它撳熄了。把錄音帶放進錄音機裏，過一會，好似從很遠的地方傳來南音的音樂，那位盲歌者的敍事，淺吟低唱，像淙淙的流水，滲進了這小小的房間。那二胡的琴音，又好像把他帶回昔日……

有人來敲門，彙彙兩聲，然後是靜默。夜已深了，門外無邊的靜默，難解的謎，忐忑的心。他遲疑地打開門，卻看見阮站在那兒。

「是甚麼音樂？我在那邊的辦公室，聽見了聲音，一路尋過來……」

他說了。她笑着聽。他們說起了廣東的音樂，越南的說唱。她今天穿一襲淺藍色的衣袍，眉梢眼角彷彿帶着笑意。

「剛搬進那邊的辦公室，我們幾個人一個房間，收拾了老半天，剩下我一個人在發獃，忽然聽見了奇怪的聲音……」

離開的時候，她望一眼欄干外面黑暗的樹叢，回過頭來對他笑道：「你們這邊看不見月亮！在我們那邊，剛才打開門，可以看見花影和月色呢！我也喜歡工作到夜深，夜靜的時候，喝一杯茶，聽聽音樂，倒是說不出的舒服！」說畢，嫣然一笑離開了。

關上門，何方又回到他的書堆裏。打開一本理論書，看了老半天，開頭還很清楚，逐漸就迷糊了。他拿起另一本，看了半天，離開了原來想的，分心去了別的地方。書放下來。他精神恍恍惚惚的，腦裏有許多東西，但一絲一忽的，又總沒法捉牢目標，把某些模糊的感覺很清楚地說出來。

呆坐了半晌，他想到外面走走。靜夜的走廊裏空寂無人，他走着走着，在大堂門廊轉彎，沿着走廊走了一會，又走了回來！通往西翼的進口好像不見了！門廊好似變了牆。走回來，在另一個方向轉了彎，還是不對。白天明明存在的空間，在黑夜裏卻隱藏起來了！他轉了幾個彎，又轉回原來的地方。有一些明明存在的空間，卻沒法接觸得到，不禁心裏感到有點恐怖！

正在這時，他聽見外面有跑人下斜坡，上邊遠處似有人在起哄，有人尖叫，有雜沓的腳步聲。他探頭出去，卻又不見甚麼，只見微弱蒼白街燈下一段無人的路，連人影也沒有。他轉身回到自己那邊，推門回到小小的斗室，卻又好似仍然聽到那邊有奔走的腳步，有砰然關門的聲音。他遲疑了一下，還是閉上門坐下來。總是難以集中精神。他把播完了的南音的音樂再扭開，好似那是充滿神秘力量的符咒，令他聽不到外面的聲音了。但面對空白的紙張，仍然無法寫下一個字。

四

何方坐岩士唐便車到摩星嶺去。新學期開始，新系成立，又有新同事到來，系主任請大家到家裏吃飯。他們幾個住在南區的外國同事來往得比較密，何方住在城裏，平時大家沒有甚麼來往，他也是第一次坐岩士唐的車。平時只知對方研究德國文學。在車上，岩士唐說自己明年就退休了。退休後做甚麼？也許「回去」吧！也許可以正式讓自己寫點甚麼了。何方這才知道對方也寫點甚麼。岩士唐看來也不是太忙。他平時都是躲在房裏。他的房間特別有意思，帷幕深垂，點起檀香，封起了所有窗戶，他就在那兒整日沉思神秘美學的問題。彷彿沉潛在萬尋深的海底，難得浮出水面。

系主任布萊希的房子很優雅，是那些過去留下來的殖民地建築，何方每次看到人家這些美麗的房子，總是無限嚮往。是兩層的複式房子，裏面有很高的樓底，還有些迂迴曲折的空間。還未完全是當代那些劃一的商業間隔，還帶有某種貴族的派頭，有強調了階級分別的下人的空間和通道。布萊希從峇里或曼谷購回來的亞洲民俗藝術緩和了這種階級的分歧，牆上的能劇面具標示了屋主人對亞洲演藝文化無歧視的愛好。主人本身就有表演的才華，在鋼琴上露一手，用德文唱歌廳滑稽小調，美麗的喜愛文學的女兒不失風度地調侃父親兩句。一家人在殖民地生活下來而且帶着對歐洲藝術的熱愛，能在官僚制度底下周旋，還有自己的研究，又兼顧了家庭，令人欽羨。

布萊希多謝何方暑期做代系主任的勞苦。何方的自我感覺從來不會過份良好，他明白那是因為歐洲同事在暑假都要回老家，而主任又不想肥陳抓了權勢作虛弄假，把事情搞壞吧了。暑期裏也沒有甚麼偉大功勞，也不過是去接了新來的訪問學者的飛機——其實連這也不完全是。傳去問要不要接飛機的電郵沒有下文，擔心對方來到異鄉不認識路，就老老實實拾着塊寫上名字的紙牌去等。結果發覺其實珍跟另一位先來的同事彼特原來認識，跟另系好幾位澳洲來的學者也認識，大伙兒已經串連好去接她，何方的紙牌也幾乎成為笑柄了。此外就只是簽了許多簽不簽都沒有關係的簽名。人家在有權柄的位置上都威風八面，他何方卻只落得幾個星期的頭痛吧了。

他跟布萊希商量新系同學的碩士論文是否可以用中文寫？有些想報讀的同學來詢問。有些同學英文不一定好，但文學方面強；做東西方比較文學的題材，用中文寫也許更可以把理論落實，見到實踐的得失。現在寫法文題材不是也可以用法文寫嗎？布萊希縐了眉頭，說事情不是不好，但恐怕高水準的校外評審難求，怎樣保證論文水準也是問題。何方對這兩點不盡同意，也提出異議，不過派對上無謂在公事上糾纏不休，後來也就隨眾喝酒算了。

幾個研究生對新開的課有興趣，來問上課時間，想去旁聽。何笑道這不是給我增加壓力嗎？福軻走過來，把雙手搭在明生和阿哲的肩膀，說下星期放華格納的歌劇，大家要不要看？又約明生去游泳，說可以先上他家喝一杯。他看來已經喝了不少，大家都顯得很盡興的樣子。

就是多樂維夫人不喝酒，她研究玄學詩人，白衣一襲，看來有點出世，先是跟系主任太太閒話家常，後來珍過去她身旁，兩人談得挺好的。

阮問何方要不要助教。何方說還不知是八十還是九十人，助教是系方集中分配的。聽說都去了福軻那科。阮笑道：「他的課才不過是十個人上課吧了！」這時剛好珍過來，阮親熱地迎上去，珍跟何打個招呼，說謝謝他接機，已安頓下來了，明天一起吃中飯可好？然後兩個女子坐在一角說話，說得挺來勁的。

何方想吃點甚麼，才發覺剛才顧住說話，東西都已經去得差不多了，只剩下麵包。只好又倒酒。跟巴汀說了一陣話，說到一年級合教的課程，說要怎樣改。對方又問自己教的小說課中，有沒有學生嫌太多英國的文本，後來又說：「他們讀《太陽的帝國》，不覺裏面對中國人醜化吧？」何方特開放地說沒有，事實上也沒學生說。

巴汀說：那就好了！何方倒是想了又想，他當初也曾覺有點不妥，但可是他巴汀堅持要用的呀！那他現在又為甚麼要問，要求證甚麼？記起有次一位頂有想法的碩士班同學，口試時批評了巴汀的論著，後來他在表格上就寫「不及格」，何來大為驚訝，走去問他，他說：「哦？」又把她改回合格。他有時就是這樣，好像心不在焉。腦子在想別的事情，心不在眼前的空間裏。

一旁是他的學生明生，正在研究香港的英語寫作，說到安德森的「想像的社群」，說如何想像香港。何方說如果孤立從英語寫作的文本看這個問題，不看香港中文或譯成英文的中文作品，恐怕沒法說清楚想像的社群是怎樣。巴汀笑道：你不要退回一個狹隘的本土主義的立場呀！何方也笑道：你知道我不是呀！就是不知道為甚麼，最精采的理論借過來，都老變成是叫我們抹煞自己這地方上面的東西！

不久又來了一些不認識的人，屋裏的空間不大夠，就有人開始陸續撤退了。

何方跟岩士唐的車走，巴汀醉態可掬，也由岩士唐順路送回去了。車經過西苑（High West）停下，肥陳的車也剛回來，巴汀一下車就脫了外衣，嚷着「好熱呀」，搭在肩膀，滑到地上。巴汀高人一等，睥睨群雄。肥陳幫他撿起，推着他進電梯去了。岩士唐問何方回哪裏？「還是回學校吧！」雖然頗有點酒意，何方還想再坐在桌前，能做多少就做多少。但他腦裏亂紛紛的，能做多少他一點把握都沒有！

五

何方跟新來的澳洲同事珍和彼特一起吃飯，在十四樓的中菜膳堂。彼特是教影視文化的，而珍得澳洲文化基金會的資助來訪問一年，是女性主義的專家。何方一下子很高興地發覺，跟之前的外國教師比起來，他們似乎是少數願意接受中國食物的同事。不同有些外籍同事老躲在十五樓 common room 喝啤酒吃炸魚薯條三文治，珍與彼特表示了他們對炸魚薯條的厭惡，對檸檬軟雞和青菜讚不絕口，雖然珍也表現得怕蒸魚多骨，而且因為體質關係，主菜還是以蔬菜為主，但他們基本上表示對殖民地的本地食物抱持開放態度，甚至還告訴何方他們晚上勇闖本地酒樓的經驗。彼特對西環酒樓的叉燒的讚美，贏得了大家對他的好感。長久見慣老一輩英國同事令人窒悶的飲食習慣之後，這些來自另一幅新大陸的同事容易予人耳目一新的感覺。

珍打聽不少本地的風俗。何方一下子變成人類學中被訪問的民間報訊人。彼特身體健碩，他想知道這兒哪裏有健身設施。珍則問了各種中菜的菜館。「香港太美妙了！如果我在香港進食時還感到有甚麼不滿足，那就是對好的乾蕃茄的懷念了。」珍在閒談中也不過這樣說說。何方聽來有點迷惑，以他有限的對西菜的知識來說，香港的意大利菜還是不少，可能就是比較貴吧了！住在香港的外國人也不少，以外國顧客為主的像奧利佛、西武或是後來的 City Super，應該都不難買到乾蕃茄？說不定可能比蒓菜或茭筍還要普遍一點。但他說了幾個地方，珍倒是沒有甚麼反應。他就想他們這樣對甚麼都感興趣，學問見識又廣的人，想來一定也去過那些地方了。也許是他自己對西方食物的認識不足，也許她說的是一種特別的、他不認識的乾西紅柿吧。

彼特提一位三年級的學生寫了個研究計劃，有關複調小說，非常了不起。何方想起自己曾跟巴汀爭論過：小說的形式也有歷史呵，不能隨便碰到一篇中文小說就套，中文小說也有發展的歷史呵。但他不肯定談的是不是同一個學生的計劃。他正半信半疑，彼特說同學又找他指導。何方本想提些問題，這時珍就問他讀過一個澳洲的評論家嗎？說他剛出了一本評論集，她的意思好像說那書裏有所有的答案。她說她正想組織一個後殖民討論的讀書會，阮也很踴躍，跳起來說，好極了，說一定要參加！這是珍獨有的跳躍的思想方法，他還在具體的食物上和本地問題打轉，她已經跳到她愛談的女性主義和後殖民主義去了。

珍很關心系裏的發展，問起系裏招聘的具體情況。批評不該由高層操持，該有更民主的做法。又說年輕搞理論的老師太少，女性老師太少了。應該有想法的大家聯合起來！

何方還沒喝酒，就有點飄飄然，真是如覓知音。在九〇年代初期那些新舊交替的興旺的年頭，比較文化系剛脫離英文系獨立，推開了壓在頭上的條條框框，開辦了不少新的文化課程。在那階段，真是特別需要口味相投的戰友！

珍和彼特來得合時，是上帝派來的戰友！知道他要開後殖民文化這個課程，他們都表示鼓勵，覺得正是時候。他們說要來聽課，甚至自告奮勇，要參與教上一份。何方當然十分歡迎。坦白說，剛從一批保守的英國教授管治的課程下脫離出來，他還是沒有甚麼信心的，好像很需要別人的認同，也特別感謝別人的支持。好似他們是偏嗜某種偏門食物的老饕，或是某種秘密教派的門徒，對一些稍為顯示相似傾向的同道人也容易引為知己。後殖民理論後殖民理論，唸起來也像一道道符咒，足可以抵抗魅魎，撥開迷霧見青天的。

走下來的時候，珍問：「聽說昨晚圖書館鬧事了？」

何方說他不知道。問是甚麼事。珍看他一眼，說：「聽說圖書館出現了露體狂！女生都嚇得哭起來！後來被他逃脱了！」她又說：系裏的女老師太少了。阮說是呵是呵，説着從何方身旁踏前一級樓梯跟珍並排走下去。落在後面的何方覺得阮最近的打扮開始跟珍有點相像。

六

何方看進鏡子中，自己換上蜘蛛俠的衣服，帶上面罩，一甩身，從滙豐銀行的頂樓，飛往國金的頂端，迎頭追緝露體狂歸案！

醒過來，發覺自己伏在案頭睡了一晚。從重重難解的亂夢中醒轉過來，脖子扭痛了，手臂麻痺了，一切疑真似假，還不知置身在甚麼時空。他打開辦公室的門，走到走廊上，外面樹上的鳥兒正叫得熱鬧，空氣是那麼清新，他好似許久沒接觸過白天的世界了。他站在那兒舒伸四肢，感到説不出的舒服，回想夢中最後陷入纏身的絲網中不能動彈，種種扭曲的處境，總似是抑壓而不得舒展，他慶幸那是夢境，是一個可以度過的境地，現在他不是舒伸四肢，面對新的一天，可以重新開始他的工作了？

打掃的洪蟠來了，跟何方說了聲早，打掃了下水道旁邊的落葉，抹了門窗，見他的辦公室開了門，又幫他清理垃圾，把煙灰缸裏橫豎的煙蒂亂屍倒掉，把滿桌揑成一團的廢紙扔進廢紙箱，再把垃圾倒進黑色的大膠袋裏。何方想到自己的母親以前也是做清潔的，現在自己也參與製造了這麼多廢物，倒像個不事生產的，不禁有點內疚了，囁嚅道：「洪蟠起得早！」

洪蟠若無其事地說：「不早了！昨晚倒是鬧到夜深！找校警！本來還要說找警察！」

原來倒不是夢境，是現實？

「抓到了嗎？」

「那麼大一個人，站在書架旁邊對着女學生……一下子尖叫起來，大家就把他圍住了！」

這就好了，問題至少暫時解決了。不知哪裏跑來的這樣的人，應該好好接受心理輔導吧，何方想。也該回到自己的工作上了。

「還說白天教學生呢！跑脫了，但誰不知道他是誰！」

何方嚇了一跳，以為與自己工作無關，還是有關的：「是這裏的老師？」洪嬸也不答話，就舉手那麼指向西翼。她也沒說是誰。何方可嚇呆了！是巴汀？是福輌？是布萊希？是岩士唐？是彼特？是肥陳？好似每一個人都有嫌疑，每一個人都牽涉在內。但聽見洪嬸說：「也不是第一次了，深夜的時候，就脫得光光的，白白的身子，高高站在西翼的闌干那兒，對着後巷，要人看他！『肉酸』死了！偶然走過，都給嚇個半死！」

洪嬸拖着清理出來的一袋垃圾，拖過走廊的地磚走遠了，一邊是舊建築優雅的雕花，一邊是破舊的裂縫，新搭起來維修的竹架，早晨的太陽透過深淺不一的樹叢在紅磚上留下斑駁的影子。剩下何方一個人呆呆地站在走廊裏，半晌說不出話來。

濠江殺手鹹蝦醬

○ 世紀的除夕

彼得發覺自己逐漸記不起油街的樣貌了，他沒法描繪那種氣氛。他本來是熟悉不過的。那一年，他整個人沉浸在一種高昂的氛圍中，但現在他甚麼也說不出來。

他已經開始忘記她的氣味，那在黑暗中摸索到身體的輪廓、避開別人耳目相擁相吻時的快感。在澳門他是國強，在油街這未定型的藝術區他是彼得，跟另一位藝術家分享一個工作室。戴上黑眼鏡，他當時說很多好像「顛覆」、「另類」、「解構」那樣的字眼，老覺得帶着別人讚歎的回聲。

國強在文化局工作，也為政府劇團編劇，劇團叫他寫《濠江的水流》，寫一個歷史劇慶回歸，他說想寫《濠江殺手——一個無政府主義者之死》，總監叫他別開玩笑。妥協的結果是構思一個新的喜劇：老套的懷舊劇，帶進一點殖民地歷史，加上無數笑位。國強抗議了一次，終於答應下來。他覺得喜劇是有顛覆性的，表面老套沒關係，他有信心可以「解構」老套的意識形態。

他喜歡坐船過來香港，來到北角，可以不必理會北角的歷史和文化，躲進油街就是他的安樂窩。他的照相機拍攝這政府舊物業管理署剝落牆壁和簷角，放大了的細節有一種朦朧的美感，幾乎是不屬於人間的。

他在這剝落的牆壁光影間見到了安，或者說：接觸到她。是一場玩瘋了的遊戲，一場接觸即興舞蹈，他伸出手，他覺得自己觸到她柔軟的心——其實是她的胸吧！

那種酥軟的感覺一直留在他掌上，他覺得自己第一次接觸到甚麼是自由。

那是世紀的除夕，大家都愛自由。學生蹺課不交習作去追求自由，記者寫錯資料不願改有他的自由，地產商說你付出更多的錢就有更時尚的自由。美容產品、報館老闆，大家都靠自由與興旺旺地建起自己的企業了！

那是世紀的除夕，舊的帝國在夕陽微光底下摧枯拉朽了，新的平等正義的聯邦卻未建立得起來！彼得覺得自己是正義的騎士，在晨光曦微中一身白衣騎着白馬，挑戰權霸一方的寨主：安那辦畫廊的上海丈夫！

上海丈夫其實是寧波人，也不特別霸道也不狡猾，人倒是和和氣氣的，喜歡吃臭豆腐，並且常常回上海，給了他們很多自由。

先是在電話裏說些風言風語。約吃飯，又改了期。到了約定的周末，她說：「颱風瑪姬要來，正下大雨，不出去灣仔了。我在畫廊，你帶點東西過來吧！」

半瓶酒不到，兩個身體便纏疊在一起了。她抱得他很緊，他感覺她緊密地包圍他，兩個人起伏在相同的節奏裏。

事後，她到外面收拾東西，回來說：「剛才連畫廊的門也忘了關哩！幸好沒有人。」

他喜歡敢作敢為的女子。

也許平常在政府部門太規行矩步了。愈是這樣，他在這邊愈是在口頭上更猛烈反抗權威，讚美激情、剎那的衝動、嘲笑婚姻制度、說家庭是一個囚籠！

他無限驚愕地發現，一個月後，安與她的上海丈夫去了箱根浸溫泉，在繁忙的生活中，追求「身心的鬆弛」。

她回來，若無其事的，一群人又一起吃飯。最後發覺他神色委頓，把他拉過一旁。她好像有點意外。借個藉口，離開眾人，約了他在後面天台的秘道會面。她是那麼慷慨的把自己給予他，指掌和柔唇都設法要令他快樂起來，他沒有甚麼可埋怨的了。

他笨拙地說，要跟她在一起。伏在胸前沒看到她的臉容，只感覺她的手撫在頭上。聽見她　：「唔，還不是時候。」

他嚐到自由的滋味。就是天台的風有點冷。

那是新世紀的前夕。油街像一個嘉年華會，每天都有派對、開幕、突發性演出。

他總期待在眾人圍攏的飯桌另一邊看到她的臉孔。走過身後時在他肩膀輕撫的手掌，窄巷子迎面走過時在膊胳上的一握。只有在畫廊的後室，在天台的暗角，他才活轉過來。

油街這嘉年華會繼續下去，但好像也開始響起警號。在飯桌的對面，有人說現在大家把這地方搞起來，地產商又垂涎了。政府快要把這地方收回去。好日子快要沒有了。

有人就說，媽的，老巴巴的跟迪士尼談判，吃盡一切虧還要提好條件請人家來，以為來了就可以促進旅遊。對自己人卻這麼刻薄。搞好了一個藝術社區卻連同地產公司要把大家趕走。

要抗議！示威！

彼得比誰都激烈，好像比誰都更激烈地不知要維護甚麼，維護的不知是不是屬於他的東西。說完激烈的陳辭他停下來看安。她沒有甚麼表示，但面上好似也泛上紅潮。她對這問題也關心。

彼得沒看得夠仔細：面上的紅潮是前面桌上麻辣火鍋在燈下的反映而已。麻辣火鍋是上海丈夫剛帶回來的四川畫家準備的。上海丈夫說這是目前最當紅的畫家，專門畫各種各樣吃麻辣火鍋惡形惡相的男女食客，據說在巴塞爾賣得火紅。

麻辣火鍋一直就在自斟自酌喝啤酒，冷眼旁觀地看這幫港澳年輕人起哄。他沒答嘴也不參與，就默默喝酒，然後吃菜。上海丈夫說：「起筷！起筷！嚐嚐麻辣火鍋！」一幫人圍攏過去，但都不是吃辣的料子，起哄不久就停下來了。上海丈夫能吃，到一個地步也得停下來，抹着滿頭大汗。只有麻辣火鍋繼續吃。一句話也不說，但比誰都更吃得辣、吃的飯比誰都多。

彼得熱心參與抗議政府收回油街的示威，他有幾次也去支持甘神父為爭取居港權的遊行，他不大清楚細節，但想做「對」的事、想站在「正確」的那一邊。當然他大部份時間還得回去澳門工作。國強繼續跟劇團總監寫慶回歸的劇本，最後定名為《甜甜酸酸衙前地》，好些棱角都給磨圓了。他仍然希望有一點「顛覆性」，但也不肯定了。

他想找安過海去看戲，卻老找不到她。打她的手提老是空響，畫廊的電話老打不通，打通也沒人接。他想起過去跟他在牀上，她聽到電話聲，看看是上海丈夫的號碼，就搖搖頭，讓它響下去。現在他的心有點亂了！

風大雨大，他不顧一切趕過香港去。雨下得很大。船抵埗就說跟着要停航，颱風約克來了。他對外面的天氣渾然不覺。到了油街，再打電話，還是沒用。畫廊半掩門，裏面好似有人聲（也許是雨的聲音），叫門也沒人應。他推門進去，角落桌上電話打開擱在畫冊上，好似有人聽到一半走開了。他遲疑地推開內室的門，被褥有點淩亂，好似還帶着餘溫。他似嗅到她的氣味。他的雙腳不知怎的不住發抖。他嘗試走近後面，不知為甚麼總沒法下決心推開後門走上往天台的秘道。

他扶着牆壁，跌跌撞撞走回外面的畫廊。他站在那裏，抬頭但覺四壁巨大的麻辣火鍋如多個烈日灼照於他，他如上海丈夫那樣抹滿額的汗了。

《甜甜酸酸衙前地》上演了。連劇本裏僅有的幾條刺也拔掉了。演員特別誇張，變成睦鄰和諧的搞笑劇。

跟安終於通上電話。她說：「你不是一直追求自由嗎？不是說我們都是自由的，你甚麼時候變得這麼纏身了？」

回歸的晚上。要來的香港朋友都來不了。民主派被拒進境。藝文界幾個沒了影蹤。國強幾個人照原定計劃在老澳門漫步，在不同景點唸詩跳舞。原計劃去到鄭氏大屋廢置空地就唸香港詩人的〈鄭觀應在舊屋寫作盛世危言〉。香港詩人糊塗，傍晚小睡睡過了頭，醒來已是翌日大白天，不知道昨晚一眾澳門朋友還未走到舊鄭氏大屋就已經給公安帶回去問話。擾攘半天，回歸慶典過了晨光曦微才放他們回家。

國強感到很壓抑。他希望有一場革命。他穿上捷古華拉的T恤，很有型地在街頭揮動雙手——手上揮動甚麼呢？他沒有自己的旗幟。

他聽人說，除夕過後，千年蟲成災，所有電腦適應不了都要崩潰，整個政府、整個股市、所有建制都會癱瘓下來。人們衝上街頭，世界自己解構，這是他理想的安那其世界。

來了除夕倒數……六、五、四、三、二、一……除夕的鐘鳴、海上汽笛長鳴，滿天彩色紙花灑落滿街，香檳酒「噗」「噗」打開，相戀的人在彼此懷裏，吻過不休。國強在電視裏看着這一切。不，甚麼都沒有發生，世界並沒有大亂，假期過後還是得上班。

印象中的油街像一個假期，大家都不用上班。是一個長長的嘉年華會。他過了年還是回到油街，但油街也逐漸變得不同了。多了些遊客來趁熱鬧。示威遊行成了例牌公事，喊的口號都有點陳舊。幾個月過去，他怕這假期也快要結束了。與政府的談判被組織起來。劇場大佬佈局排陣。他這些散兵游勇又一次落了單。

上海丈夫把畫廊搬上荷里活道，生意愈來愈好。設計師都找到更好的出路。政府與商談的「代表」達成協議，把藝術村搬到牛棚。又過了幾個月，牛棚開幕了。他到那裏一看，都沒有他認識的人了！是一個新的佈局，新的領導，新的架構。嚴密的管理員。他站也不是，坐也不是。

他開始懷念油街，同時發覺：油街在他腦中逐漸變得模糊了。好似一天一天地消失、一個人一個人、一幢房子一幢房子那樣消失了。他愣在那裏：油街到底是怎樣的？

所有這些失落，令他不斷回想，他要寫一個故事，幫他回想得到了甚麼，又失去了甚麼。他不知能不能寫出來，他寫下了題目：《濠江殺手——一個無政府主義者之死》。

一

鹹蝦醬推門走進更衣室，正要揀儲物櫃，卻瞥見一個紋着青龍的肩膀。他心中一懍，下意識把手掌挪近腰間，走到角落坐下來。他比平常更慢地換衣服，用T恤捲住手槍，放在身旁伸手可及的地方。直至他目睹那個平頭裝的男子出去了，才把衣物鎖好，步出泳池。

她不在泳池裏。他並不能太着跡地找她，只沿着四四方方的泳池走一圈，然後跳進水裏。水裏沒有那張臉孔，人群背後也沒有。也許他剛才看錯了？也許只是他的疑心，令他看見她和一個男子的背影拐進泳池入口。也許不是她，他看錯了。也許在他跑進隔壁日本公司買泳褲的當兒她已離開了。他每一個角落都找過。並沒有。他在泳池裏來回游動，每次仰起頭，眼睛都像探射燈四處巡邏。

引起回望的目光，他瞪回去，最後還是把頭埋回水中。本來不是個疑心重的人。到底為甚麼好似變了另一個人、連昔日的手足都不認識的、另外一個神槍阿二。舉起槍就彷彿看見幻影重重。好似關雲長失去了偃月刀。有時還變得婆婆媽媽。這個過去殺人不眨眼的硬漢，現在被人傳說在下環舊戲院看《風月俏佳人》也看得眼睛紅紅，拿着舊紙袋裏喝剩的一罐啤酒搖搖晃晃地走出來。

他在水中划前，抬頭看遠方的主教山。水流包圍他的身體。好像是在里斯本。

那兒所有的記憶都跟水有關。他與她在一條河上，大家都好像沒有過去，好像只是孤立海中的島嶼、飄流河上的小船。船上的夜風刺骨、香檳冰冷又令人陶醉。他們選擇留在船尾當風，不要回歸船艙的庇護。冷風冷香檳，令她的臉孔特別軟特別熱。她說：我是你在里斯本的女人。

花園裏茂盛的花，暗夜裏依稀有艷紅。在 Lapa 山上，俯望夜裏 Alcantara 船塢。我們是在天堂還是地獄？

到處都有天堂與地獄，有住在半山區的，有住在山下徙置區的。成者為王，敗者為寇。戰後做走私生意發跡的人。

廢墟。舊礦場。罐頭沙甸魚。軟松木塞。陳舊的酒吧。然後，到處一樣，樓宇一幢一幢建起來了。有些人的荷包腫脹起來了！

高速公路，現代化，四月廿五街，國家體育館。澳門在回歸前不也突然多了許多奇怪的建設？

他們像一對年輕情侶那樣從山上的公園眺望夜景。她說：「真像……我們的賈梅士公園，」難道千里以外還是不能擺脫白鴿巢？

但結果他們還得在另一道橋下來。總有那麼多橋。幸好，這裏不會老碰上賭場！但結果他們還是發現了一所。

他們開始感覺有人在背後了，是一個戴黑眼鏡的傢伙。他們上了車，卻在倒後鏡裏看見對方也上了車。他們叫司機飛車離開市區。換了好多次車。他們深夜在荒蕪的老區迷路。他們好像一對路上流浪的兄妹，又像一對患難夫妻，互相照顧也互相依賴。他們最後推門走進一所快樂喧嘩的餐館，在無人理會的角落坐下來。那裏有最濃的湯、最醇的砵酒。所有的記憶好似都跟水有關。他覺得自己可以忘記過去、忘記澳門、忘記黑社會的火拼，一切重新開始。他開始計劃，怎樣可以擺脱幢幢的過去、擺脱身不由己的歷史，就這樣隱姓埋名，一起移居到一個名叫里斯本或甚麼的城市去，在那兒終老。

說好了。但第二天清晨她哭了。她說：你不要逼我！你不明白我，這是需要時間的。於是他嘗試去明白。也許她有她的難言之隱？他不要傷害她。他想自己像所看的荷李活片主角那樣寬大為懷、舉止得體。戀愛令他不要做一個落後地區的爛仔。他坐在那裏，穿上華沙池款式上裝又脱下，聽着她打電話回去訴説歸期，老大會到氹仔的機場接她。他想他應該改邪歸正做個體面人，他不會打女人。他坐在那兒看她化粧，塗上淡淡的唇膏，戴上黑眼鏡，向他嫣然一笑。他記得看過她演的艷情片，好似就有那樣的鏡頭。

二

他記得老大當初叫他幫忙跟蹤他的女人，看她若是有一個情人就幹掉他。黑沙灣酒店。行雷閃電的下午，她明明是跟一個人在一起，他踢門進去，只見她穿着內衣，桌上擺了瓶酒，她捺熄香煙，鎮定地說：「我就是在等你！」她往杯裏倒酒，說：「你敢不敢？」烈酒和激情，他變成了他應該幹掉的人。

他完全沒料到是這樣的。他控制不了自己，她身上的芳香讓他迷魂了。他粗魯地托起她的大腿進入她。她稍稍調整身體來配合他。他從來不知道可以是這麼美妙的。那是一個溫柔窩，他一次又一次地沉進去。

他逐漸知道她多一點。她躺在他身邊談她的身世，她的手掌燙貼，從另一個角度去知道他。中葡混血的背景，令她一直覺得自己身份曖昧。她小時候在白鴿巢玩，看見葡國小孩喝罵中國小孩，罵他們玩得太吵，要打他們，她就哭了。她是沒有歸屬的一個，葡國孩子覺得她像中國孩子，中國孩子又覺得她像外地人。她嬌俏的臉孔掩護她的身份，也暴露了她，令她孤立無援、沒人照顧。他呢，自小是孤兒，寄人籬下，很早就出來工作了。他特別喜歡獨立能幹的女孩子。他們兩個到底是出身相近、經歷了生活辛酸的澳門人呵。

他生日到了，他想她帶材料到他家裏來給他弄菜。他想她做他的女人。他們喝光了一瓶酒。她纖纖的指尖靈活飛舞，卻只是熟練地調弄出一盆前菜。他可以想像一個貧窮的少女時代，她過早地要上街買菜下廚照顧一家人。他喜歡她現實能幹的一面。工作時她的頭髮束起來，有一兩撮飄揚在外。一滴汗在暗棕色發亮的額角、在纖長的頸項上。她回頭向他一笑，他說：「給我做真正的、有四百年歷史的澳門菜！」他不知道自己在說甚麼了。

她柔軟燙熱的嘴唇封住了他的。他們擁抱在牀上，感到前所未有的親密。她答應找一天給他煮一頓完完整整的澳門菜。但今天先叫外賣。他開始憧憬他們的將來：每晚一邊做菜一邊在廚房裏造愛，肌膚濃烈的氣味混和着葡國非洲雞和鹹蝦醬豬肉的味道。

他覺得她「本來」是純潔的、是有原則、有自己想法的。不過是後來的生活令她蒙上灰塵，他覺得他可以抹拭乾淨，令她回復本來面目，那就是他的理想了。就像他每次走過南灣，總惋惜秀麗的濠江山水，日漸變得殘缺傖俗，但他相信這一切終會過去。她「本來」的面目會重新展顏。她到十里洋場、燈紅酒綠的香港拍片，拍過三級片，吃盡了虧，他對她只有更感憐惜。她人看來年輕，還是那麼單純，有時甚至笨笨的。而電影圈是那麼複雜。他可以想像一個像她那樣的女子置身在品流複雜的電影圈有多難受。他甚至覺得：她甘願受庇於有財有勢的老大也不是不可了解的一回事了。他知道她並不真愛老大。他不尊重她、不了解她。只把善唱的鳥兒關在一個金籠子裏。而他是行俠仗義的武士，正騎着白馬馳騁而來，要把她釋放，給予她可貴的自由和尊嚴。

三

飛機降落的時候他再看見濠江淡黃的水流，好似經歷了千萬年的混濁一時無法清洗。但那是他最覺親切的地方。他鄰座姓何的斯文人說他剛從一個名叫斯洛文尼亞的地方回來。他不認識那個地方。他的世界只有澳門，現在他稍為知道里斯本。

但他心中滿不是滋味。她走後里斯本變得實際又倨傲、充滿官僚習氣，他繼續完成葡國警方主持的反黑訓練。他不覺得自己學到甚麼、也不覺得他們真正關心。有時也喪氣，有時還是覺得自己這樣做是對的。他真的要離開老大、離開他們那血腥的世界，他希望自己可以盡一分力，肅清罪惡。有時他也會懷疑一切都沒用，他自己這樣做其實只不過是為了她。他到頭來背叛了自己的出身、背叛了自己過去的圈子，他真正是孤身一人了。而她呢？她是站在他身旁嗎？

當他們擁抱在一起時，他幾乎可以肯定。但每天晚上他獨處的時候，疑心就像臭蟲一樣把他咬得又癢又痛。白天他也是神經兮兮的。電話響了，他連忙去接，對方問他可是剛去過里斯本？他心往下一沉，擔心他與她的事曝光了。幸好只是銀行打來。原來他的信用卡在那兒被人盜用了。他心目中的浪漫之地，原來也像澳門那樣充滿罪惡。幸好發現簽名不對。而且，對方說，兩地早有聯繫，這樣的冒牌詐騙也不是第一次發生了。他盡量回想，是哪一所優雅的酒店、哪一所浪漫的餐廳，到頭來盜用了他的信用卡？這樣一想，就好似所有美好的記憶都可以出賣他，他不願意這樣想，他抗拒想下去。

他們再一次纏綣在峰景酒店殖民建築的寬敞房間裏，短暫的分離激起他們份外的熱情。喝着冰凍的香檳，透過露台的白色窗紗看着無限好的夕陽如何一步步變得淡弱無光。風起了，天變涼了，他們卻仍然依戀着彼此的嘴唇，但願今夜的煙花永不開始，不會催促偷情的戀人不得不分離。

幾小時後他在衣香鬢影的露台上與她重逢。她扮演不同的身份，她還是老大的女人。這是峰景酒店最後一夜。樂隊演奏，煙花盛放。這不尋常的一切到頭來都要結束。有人在講酒店的歷史。從明天開始，這歷史悠久的建築就要撥歸葡國，重新裝修以作回歸後葡國領事府邸，這是中葡協議的結果。許多人捨不得這美麗的酒店，他也捨不得。但沒有人徵求他的意見。他從露台望下去，黑夜裏看不見濠江的水流流動時的閃爍，那兒好似只剩凝滯不動的一團黑泥漿，一切都沉睡不醒了。

他走到露台較少人的另一端，想讓冷冷的夜空氣令自己清醒一下。沒多久他又發覺自己置身在人際的羅網之間。澳門並不太大，每個人都認識每個人，織成一個他擺脱不了的關係網。葡國高官、社會賢達、帶點辛酸的葡國知識份子、樂天的葡國老兵、在商言商的生意人、看風駛帆的行政人員、掛了太多珠寶的太太小姐、摹倣洋化的開放姿勢。他覺得有點沉悶，想離開，卻遇上AC99在遠處向他打個眼色。他走回酒吧洗手間打電話，說出密碼。那邊說：一切順利，下星期依計行事。他感到舒了口氣，好似放下心頭大石，但另一方面又感到隨之而來的充滿疑慮的空洞的感覺。

他抬起頭，就看見她站在斜對面的角落。旁邊老大不在，傑克正陪她說話。她的樣子好似有點醉。她的醉態他熟悉。她的手好似擱在對方的肩膀。似乎不必要地顯得太親密。當然這只是他的過敏，他受不了她喝醉酒和別人而不是和他說話。

他去取酒卻迎面碰上老大。這麼小的地方真是要避也避不了。老大又是那一套：嘲笑他的「改邪歸正」，問他甚麼時候受不了沉悶的茶葉生意重出江湖，然後又自誇自己何如大大賺了一筆，如何不把衙吏放在眼內。掌摑明星、醫院殺人、飛車和棄屍！唉，那正是他出盡辦法擺脫的罪惡世界呵。

老大又說電影公司要拍自己的傳記，連推辭也推辭不了。他不是鹹蝦燦，他知道：根本就是老大自己在背後出錢。他也懶得頂撞對方。這樣也好，愈是看穿對方自大的面具，愈是不必動感情。就像看一齣教父甚麼的黑社會電影。電影。說到電影，自然又說到她也在新戲中飾演他的忠心情人。「她最喜歡演戲。再有機會在銀幕上出現，不知多高興！」這跟他聽到她的說法不同。她說討厭演，是被老大逼着去演這爛故事。他恨老大充滿佔有慾的說法，好似她是他的禁臠。

有時聽老大這樣的話，他也會懷疑是不是她也騙他。但他不要這樣想。他要做得比老大好。他已厭倦了老大血腥與暴力的世界。他不要用那一套講數劈友的方法解決問題。他真是對她好。所以有時他看見她跟傑克熟不拘禮他也不會干涉。那是她拍戲學回來的洋文明。但也許她真是喜歡演戲？所以在老大的故事中如魚得水？這時主人家敲鑼請大家入席，人潮衣香鬢影從露台魚貫進入寬敞的餐廳，恍如荷李活電影中的一幕。這就是我們的城市，商賈高官黑白二道與明星記者合演這齣熱鬧繽紛的懷舊片。老大正在舉頭四望，他也回望剛才那個角落，卻看不見她了。黑西裝的紳士與白長裙的女士從身旁擦過，他禮貌地移過一旁，順人潮離開了老大。

長長的鋪上白桌布的餐桌一列列排開，有鮮花和燭光。僕歐正在給大家斟餐前酒。微甘又有點檸檬般的水果香味，卻不是不會把人醉倒的。他看着瓶上J和G兩個書法字。Moscatel de Letubal。他在夏天喝了許多次這酒，沒有怎麼理會上面寫甚麼出處。夏天快要過去了。他與她喝光了一瓶再來一瓶。她不喜歡烈酒，喜歡這短促的夏日歡愉。她嘴裏有酒的清香。他們吃到頭盆就停下來了。他們共享的最好的酒食總好像是餐前酒與頭盆，老是去不到主菜。他希望與她一起煮一頓完整的晚飯，一起吃一邊慢慢聊天。他想與她過夜。不要這樣匆匆忙忙的。他希望她給時間讓他去愛她。回來以後他就一直這樣想。總會有機會的，她說。會有這麼一天的，她說。只是他的心裏老不踏實。

在那邊，老大身旁留了空位，頻頻回望門邊，也好似心裏不安穩。他想起去年那次，大家一起去村裏交涉，村長留他們在祠堂吃盆菜。老大對古書室的文物沒興趣，他們一早就踏出門外，村婦要鎖回大閘，老大才發覺她還未出來。他其實早發覺了。過了一會，才見她低着頭和傑克一起走出來。說是傑克要為她拍造型照，迷路了。老大沒說甚麼。他當然更不會說甚麼了。

她對他說：我不要再活在謊言裏。但這是甚麼意思呢？她也好似不是言行沒有矛盾。但他從自己角度體會，也想彼此不說謊。他覺得自己對她動了真感情，真想對她誠實。他說：好的，你離開他，我們到里斯本去。我們一生互不欺騙地生活下去吧。但她只是哭：你不了解我，你不知我多難做！她突然變得歇斯底里：這樣生活在一個說謊的世界令我多辛苦？彷佛是未排好的一場戲。她這樣說，為甚麼有時她又不是這樣做呢？是由於兩個人相愛，對自己對別人都變得要求比較絕對？又還是……其實只是拖延想找個理由不跟他在一起？因為他發覺，她不是說以後不再對他說謊，而是說，她不想瞞着老大跟他偷偷摸摸在一起。那他，他該怎麼辦？他出了滿頭大汗，脱下華沙池上衣。拿手中的《蘋果日報》搧着自己。他雖然穿華沙池，隨手抓到的還是《蘋果》或《東方》。危機時刻可資參考的資訊實在不多。

於是他又翻出聖經。中學時從天主堂領回來的聖經。書角捲耳。他中學時參加過詩班，曾經是虔誠的教徒，一度幾乎想領洗。那當然是他在夜店開槍轟死敵對堂口的頭子、活活燒死卡拉OK十個人搞出名堂以前好多年的事。現在他放下屠刀，又再拿起聖經。愛情真的令他回到十八歲，令他有這麼虔誠。

她穿着黑色晚裝，渾身顫動：你教我該怎樣？只不過好似前面的戲還未該發展到這個激點。但她説要説謊令她難受。他愛她當然不想她難受，他只好同意他們暫時少見面。他在家中讀聖經。她有時從各種場所抽空給他一個簡短的電話。到他開始敍説聖經的內容，她告訴他她得掛線了。他感謝她給他來電，這證明她對他有感情。他繼續在家中讀聖經。戀愛令他想變成一個更誠實的人，拒絕了其他女子的引誘，一心一意對她好。偶然他在《蘋果》社交版的豪華盛宴花絮照片裏瞥見她。濃妝打扮的樣子有點俗艷。他心上人去追逐那樣的東西令他有點心酸。濃妝底下她仍是他眼中的真人。上帝保佑她。

他覺得自己以前暴烈的時候她愛他多一點，到他想改邪歸正做個斯文人她反嫌他軟弱了！若他感覺她也開始擺脫他、欺騙他，那他會很難受的。她沒有明確表示立場，他們還會偶然見面。但她約了他中午見面，然後又突然爽約。她說沒辦法，老大要跟着她出來。到了下午四時她才回電話。他也變得敏感了。過後他照來電顯示的那個陌生號碼打去，卻聽到一把陌生的聲音。那是傑克剛從上海回來的一天嗎？他忘了。她說的是真話？他是一個傻瓜嗎？

他記得小時候看過一個葡國來的馬戲團。他們搭了給小孩子遊戲的帳蓬，走進去，是個哈哈鏡的迷宮。他在裏面迷失了。在那些鏡子上，所有東西都扭曲了形狀，他沒法認出一切，包括自己。他愈走愈急，着慌了。晚上還在發惡夢。不，他其實並不想把她想成騙子。他並不想否定這自己全副心力放下去的愛情，若果他開始懷疑，從她穿衣打扮、到與每一個男人說話的神情與語氣都懷疑下去，那就太可怕了。那樣子整個世界會崩潰。他會在那扭曲鏡影的迷宮中迷失。偷情的世界正如黑道的世界，正因好似是在一切規則之外，裏面的人更渴望建立規矩，更需要抓住一點甚麼。滴血為盟。紙扇草鞋。黨章。堂規。蘋果或東方。聖經。就怕墮入那萬劫不復的迷濛一片的虛無。

去到虛無的最底尤其想努力重建甚麼。他不甘願否定她。他肯定事情未必是謊話。可能有誤會。他記得她的好處。他們有過甜蜜的光陰。她也試過對他好。但為甚麼她總像身不由己？他記得最初老大帶她出來，對她不見得很尊重，老說怎樣改造了她，說教會了她打扮，教會了她穿名牌，教會了她去貴價的香港髮廊做頭髮。她默默地低頭微笑。最初他覺得她有點壓抑，對她有憐憫。覺得她有優點卻被人抹煞覺得不值。他覺得是自己的愛令她重建信心。他愛的是她本人，不是那些開高叉的裙子、那些妖冶的低胸黑色晚裝。但他不明白她對老大怎麼這麼依賴不捨，好似已是根深蒂固的習慣，她寧願聽從那些權勢。若說他尊重她的愛惡，他的愛令她明艷，她卻帶着那新添的自信來挑剔他不夠強悍了。

全城好幾處縱火，電單車後座的怪客投易燃的火水瓶，十多輛汽車着火焚燒。不知怎的，暴烈的城市裏相愛的人也變得暴烈相向。火光掩過了東西方的和諧門。積累下來的矛盾變成苦澀。他想知道，她有甚麼不滿意他？可是跟慣了老大的標準，要求更快的車、更威武的葡國賽車手、更奢華的歐陸傢具、更兇狠的殺人手段？在爭吵中她毫不留情，好像她又回到老大那邊，來恥笑他所追求的簡樸自然。為甚麼他覺得她老是靜不下心來，總是那麼飄忽，要從他身邊飄開去，叫他抓也抓不住？他覺得她本來不是這樣的，他也見過她不是這樣的。自己好似正在逆流游泳，與全世界的水流相逆去尋回那一晚在異國河上的她。

四

他今天一整天想聯絡她，是想設法令她晚上不要跟老大一起去吃飯。他怕她有危險。不想警方採取行動的時候傷及她。他並不是要管她。為甚麼她又關了機，索性不回覆他呢？

他在水流中麻木地來回，好似眼前只是一片空白。他只希望她覆他，說：愛人，是呵，我知道，我也同樣想着你。是我身不由己，沒法更早聯絡你吧了。若是她神情閃爍、支吾以對，或者伶俐地說：「是嗎？沒收到你的訊息。我忘記開機了、電話跳線了。」那他一定會變得很難受，覺得曾有的歡愉也可變成虛空，怎麼美好的愛情也可以不過淪為庸俗的偷情騙局吧了。

也許他永遠沒法回到一個無瑕的過去。他以為她本是一個感情真摯、善良而正直的人，不過因為遇到的塵世俗事，令她壓抑真性情，令她放棄了本來想做的事、本來的理想？本來。本來。本來。倘若根本沒有「本來」呢？

他不想就這樣一直懷疑下去，把一切都毀掉，又回到令人胸口發脹的渾沌的一團灰濛濛的虛無去。

他仍願意相信。若果事實可以證明。他也不是要追求一泓清澈無波的湖水。對，世界也不是粉紅色的！她本來是老大的女人，是他越過了規矩，現在他又想追求一種規矩，不希望有一個老三來破壞了。這世界，真是充滿矛盾。

中午新聞又報告飛車黨投擲炸彈傷及了卡拉OK門前一伙人。他只是想着她。想自己要不要採取行動。算了，那是不可能的。他對自己說，不要勉強、不要令自己由於憤怒或妒忌而扭曲了嘴臉。不要以暴易暴。

問題是：他殺人放火，她可以接受；當他被戀愛改變了，要文明、要講理，要揚棄暴力，她開始覺得她他軟弱了。婆媽了。

他打開又摺上報紙。等她的電話。蘋果速銷發現假酒。為甚麼人可以又這樣又那樣？為甚麼我們的傳媒可以又正義又淫賤？眼前現實愈來愈複雜，不是他能輕易解釋的了。

最後她的電話來了。他們約了在路環一所小旅館見面。可見她亦不是沒有真心的。這一天，她不是又好像渴望見到他嗎？當她說她想着他，他也相信她了。當他們閒話家常，坐在那兒吃馬加休球喝葡國紅酒，說起他的健康，他又會覺得，她也關心他。她也不是一個沒有心的只會演戲的藝員。

他們坐在餐廳裏，他也忍不住大膽去吻她，好似想重新帶出被那麼多事情掩埋了的溫柔。他的手指撫過她的臉頰，好似令冰硬的皮膚再有了溫熱。他勸她今天晚上不要去出席老大的慶功宴。他還是不能說得太明白。不能說當老大在頂樓的貴賓廳欣賞無線電視為他吹噓兼為新片宣傳的節目播映時，他秘密効忠的總警司就會率眾進去把他們一網成擒。不，他不能把這秘密預先洩漏出來。他的劇本裏也有能說和不能說的對白。

她說她頭痛，本來也不想去。

他不知說得夠清楚、她聽得夠明白沒有。他想好好跟她吃一頓飯、吃澳門菜：他胃口很好，要叫鹹蝦醬豬肉、非洲雞。這鹹蝦醬不是中國的鹹蝦醬，他知道，是甜的。有白酒和糖在裏面，也有醃曬了好久的鹹蝦。他在這兒生活多年不是白活的。他甚麼都懂。有葡國、南中國、馬來西亞的影響。混雜的殖民地菜。辛酸的美味。他們的吻與甜酸苦辣混在一起。

又有電話進來。她走出門外聽。他等了許久，吃着前菜。吃光了她還沒有回來。他一直走到門外找她，卻不見影蹤。他回來打她的手提電話，過了好久，接通了，她一口咬定說就站在門外，不過是室內接收不好才走出去，是他沒看見她吧了。他再走出去，終於走到海邊才找到她。他走近了，她才剛關上電話。說有事要回公司去。不吃飯了！

老大分明不在，她回去幹甚麼？是老三在等她嗎？他又彷彿聽見她說：你真強壯！或者諸如此類的挑逗的話。他管得住她嗎？老大沒有了，還有傑克。你能肯定她說真話嗎？她從來沒有真正重視過你、沒有把你放在首位，你這傻子！

不，也許不該這樣懷疑。那些溫柔怎可以一下子抹得無影無蹤？他忍受着送她上計程車。分手以後獨自爬上山回家去，他背上還感到她的手的撫摩的輕軟，他同時感到背上自己背着的十字架的重量，走得好辛苦。上天的雲彩沒有給他一點光明的預兆。可是，走着，走着，他口袋中的 Nokia 卻響起來了。

是她，她打電話來，告訴他她還是不回公司去了。她頭痛，買了一點菜回家做麵吃。他的心又回過來。他希望她明早會好起來。他覺得上山沉重的腳步好似也輕快點了。也許一切只是誤會，由於不能在一起而令彼此生疑？退一萬步說，他沒要求她是聖人。也許她原想見傑克，但最終改變了主意。至少在這一刻，她的心向着他？也許有一天，她真能做到對他誠實？他望一眼半山燒剩了前門的大聖堂，還有好長一段路呢！

過一會他又想：若是她叫傑克到她家裏去呢！不可能的。但那想法像一尾毒蛇，一直盤旋在腦裏，再也擺脱不了！

愛美麗在屯門

一

有人說愛美麗的樣子看來像是在蒙馬特出生，但據她告訴我們說，實際的情況不是這樣。她出生在元朗大水渠旁邊，當年住的房間就在現今B仔涼粉三樓。她父親喜歡釣魚，白天去釣魚，晚上則在附近橫街開檔賣魚腩粥，直至凌晨才回家。父親不在家的夜晚，愛美麗的母親老給她讀聖經。愛美麗自少就對天使的故事着迷，她像母親一樣不喜歡吃魚，老望着天花板的光影幻想各種美麗奇怪的故事，在母親爽身粉氣味與鼻鼾催眠節奏底下緩緩入睡。

愛美麗幸福而受保護的童年延續到七歲，直到母親成為當時股市大瀉的第一個犧牲者：不是因為她炒股，而是她在安寧路想走進老店買臘腸，卻被從天台跳下自殺的股民壓死。愛美麗父女大受打擊。父親搬到屯門，無心釣魚，改行專門幫人修補帳篷或從事天台園章建設為業。愛美麗則無人照顧，每天放學後流連街頭，在屯門看電影或打機。她繼續在黑暗中對光影作種種豐富想像，覺得酒樓女知客都是吳君如，而有紋身的黑社會都有可能是吳鎮宇，在表面的兇神惡煞底下會有一顆情聖梁山伯善良的心。

愛美麗就像元朗僅餘的少數自然植物，在毫無規劃的發展與地產商不擇手段謀利的播弄下，於滿天灰塵底下貨櫃車殘骸之間粗生粗養。中學畢業以後愛美麗跟她的同學到港島謀生，有人加入黑社會打劫，有人競選香港小姐，愛美麗則在茶餐廳工作，因為不懂巴結，除了斟茶遞餐，掌櫃算賬，還要兼送外賣。生性樂天的愛美麗不以為苦，高高興興地欣賞中區的白領麗影，遊遍中環大街小巷。她一天最高興的時刻，就是三點三「蛇王」到蛇竇跟她的老友愛時髦一起喝奶茶吃油占多。她們混在中環人之間，堅決否定自己的元朗出身。愛時髦在酒吧工作，見到外國客人就會摹倣電視廣告，在吧枱旁隨風擺柳尖叫 Oh, Hong Kong is beautiful！好像是從元洲街來的那樣，扭過頭去問人討電話號碼，每次都弄得愛美麗狼狽不堪。愛美麗覺得愛時髦是好朋友，就是太愛摹倣電視廣告了。

好景不常，漸漸經濟不景，連茶餐廳也要裁員，愛美麗逼得另尋新就，終於還是回到新界西，在屯門井財街附近的茶餐廳找到新工作。愛時髦堅守中環，寧死不屈，她在南蠻亭小館為愛美麗餞別，可憐她從此西出陽關，離開中心的繁華。愛時髦近日也愛隨潮流說新社區和邊緣，她和阿健拍拖也會去逛逛油街或是牛棚，只有已經在報上宣傳過大家認可的邊緣社區才算是有趣的邊緣。元朗屯門是她成長之地，卻是她想忘記的荒漠地帶。

愛美麗沒有這樣想。她在十一月秋日陽光底下回到屯門。仁愛堂附近的長生店和紙紮鋪還是那麼鄉里鄉氣，小巴玻璃上反照着她自己的臉孔，肌膚在難得溫和的早晨陽光下發出微微光澤。她有點擔心父親，他工作勞累得了老人憂鬱症，自從母親去世以後就不願出外旅行，她想搬回來住在附近，也可有個照應。

愛美麗在天水圍兜兜轉轉，好不容易才去到姨媽家裏，她不明白這幾座屋邨的街道上為甚麼這麼多紅綠燈。自從三號幹線建成，從屯門來這兒反而沒有了直通巴士。坐輕鐵都是兜兜轉轉，彷彿是要設法令眾人花最長的時間才能從一個地方去到另一個地方。好似有一雙無名的大手在愚弄大家，把此地變成迷宮中無法到達的地點。愛美麗拿筆在地圖上繪畫，要用想像力向惡勢力挑戰，重繪她可以走出迷宮的輕便路線。

她從姨媽家中窗口望出去，看見霧靄中遠處的燈光，不禁歡呼：「原來從這裏可以看見中環的燈光！」廚房裏的嬋姐澆她冷水：「那是深圳的燈光呀！」

愛美麗告訴姨媽她最擔心的問題：父親現在整天把自己關在良景邨斗室中，為愛美麗母親做了一個神龕，整天足不出戶，連出外吃飯也不去了。姨媽沒有回答她，只是望出窗外，說：「他過了年就要回來。」

姨丈去深圳做生意，去得頻密，後來索性在那邊置了家，已經很少回來了。

愛美麗在父親家吃飯，吃到一半，抬頭看見飯桌對面的父親已沉睡過去。她走進睡房，拿了件外衣給他披上。她默默收拾碗碟：往新榕記斬來的燒鵝腿原封不動，白飯也不過吃了一口。小杯中的白乾也沒呷，她孝順女的角色當不成，只好把酒杯擱到神龕前孝敬生前也貪嗜杯中物的母親。

那一顆紅燈泡發出暗淡光芒，像一隻目光呆滯的眼睛，瞪住她又不知有沒有看見她。旁邊新擱上一尊白瓷觀音。愛美麗認得那是當年父母往廈門旅行帶回來的。記得父親說只要在裏面注滿水，那就……那就怎麼了呢？注水觀音，她也忘了是不是這樣叫。她也不明白父親為何又再從雜物堆中翻出滿天神佛，彷彿那片紅光底下的偶像與香爐可以取代現實可感可觸的世界，喜歡出外喝酒吃小菜的父親逐漸變得足不出戶，對甚麼都沒有了胃口。瞪大的眼睛慢慢閉上，只剩下一線縫，然後開始響起平勻的鼻鼾。她望着閉上的眼睛，又抬頭去看那永遠帶着神秘微笑的白瓷觀音，祂幫得了她的忙嗎？

愛時髦好不容易到屯門來看愛美麗。愛美麗找不到替工，只好趁送外賣，到市中心把她領回工作的茶餐廳。才不過坐了一程960，愛時髦已像是歷盡滄桑，不知道的人還以為她剛從紐約坐完灰狗去到墨西哥邊境。愛時髦看也不看這荒漠邊塞的風景，一雙眼就集中在愛美麗的臉孔上：哎喲，你的皮膚怎麼變得這麼差？一時愛美麗還以為誤踏百貨公司化粧部地雷陣，推銷小姐正各出奇謀恐嚇顧客購買化粧品。要不是愛美麗夠自信，恐怕早跟這損友原車坐回中環去做面膜了。

愛時髦歸究於這邊塞地帶的風沙對皮膚不好。愛美麗愛她的朋友，不讓她走天橋免遭日曬，喚一輛計程車把她送到公路另一旁的茶餐廳。沿途愛時髦報道最新美容資訊、蘭桂坊酒肆新貌。愛美麗聽來不免感覺自己好像生活在世界的後院，與大家覺得重要的話題扯不上關係。

回到茶餐廳，老細瞌睡還未醒轉。愛時髦以東方主義的凝視，驚訝地發現當今茶餐廳其實並沒有痰盂。愛美麗悄悄跟她介紹這兒的眾生：剛進來買外賣的是生果鋪小伙計阿橙，一天到晚給兇神惡煞的老闆呼喝辱罵。坐在中央那兒是退休的鄭老伯，老在閱報品評時事。角落裏是個失業的粵曲藝術家，據說患了玻璃骨病，每天拿着一大疊紙寫他的劇本，就是一直沒法把心目中最理想的女主角形象寫好。剛拿一大盆碗碟走過的是洗碗的阿靜，每天都要砰砰嘭嘭打破二、三十隻玻璃杯，惹得老細大發雷霆。至於坐在最前面，正對櫃圍收數阿娥的那瘦漢子，是阿娥前度男友。雖然已經分手，他還每天呆坐在對面監視她的行動。每次有男顧客結賬跟她多說幾句，他都不免要醋意大發。由於他永恒的存在，這小店裏午餐小菜如糖醋排骨、檸檬雞都煮得特別滋味，吃雲吞麪的顧客也不用蘸醋。

中午時份人客特別多。附近寵物美容公司、清涼法苑、大學小學、慈善機關和長生店工作人員，都會來這兒開飯。大家都像面對差不多的問題：削減經費、工作過勞、惡人當道、善人被欺。埋怨的聲音混和咀嚼的聲音，久久在空中縈繞不散。善心的愛美麗總想：應該有些平常的道理，幫助我們面對這詭變的世道吧！

「《BJ日記》怎樣？好看吧？」那是愛時髦的聖經，愛美麗卻覺得對自己不發生作用。她嘗試跟愛時髦解釋：她還未恨嫁，也對大狀和英國人這兩種人種並不會過份迷信。她還是比較喜歡跟愛時髦看過的那另一齣法國片，雖然她並不完全明白為甚麼從電話亭底下會掃出那麼多照片碎片。但在公園裏依循臨時指示跑上跑下尋寶，卻挺適合她好動的胃口。愛美麗想煽動愛時髦回去看母校何福堂中學，她最近才聽人說那兒以前是達德書院舊址，有段非常「光榮」的歷史。愛美麗想去了解一下所謂被人家認為是「非常重要的歷史」是甚麼。但愛時髦不想回母校，只想瘋狂購物，卻苦於在屯門無物可購。

當日是九月十一，晚上回到愛美麗在置樂的寓所，愛時髦想扭開電視看《老友記》，不想卻目睹了世貿大廈撞塌的悲劇！她驚叫一聲，手中厚玻璃杯掉到地上，撞開了牆角地板下一個暗格——不，那不過是她的想像吧了！其實只不過是建築材料不好，一下子就砸出一個窟洞。從政府大量遷徙廉租屋貧民到這些新開發的衛星市鎮開始，建築商也就匆忙地進行他們的流水作業，偷工減料快速完成了許多玩具積木房子。面對螢幕上巨廈倒塌的悲劇，愛美麗她們若有機會望出窗外，看見的倒是一幢幢愈來愈殘破而永不消失的大廈的悲劇——可是那天晚上，她在夢中看見那個杯子繼續墜下，撞開了牆角的暗格，教她發現了三十年前一個有童心的人留在那兒的一個鐵盒子，裏面有照片和日記，還有公仔紙、玻璃彈子和其他童年珍寶。愛美麗決心要找回盒子的主人，並猜想他若重睹童年的夢境會是多大的歡樂！盒邊刮了一個字，似是「度」也可能是「席」或者是「病」。還是一個「度」字吧？有一張臉向她微笑，然後轉眼又消失了。愛美麗在夢中正忙於與愛時髦爭辯。愛美麗希望自己是下凡的天使，可以仗義行善，幫助別無援手的人完成他們的夢想。愛時髦對此不存厚望。她每天眼見許多好人不一定有好的遭遇。愛美麗搖搖頭，但怎樣都想不起來，那微笑的臉到底是怎樣的一張臉？

愛美麗把一杯奶茶和蛋撻端給鄭老伯，看見他讀報的臉容嚴肅，額上織滿皺紋，正在咒罵那些平日不做事到競選才來造秀的議員。愛美麗打開電話簿。在那些密密麻麻的名字當中，如何可以尋找一個昔日曾經存在過而現在在夢中向她打招呼的端杯子的人呢？也許像大部份人那樣，他的眼睛沒隨臉孔變胖依比例增大，反而顯得狹小了。也許他改了名字，變成不同的人。她抬頭看着茶餐廳裏的一張張臉孔。

愛美麗走遍屯門大街小巷，背囊裏藏着從父親家裏偷來的白瓷觀音。把水倒清，用毛巾裹起，變成襁褓中的嬰孩。每天早晨她乘搭不同路線的公共汽車，不介意左兜右轉去到最偏僻的區域，然後再轉回大馬路。她嘗試記憶童年時父親帶她買過零食的鋪頭，虛想她可能走過的路線，一再走了冤枉路，然後通過迷路認識每日生活的迷宮。

她坐紅牌小巴的時候會跟司機搭訕，問起附近可有持杯的人。司機讓她在杯渡路下車，愛美麗看着路牌恍然大悟，但街頭有的只是幾個托砵的老乞丐，沒一個能夠連得上她的夢境。愛美麗有時乘521繞路走。在早晨的公共汽車，看見走上來一群老婦人。穿着梅菜或麪豉醬顏色衣服，其中一個身上掛了好幾個紅膠袋，裏面是剛買來的鍋子，看來像個活動廚櫃。她們活脱脱是一疊舊皮箱裏翻出來的舊毛衣，厚實可靠，款式絕對過時，她們在愛時髦愛讀的《BJ日記》裏無論如何是沒有一個位置的。

愛美麗在新墟下車，在街市漫步。她看見鮮活生猛的鮮蝦就開心了。她來到有名的賣象拔蚌的老伯跟前。她記起以前父親最愛白灼象拔蚌。她環繞象拔蚌老伯，沉思踱步。她抱出觀音，為父親的健康默禱。她站在那兒，眼珠一轉，又想出一個並非屬靈的點子。趁老伯與人講價，她把觀音放在象拔蚌旁，讓神靈與海鮮合拍一照。

愛美麗在市中心郵局把照片郵寄，上面寫上她父親的地址和名字，代下凡的觀音出門後初報平安。

另一天她乘車到大興工廠大廈的「大力水手」，在這不能倖免地改了洋名的中式素菜館中，叫一客葡汁焗四蔬，讓觀音娘娘大快朵頤，然後再拍下觀音與蔬菜全家福合照，準備寄給父親以逗引他凡俗人間的口腹之欲。她決定寫上：「蘆筍美味無比，何時共謀一醉？」並且猜想她父親收到時會是怎樣的反應。

愛美麗打電話給愛時髦，想約她周末來蝴蝶灣燒烤，順便一遊當年據說是孫中山練兵的紅樓。意外的是愛時髦這次沒有埋怨愛美麗住在偏僻的蠻荒地帶，既塞車又浪費時間。她反而約愛美麗在黃金海岸喝咖啡。她一開口就忍不住提到約翰，是位有風度的英國紳士！上次她在黃金商場候車出去，邂逅乘機場汽車回來的這位紳士，還請她在法國餐廳喝咖啡！約翰是個飛機師呢！約翰約翰這樣挺親熱地叫，愛美麗有種預感：看來愛時髦說不定會多點進來看她呢！

愛美麗獨自走她的路，偶然停下來，在「辣椒減肥」和「木乃伊瘦身法」旁邊貼上一張她的「尋找杯渡」海報。

她每天下班後乘公共汽車，停下來轉坐一站輕鐵，然後下車步行。這兒的城市設計沒有整體規劃，交通工具好似也沒有為使用的人設想。在這樣的情況下，愛美麗得不斷活用她的腦袋，拿着一張不顧小我的地圖去設計她的個人行路圖，在呆板沒有人性的規劃中發展她個人活潑的行程。

愛美麗繼續帶着她的觀音漫遊，通過重複繁多但不實用的交通工具，她每星期到不同的食肆拍照：潔白無瑕的觀音出現在「泰味村」炒蜆的旁邊，在深井「裕記」欣賞芒果布甸，在元朗「大榮華」吃銀蝦蜆仔炒長遠，到「好到底」看大碌竹打麪。觀音濟世為懷，每星期讓愛美麗拍這些世俗照片，也不覺是冒瀆。愛美麗借離家觀音之名，每星期向她父親寄一張食物的明信片，希望恢復他對日常生活的興趣。

上班時愛美麗在車上打瞌睡，睡過了站，到富泰才醒過來，只好走回嶺南大學門前等小巴。走近斑馬線才發覺這兒今天突然佈滿平日不見的警察，如臨大敵。諸事八卦地關心民間疾苦的愛美麗清醒過來，心想一定是有打劫銀行的汪洋大盜、或是警察隊伍裏的蒙面殺手在附近做案，警方收到風，要在這兒警惡懲奸！愛美麗心手冒汗，也站在一旁等待。過了一會，沒見到她期待的場面，只見女警抓住一個剛走過馬路的瘦弱男生，說：我們現在要控告你不依交通燈過馬路，請你把身份證給我，並說出你的地址！這滿面粉刺的男生嚇得面無人色，乖乖地接受處罰。愛美麗突然想起：三月八日周末晚上這兒發生一起車禍，疾馳而過的飛車撞倒了歸家的年輕女郎。附近街坊都說最近這兒最近晚上常有飈車，隆隆高聲吵得人不能睡覺。慘劇發生後據說地上留下急劇煞車的痕迹，一直延伸至下一個路口！

愛美麗納罕為甚麼警方不去挑戰黑社會飛車黨，反而隔了一天周一早上上學人多時份就來學校門前螳螂捕蟬。這樣造成一個印象好似是老百姓過馬路不小心的錯，對死者也不公平呀！這樣一個早晨可以派發幾十張告票，就證明有關當局做了事嗎？

愛美麗祭起觀音，希望超渡枉死的亡魂。另一方面她也在心中默禱，希望對街趕來上學的學生不要成為甕裏的大烏龜。不知觀音是否有靈，見沒車就過了一半馬路的學生現在停住了腳，站在安全島上靜候交通燈轉綠。

不過當他足履此岸，女警鐵翼漿硬短袖底下伸出手把他抓住，告票照發如儀。學生抗議說自己發覺紅燈已然停步，沒有用，沒有人情好講！

愛美麗無力地舉起觀音，希望這告票上的字眼會像清晨露水那樣在太陽下蒸發掉，她又把觀音的臉孔轉向路中央鐵欄上掛着議員競選的大頭橫幅，對於他們誇誇而談說要改善新界西交通和民生投以懷疑的注視，希望觀音娘娘明察，給予他們適當的懲罰。但她也不知道觀音娘娘會不會同意小女子的想法。

不過，愛美麗下班後還是帶着觀音娘娘巡邊超級市場，她有一種第六感：那些過期貨品、冒牌食物、經塗改或做了手腳的貨品會自動從架上掉下，引起顧客的注意。當她們出巡駕臨街市，「呃秤」的阿叔會露出馬腳、平時高聲呼喝的蠻牛也會忽然對老人家多點耐性。

愛時髦在電話裏雀躍：周末約翰約了她聽爵士音樂！他的朋友羅傑也會來，聽說他也是個好男人，要介紹給愛美麗。愛美麗還未決定。愛美麗還未決定下一站是乘610輕鐵到卓爾居的麵藏還是乘A59巴士到粉仔店。之後晚上她會帶觀音沿青山公路到嘉多利灣看獅子座的流星雨。

二

愛美麗轉到黃金海岸工作以後，邀請父親和姨媽到餐廳吃飯。來的還有愛時髦的父母，兩家長輩以前本是鄰居雀友，有時也一起參加短程到深圳或珠海旅行的飲食團，過年過節合買臘味及年糕。這晚又是個歡聚的機會，因為兩個女兒都衣錦還鄉、進了地區上的高級酒店工作，並且還憑職員證讓家人八五折享用自助餐。

但愛美麗希望父親開懷大嚼的願望未能實現。只聽見他不住咳嗽，偶然停下來，再說話又咳過不停。父親是愈來愈瘦，抽煙也愈抽愈多了。愛美麗為他斟了一杯暖開水，順手拿開杯旁縐成一團的紙巾，扔到廚房垃圾箱時，瞥見白紙巾張開露出暗紅血花。愛美麗決定一定要帶父親去看醫生。

天水圍的周醫生永遠那麼「酷」，但也覺得病徵不可輕視，便寫醫生紙推薦到化驗所進一步檢查。屯門的化驗所在賣鴨蛋的老攤子旁邊，簡陋的門戶遙對將要建成的高聳的西鐵站。化驗所裏頭的設備簡陋，病人換上的白袍在底部線位披散。當愛美麗再次押着父親回到周醫生那兒檢驗X光底片結果，發覺醫生神情嚴肅，他反覆舉起X光片，彷彿要從那形跡可疑的一團黑白光影裏揣摩其中道理。他最後說：「不夠清楚，但不可輕視！為了小心，你們還是到葛量洪專科去再照清楚吧。」

葛量洪據說是肺科專家，但去到才發覺他們也沒有專科儀器。最後愛美麗一家跑到私家醫院，把所有人的口袋都掏空了才僅夠錢去照全港只有兩部的照肺機器，他們把父親推進一副機器裏立體地照他的癌細胞，等掃描的照片出來，又再跑回政府醫院去讀結果。

愛美麗一顆心七上八下，等着專科醫生出來。她用盡腦袋裏的材料去想像政府醫院專業醫生如何以科技戰勝病魔，卻被眼前專科醫生的態度嚇呆了。一個肥醫生和一個瘦醫生，對躺在牀上穿着白袍再被檢查的父親說：「食咗咁多年煙，你都預咗啦！」當他們跟着醫生走進辦公室，比較瘦的那位，好像是比較高級也比較權威的就說：「情況嚴重，末期四級肺癌，擴散了四份三。」愛美麗已經淚流滿面。「應該挨到一年！但如果選擇繼續醫，化療會辛苦，說不定會加速死亡！但也即管約吧，幫你約回屯門醫院，做不做自己決定啦！」愛美麗的眼淚像關不住的水龍頭了！

他們再回到屯門醫院，工作人員看見X光片的膠袋，驚訝地說你們去私家醫院照X光片？愛美麗以前沒覺那分別，這時便問：政府醫院和私家醫院用藥有分別嗎？工作人員回答說：「私家醫院用的藥，可能型號較新。」但大家都說，用藥化療，會有危險，有副作用，嚴重，有負面效果，令人卻步。還是回家考慮一下：看醫了有沒有用！會不會浪費，「嘥料」。

對子女來說，當然不會不顧父母的吧。

那是我最低潮的時候了，連最親的親人也像要放棄了。愛美麗日後回想起來眼睛還是濕濕的。這樣說的時候羅傑就說我不是一直支持你嗎，我還叫你到我們隔鄰學校的中醫部門去看看。我還在大門口等你。

愛美麗搖搖頭，是我遇到我以前的同學阿連，她住在屯門，她阿爸去看中醫。愛美麗寧願歸功於她屯門的鄰里，現在彷彿不想與這個想把她拉出屯門、拉出荃灣、拉出新界的外國男子再有甚麼關連。我即時找了車帶阿爸去醫院看中醫，希望用中醫調理，一把脈——糟糕！

中醫還是提了有用的意見。中藥可以強化細胞，打敗壞細胞，至於活多久就看意志力。意志也很重要。開藥方，食療的方子。杏仁燉燕窩，每早一碗，那就立即去買燕窩，中藥，食住先！

那個階段，我簡直是瘋了，不顧一切，甚麼方法都想。碰見人就問、不停上網。查到大陸有癌症醫院在江蘇，也想立即坐飛機去。

碰見阿佩，說起她阿爺，八十歲有腸癌，也有得醫。我也覺得不應該放棄。爸爸氣餒了。問姨媽，她只茫然喃喃自語：「過節不知回來不回來！」大家都氣餒了。

我還不氣餒。去教會醫院癌症部找醫生。徵求意見。跟姑娘說見一見，醫生咯薩咯薩走出來，把手中拿着的一杯咖啡放下。三十出頭、高中生模樣、醫生像個網球手——居然是主診醫生，一一澄清疑團。我又問：嚴重嗎？他可先問：前一位醫生怎樣？不肯接受？說危險，去到甚麼地步？我就問：你有沒有方法？網球好手拿紙畫公仔。策略是：做兩個療程化療，壓抑癌症不擴大，然後看他能不能接受這藥，如果進度理想，就做電療……做完再做一個 cycle 化療，理想的話……「醫生有多少機會醫好我阿爸？」「我不能說！如果我給了你希望，未如所願又會令你失望，我們只能說會盡量做。」那大概要多少錢？十萬之內吧。

我帶回家教會醫院訊息，滿有希望，發現新大陸！回家卻遇上大家垂頭喪氣。父親早已氣餒了沒希望，弟弟也說：千多塊錢一次，未必醫得返！不要嘥氣！弟婦說：政府那樣說，私家亦那樣說，要做還得付出那麼多錢！姨媽說：私家那樣說，政府亦那樣說，每個人都說……

第一次化療前愛美麗帶了羅傑去看她父親。之前那一夜她做了一個夢，夢見一個和尚坐在杯子裏渡海而來，唸唸有詞，而她父親就霍然而癒了。她定睛看時，那和尚有一張外國人臉孔，有幾分像她的羅傑。她好像記得他伸手在她熟睡了的父親頭上按了一下。也有可能只是趕蒼蠅。反正現在她不願再提這事了。

其實跟自己性格有關，幾硬頸，認為有一絲希望都會去試，那就去掛號，make appointment，捉阿爸去換衫。姨媽張大了口，用懷疑的眼光看，聽醫生分析，臨牀檢查。後來回家商量醫療費用。姨媽也從牀下挖出一個陳年樸滿，一句話不說遞過來。遠房親戚加上街坊湊了一筆。時髦和我們的屯門姊妹，還有你外人羅傑也湊了一份。阿弟仍反對，後來，吊鹽水，化療，他看見進展，後來也不反對，也去醫院了。

我與姨媽輪流，有時我陪，有時她。直至阿爸好轉，共做了六次化療，居然沒有大的副作用。沒脱髮，沒有嘔。還與護士傾偈。

姨媽說：返嚟咯，還得神落咯！

三

羅傑老說：再說一次，我想聽。他想起那本是他愛的那個阿素，那裏面有些東西是他相信的，但對他個人來說，他已經完全失去她了。

羅傑早晨從房間裏出來，頭髮蓬鬆，兩眼滿佈紅筋，兩頰鬍鬚東歪西倒，令他看來更像漫畫人物參遜，還有他也同樣喜歡啤酒，雖然不是從早上開始。當然啦，即使喝了酒大概也會立即醒過來，因為他看見愛美麗坐在客廳几旁沙發上，穿着炭灰色套裝，看見他就抬起頭來說：「好了，你來幫我解釋英文和填表吧！」

羅傑挪開愛美麗理了或未理的那些準備搬走的行李，大大小小各款手袋和衣箱，挪近沙發坐下來。那是一張自我評估的表格，一共有二十一條，每條有ABC，要選擇最接近自己個性的（M）與最不接近自己個性的（L）。

「你真覺得你適合做財務工作？」

愛美麗沒有回答他，屯門的天使們在非典肆虐時丟了酒店的工作。愛時髦沒多久就轉往銀行從事財務工作。還有幾個舊同學也投身這行業，現在跟羅傑這短暫的蜜月期告終，愛美麗覺得自己也應該歸隊，投身社會工作。羅傑嘮嘮叨叨，說她的性格不適合當這個，但他是她甚麼人呢，現在他又能以甚麼身份對她的前途說三道四？

愛美麗問他 detract from the task at hand 是甚麼意思，又問 communicate articulately

是甚麼意思？羅傑說了，她移過表格來問他這條那條應該選填那一欄。照她的本意應該是「照顧別人的感情」吧？可是另外的選擇是「在資訊不足的情況下也能盡力工作」，「不斷爭取新的機會」，公司恐怕會更喜歡那樣有野心有強勢的人吧？應該怎樣填才好呢？在這樣的討論中，羅傑就愈發不安。兩人的鴻溝本已愈來愈大，現在這樣一份工作，將會令他們走向更不同的生活，兩條路愈走愈遠，那就將來也沒法再交叉碰上了。

「盡量爭取機會向顧客推銷？」羅傑不住搖頭，愛美麗卻認真填寫，彷彿回到中學做功課的日子。連續幾個晚上，她關在自己房裏苦讀。她是一個有決心的女子，現在她的決心是考上銀行的職位，重新出來工作。

他羅傑也曾有過機會的。他們也曾有過短暫而甜蜜的日子。當然也一直都有矛盾。她不喜歡莫札特也聽不慣查理．柏加，他就陪她去聽劉德華演唱會。她不喜歡文學，一看見書本就頭痛。他羅傑也可以放開書本——雖然他怎也算是個教美國文學的。她不喜歡色士風沒關係，要命的是她把他的樂譜扔到垃圾桶去，以為是無用的廢紙。她還把他的資料——香港學生學習英語問題的問卷，無意中扔到垃圾桶去。問起來她說他太淩亂了。他羅傑也真是淩亂，他也真是倒楣，通宵幾個晚上還是完成不了他本應完成的語言學論文。

羅傑最先從九龍塘搬到荃灣是為了更接近愛美麗，就差沒搬到屯門。他的新居有酒吧，但愛美麗第一天踏進大門他就知道錯了。愛美麗對苦艾酒沒甚麼狂熱，就是嫌他的廚房太小了。

兩人一起看電影，一起吃晚飯，不是很投契嗎？

愛美麗搬過來的日子，是羅傑一生最快樂的時光。然後，他的工作愈來愈忙碌，他好像沒有甚麼生活。他的生活太散漫了，他還可以做得更好的。他在國際認可的語言學雜誌上發表了一篇論文，他應可以發表兩篇的。他教了七十人的大班，他應該可以教九十人的。他搬到了荃灣，就可惜他還沒搬到屯門。就是不知怎的，他裹足不前，他沒法進入屯門。

他已經是個吃中藥的鬼佬，他也享受茶餐廳的奶茶和蛋撻，但還不夠。他做了百份之八十，但，就是差了那百份之二十。

「滿足於我目前的責任」，這大概是羅傑會選擇的，但是她愛美麗明白，應該選「如果顧客購買一項，找機會向他推售另一項」！這樣才會有機會取錄。羅傑有點擔心，這真是愛美麗的選擇嗎？

「鑑貌辨色」、「估計最新的走勢」！他羅傑注定要給淘汰了。他這些日子來就逐步覺得事情有點不妥。走到這一步他已沒法改變任何事情了。

起先是愛美麗對做瑜珈的狂熱。愛時髦給她介紹了酒店新班的特價優惠，五百元可以做一個禮拜，還是一個月？所有屯門小姐都去了。總之羅傑開始老找不到愛美麗，回來就獨自吃飯盒喝啤酒。愛美麗變得沒有那麼熱情了。她開始嫌他的水杯在屋裏隨處亂放，他的書本紙張放到飯桌上。她起先代羅傑參與大廈管理委員會開會討論屋宇外牆裝修，後來又一伙人參與去揭發管理處貪污，要罷免主席。然後又認識了印籍空中小姐，要把這一頭狗，然後是那一頭狗，帶回來借宿。後來又去燒烤，跟飛行大隊去唱卡拉OK。然後老有個澳洲口音飛機師打電話來。不知大廈管理小組怎麼要開那麼多會！

而所有這些時間裏羅傑正被他的副校長折磨得半死。愛美麗這麼年輕，精力充沛。他羅傑已經有點夕陽西下了。還要不斷調整他的工作，為他的履歷增值。整個教育的改革，令一個教師要做兩個教師的事，他有點應付不過來。

羅傑研究香港學生學習英文的問題。前置詞和動詞變化。他要趕在每年評核前發表研究成果。他要趕着教完書，要改學生的文章，改一百份考試卷。他在辦公室做到深夜才拖着疲倦的步伐回家。愛美麗已經熟睡得像個嬰兒。羅傑只希望挨完這個學期，大家再開始好好生活。

但來不及了，等不及這個繁忙學期結束，他逐漸覺得不對勁，但卻糾纏在自己日漸無法應付的工作中，不斷追趕無法完工的死線，甚麼都無能為力。等到他告一段落，想重新開始，一切都已太遲了。他打開天窗說亮話，大家坦白，愛美麗也坦白，說想要分手。他羅傑也是明理人，也知道心是無法挽回的。他看着愛美麗讀書準備考試，準備重新投入工作。

愛美麗打扮得像一個白領麗人那樣出門去了，臨別還挺有風度地在他頰上賜予一吻。他要伸手摟過來她卻避開了。今天是周末，羅傑就獃在家裏寫英語中心的年終報告。他是斯文老實人，他是同屋共住的君子，有沒有早餐吃照樣每天老老實實寫報告。過去這兩年像一場夢，要不就是一場電影。愛美麗是個好女子，但他還不敢說自己完全了解她。

不要看愛美麗她們一伙打扮新潮，好像從蒙馬特走出來，她的心永遠是屬於屯門的。

他羅傑是教英文的，但他是老派人，最討厭學生上了新派課就用 glocal 那樣的新字眼。簡直是玩字眼兒崇拜，以為這樣用一個字就可以解決了天大的鴻溝。

他開了煤氣爐，藍色的火焰像小小的牙齒。憤慨也憤慨過了，悲哀也悲哀過了。他現在只不過是煮開水，泡他的英國茶，煮他的生熟蛋。最先愛美麗也喝了幾個月英國茶，結果還是回到大排檔奶茶。他羅傑最擅長的是煮生熟蛋，時間拿捏恰到好處，奈何愛美麗就是不喜歡吃煮蛋。

他熟讀的美國超驗主義文學、他的惠特曼和愛默森對於愛美麗就是生熟蛋。他的嬉皮生涯，他在新英倫吟詩彈結他的歲月，對於愛美麗是銀行經理眼中履歷上多餘無用的資料、是伴在碟邊可以忽略的又乾又冷的生菜絲。她的早餐 A 選擇是沙爹公仔麵。

羅傑一邊吃早餐一邊扭開電視看新聞和天氣，還一邊瞄一下《南華早報》上的招聘廣告。潛意識裏是不是想轉工沒人知道。飄流的眼光飄過電視上的新聞小姐，又落在英文報內頁的城中八卦：報道有中文專欄說現在香港女子都不時興找外國男朋友了。說九七以後，大家發覺，留港的外國男人都失去了光彩，錢也不多，穿着也不體面。常在街頭見到的外國男子都邋遢隨便，穿一條短褲到七十一買幾罐啤酒，老跟菲傭兜搭。

儘管現在羅傑嘴角鬍鬚邊上沾了蛋黃，看來也有點不夠紳士派頭，但他明白這些刻薄的專欄說不到他身上去。他羅傑從來何嘗想過要做殖民地上佔盡優勢的外國紳士呢！要是他到目前還留在這島上，那至少是因為他在這兒可以與菲律賓女傭，或任何其他人：印尼雜貨店老闆、綠色運動的田園工作者、過氣托洛斯基主義理論家、縱慾主義者、摩門教徒、女權運動與同性戀者、極端講排場的貴婦與極端革命的街頭鬥士等等和平共處，至少同樣受着地產商的剝削也同樣罵着政府。

羅傑當然不認同中文報上那麼強烈種族觀念的說法。但他也沒像英文報上的英國人那樣咬牙切齒要逐點反駁。他心情特別平靜。總有各種各樣不同類的外國人，也有不同類型的香港女子吧。勢利的諷刺至少用在他羅傑和阿素的例子上並不貼切。這位屯門的愛美麗至少不是崇拜金錢和權勢的女子，而他羅傑的潦倒是精神上而不是物質上的。失敗歸失敗，他們最初的感情，倒不是淺薄的短見可以說清楚的。總有人說香港是拜金之地，又有人誇張英國紳士文化教養，既有人說華洋雜處，又有人說東西薈萃，說個沒完沒了，說到哪裏去了？

但他羅傑可又說得清楚嗎？他也遲疑了。他回望出窗外，車流來往的大路，沿一邊駛去，可以抵達機場，十多個小時的航程，就可以回到他的老家，但現在卻似變得他不大能認同、變成陌生而回不去的國家了。他記得小時有個寶貝鐵盒，裏面收藏了他心愛的畫片和彈子，他把鐵盒收藏在牆角某塊地板底下。他許久沒想起這事，不知怎的想起來。但現在叫他回去，他也找不回來了。

他甚至沒有像愛美麗的屯門那樣的一個家。他也知道，沿着窗底下的公路，另一頭也可以直通到屯門，他也想過可以嘗試在那裏找一所房子住下來。他也可以坐在茶餐廳裏，欣賞混雜的菜式，用蹩腳的廣東話跟鄭老伯評論時事，跟阿娥搭訕，惹她的前度男友吃醋。但他之為他的部份，他的過去，他的執著，不會因為表面地坐在茶餐廳裏便會立即消失無蹤的。

看着電視裏報道今天下午公園裏的活動，他就想，他也可以穿一件黑色的T恤外出，不，也許不是那麼絕對正確的黑色，還帶了許多斑駁的灰色的點點線線。他也應該出去走走的。走在路上，走在來自許多不同地方、抱不同想法的人群之間……

想着想着，羅傑也真太累，就在沙發上盹着了。他在夢中夢見自己去到一個陌生的地方，夢見一個女子，他問：你的名字可是愛美麗，你可是在蒙馬特長大的？那女子微笑搖頭：不，其實不是這樣，我在元朗出生，在屯門長大……

溫哥華的私房菜

夏天路過溫城，有幸得聆前輩口述歷史，回憶五〇年代取材現實可卻活潑生動的三及第文字、多姿多采充滿想像力的三毫子言情小説、繼承傳統又不避俚俗的粵劇演出，以及創辦各式報刊活躍眾多界別的精采前輩文人，夜有所夢，仿見諸色人事紛至沓來，醒而成篇。

一

薛大貴肥胖的身軀在海關櫃台前煞車，左右搖晃幾乎碰倒了身旁瘦削的老媽。他見櫃台後海關小姐接過護照要按電腦細查，連忙説明：我幾年前已放棄居留權了！説着連忙遞上文件影印本。老薛幾年來當旅行社主管，帶着不同的團友僕僕風塵，東征西伐，甚麼難關沒闖過？到頭來總能憑着機智，化險為夷，只有每次回溫哥華探親，總被人當賊那樣反覆盤問。幸好眼前這番邦公主眉清目秀，還不似太蠻不講理，不見得會對他這太空人父親刻意留難。

他準備有素，這次把文件都帶在手上。他帶着母親大人跨過鼓鼓囊囊的行李，也不知是昭君出塞還是携塞外的代戰公主回朝，不知哪兒是家鄉哪兒是異鄉。人總要打工才能養活移民的一家，但他若移民就沒法打工，要留港打工就沒法享受移民的福份。總之每次移民官的臉色一沉，他就但覺裏外不是人。

運用小聰明，他陪笑搭訕，沒話找話說。眼前番邦女將在文件上大筆一揮，但見盤問告一段落，他不禁鬆了口氣：「以前，每次都要再去移民局那邊排隊再解釋一番，真是浪費時間！」他以為讚揚對方的效率、新千禧年後的新政，不料對方頭也不抬，皮笑肉不笑回說：「可是，對不起，你這次還是得去一趟！」真料不到！眉清目秀的番邦公主，大概被來往的漢人教壞了，竟也如此奸狡！老薛看着自己入境表格上紅筆塗花的大字，想起自己這老實申報一切的良民，反受到如斯對待，真是可忍也！無奈不戰而敗，卻又拿她沒奈何。

移民局那邊排了長龍，老薛只好把老媽安頓在旁邊長椅上，自己忍氣吞聲排隊。長長的人龍，不是遙遠的東方有一條龍，是近在咫尺的西方老有這樣的人龍：黑黑的頭髮，焦慮的眼睛。前面是來自台灣的學生，後面那位，則來自福建。但見眼前的黑龍老不移動，分別向夾在中間的香港胖子詢問：能趕上連接的飛機嗎？若趕不上怎麼辦？

不是第一次身受其害的肥仔薛也沒辦法，他指向人龍前面的一列櫃台，十台九空，只其中一個有番兵當值，慢條斯理的逐點盤問——這就是為甚麼人龍老半天並無寸進！這是問題癥結所在，但你能做甚麼？

老薛也開始焦急了，他還未去取行李。進來已有一段時間，長龍未有寸進，外面不同的班機到達，不同的人潮擁着行李離去，老薛開始擔心他的行李出場後另覓明主，給人順手牽羊不知牽到哪裏去了。老薛開始幻想他的行李展開國際漫遊的漂泊之旅，一面忙向老媽打眼色。老媽卻是拈花微笑，四大皆空地對他視而不見，沒有反應。老薛只好挪動胖身鑽出圍繩之外，拉了老媽進來站崗，然後腳踏風火輪颼颼颼去把行李搜，繞着輸送帶轉了一圈一圈又一圈，好不寄易打撈了一件，另一件卻始終芳蹤渺然。心裏擔掛人龍中的老媽子便又轉回來，見人龍仍無寸進便又轉回去，沒有行李又奔回來，沒有寸進又奔回去。如此幾個回合下來，肥胖的神行太保也變得雙腿微軟。匆匆拖回最後一件行李，更不慎擦傷了手。

正是：出師未捷，已然焦頭爛額！

二

車子經過格蘭佛大街、肥薛一隻肥手環抱在小兒子肩膀一手指出窗外，百感交集：「那不是我們的故居？」小兒子好像沒有甚麼感覺，他又動感情地說：「想當年我到這兒找房子，就是喜歡這邊清靜！」坐在前頭開車的前妻寶釧一句話頂回來：「房子是我找的！」肥薛心中暗罵，你當年從沒到過這兒，從何找起呢！不是我在這兒住了一個月，找到房子，連大牀傢俬也買了，才接你們來嗎？剛剛見面，他不想立即重燃戰火，姑且退一步海闊天空，盡量表明遵守停火協議，但降低聲調補個注腳：「當年你不是說我的傢俬買得好嗎？」不料寶釧就像民族主義者重寫後殖民歷史，堅決一筆抹煞：「沒這回事」！一段歷史就此消失。薛生氣得怒髮衝冠，但大道行車靠舵手，避免她氣在上頭把車鏟上行人道，只好轉移目標，跟小兒子說：「老爸要當華埠食物節的飲食評判，有許多好吃的，我帶你一起去好嗎？」

小兒未及回答，阿媽爭做兒子的代言人：「他周末跟同學去威斯勒玩，你自己去吧！」肥薛但覺錦衣夜行，自己無法在兒子面前顯威風。暑假三個月，為甚麼偏要在自己來訪的一周調小虎離山？他懷疑是母大蟲不懷好意，但又苦無實據，無從駁火！

「記得我們一起在後園游泳嗎？」不想小兒子把頭左搖右擺，又像殖民地長大的孩子忘記祖國的歷史，但說：「新屋沒有泳池，但有籃球場，你跟我一起打籃球好嗎？」童言無忌，不知籃球正是肥人弱項，不用開跑已是氣喘如牛。肥佬只有黯然。孩子卻是好孩子：「有花園，嫲嫲可以種花！」孩子是早上八九點鐘的太陽，肥人卻是累積了時差的香江落日，但覺疲累無比，夕陽西下了。

新居果然是好地方，有花園，還有打籃球的地方。肥薛想起每月大筆進貢，果然於家園有功。前妻賞賜他住在地窖廁所旁的小室，涼沁沁的。塞外風霜，容易着涼，托賴肥體無恙。兒子拉着嫲嫲看園中的玫瑰花，又說：「爸爸，我們每天澆水拾落葉呢！」肥薛為了表示自己除了有錢出錢，也有力出力，便參與勞動，結果卻被分配到門前拾狗屎。換上運動衣，戴上黑眼鏡，尷尷尬尬地放下身段，為睦鄰作出貢獻！下放勞改回來，正想舒伸筋骨，在花園中散步，分享一下家園美景，不想澆水器自動打開，不知開關在何處，他前進也不對，後退也不是，淋了一身盡濕！

正是：景滄桑，心迷惘；
眼底風光，不似舊時狀況！

三

肥佬薛明白每次吃飯都有可能鬧出家庭悲劇。他決定忍氣吞聲，但求避免再生衝突。才在酒家坐下來，就覺處境嚴峻。小兒子鬧彆扭，寶釧多方遷就，眼前景況完全不是齊家治國之道。未經民主諮詢議程，炸魷魚、椒鹽豆腐、星州炒米已經強行登台，都是煎炒無益之物。前妻頻頻護法，但謂你們不喜歡可以另外提名，但四個人吃的東西已欽點了三樣，何嘗有供鳥民置啄的餘地？肥佬才綳了肥眉，前妻已經豎起戰旗，準備大戰三百六十回合。她說小兒子本來就不喜中菜，為了遷就你們才來，誰不喜歡就另外叫，隨便吃一餐好了！劍拔弩張，危在旦夕，肥佬薛但覺大勢已去，時不我與，只好低聲叫一窩白粥，但願化解蠻夷的油膩，以示天地有正氣。

不知甚麼時候再下詔書，桌上又再出現了煎蠔餅。四個人當然吃不完。前妻但說無所謂，包起回家明早又是一餐。肥佬從營養角度想，不見得有甚麼好處，說美食也不是甚麼美食；若從經濟的角度想，更似乎只是除精有笨，並不化算。但這一向山高皇帝遠，各人慣了自由經濟，他根本就無法實行宏觀調控。偶然一年才見一兩次面，掙錢養家本就從來沒人多謝，鬧得不好還落得個吝嗇名堂，但教兒女鄙視、神憎鬼厭，那又何必？他心中對家人移民後種種習慣不盡同意，但人微言輕，也只好入鄉隨俗了。

結好賬來，口袋裏少了幾張鈔票，桌面上卻吃剩許多殘羹，打包一兩盒，明日恐怕又是擱在冰箱裏獨守寒窯。自由經濟的惡果，身受其害卻無法言說呀！

出得門來過馬路，心中唸唸有辭，口裏默默無言。走了一半已是紅燈，溫哥華的交通燈也跟他作對，胖子獨個兒落後在全家之後，氣喘喘趕上去，但覺全世界都遺棄了他！

正是：美食溫哥華，斯人獨憔悴！

四

肥佬睡的不安穩，都是時差出的錯，半夜三點醒來，直把溫城當香江。躺在牀上輾轉反側，朦朦朧朧好不容易挨到七點，起來梳洗，爬上樓上的客廳，早起的老媽已在了，那便幫她開了電視，聽着溫哥華的金曲，偶然有個肥博士賣廣告：「記往：我等埋你！」介紹的不知是否靈芝產品！「我約咗寶馬皇后去試車！」「至抵龍蝦魚翅套餐。」溫哥華早上八點半，播的是昨晚無線六點的新聞。鄭大班封咪事件餘波未了，出現商台討論解約事件。沒頭沒尾，想知多點，又去翻昨天的報紙。大班說至緊要公平。溫哥華的食肆愈來愈多，看來也愈來愈專業！阿拉斯加皇帝蟹、鮑翅龍蝦套餐、原隻吉品佛跳牆煲、游水富貴蝦、新鮮重皮蟹！極品魚翅撈飯、海皇夜宴！還有上海德興館、梅龍鎮、香港的雅谷、還有老正興、水車屋、甚至加上或真或假的文華、翠園、蘭桂芳、星馬印！清真牛肉館、新東記火鍋、打冷、煲仔菜！好似過去香港有的，這邊都有了，不少大廚都已移民過來，而且材料還更新鮮！還有香港沒有的呢：四川的巴國布衣，再甚麼王府井、釣魚台！老番爐端燒，還有更多日本菜、韓國菜，有肚皮舞表演的希臘菜！饞嘴的老薛雖然眼花繚亂，奇怪卻是毫不動心。撫心自問，面對弱水三千，倒不想貪多嚼不爛，他此刻反而寧願跟老媽子下廚，炮製一兩款拿手小菜，好教平時各散東西的一家人好好吃一頓家常飯。

他本想跟寶釧商量大家去買海鮮回來。獃獃地等她上朝，久久還未獲睹龍顏，過了好一會，後面沒了聲色，老薛進廚房，走下花園，探首進車房，發覺已是人去車房空，皇后已經微服出巡去了！只好回來與老媽子一起看電視，幸好有食物台，從大城小廚到小城大廚。兩三種煮西班牙海鮮飯的方法，四五種燒排骨的方法。甄文達教大家「油」的發音。日本挑戰廚神的生死搏鬥。占美奧利化收十五個街頭少年做他的徒弟，逐個叫他們細說嚐到的菜是甚麼味道。

在第九個少年說意大利麵條有意大利麵條味道時，寶釧回來了。帶回來了報紙、一大塊雞腿和兩棵白菜。彷彿是監房裏的配給。她對老媽子說「路遠省得你跑一趟」。寶釧是善心人卻粗心剝奪了老媽買菜的樂趣，也不讓她有任何其他選擇。老薛心裏擔心老媽巧婦難為無米之炊，但好個老媽子，走過難、經歷日本侵華、國共內戰、三反五反，回歸、禽流感、沙士、甚麼大場面沒見過？她當年又是白燕影迷，賢良淑德的典範，對人和氣謙讓，一臉永遠慈祥的笑容，也不多話，不知怎的把廚櫃抽屜雪櫃開開關關、尋尋覓覓，轉眼之間，在甄文達還未到達廣告時間以前，已經弄出標準的廣東菜三餸一湯，看得老薛口瞪目呆，自歎不如。

已過中午，小兒這才給他十八孝慈母喚醒，懶洋洋坐到桌旁。正要喝阿嫲的赤小豆葛湯吃雲耳蒸雞，無飯母親自己烘了多士，不知怎的從冰箱中取出幾片鮮三文魚，孩子立即就轉了陣營，中國傳統敗下陣來，原有的碗筷秩序潰不成軍，演不成粵劇飯桌上的父慈子孝了。

正是：琵琶別向，西風壓倒東風！

五

肥薛與一群損友聚舊。英記火鍋老闆正在電視晚間新聞台接受訪問，反對開闢新路經過廣場。大家邊看電視邊起哄，老襟魏虎把啤酒一飲而盡，跟女侍調戲：阿姐有乜又平又靚，搵幾碟上來！又說：冇呀，我袋裏只得廿皮你要不要？

老黃剛從中山回來，老張的太太下月回去飲喜酒。此間跟彼岸來往頻繁，但大家知道肥薛作為旅行團領隊，深入大西部鬥狠之地，馬步先行，上山下鄉，必有不少奇談異聞。肥薛便說了一大堆政治笑話，關於領導人為傷健兒童院開幕等，笑得大家哈哈絕倒。最新一個是關於鄧小平訪美，海關人員問：你要到哪兒？老鄧不懂英文，猜想對方問他名字，便說：「我姓鄧！」對方一聽，哦，Washington，好的，那你去做甚麼？老鄧見對方繼續問，想是問了尊姓再問大名，便道：「我叫小平！」對方一聽，哦，原來是去shopping！大家溝通完全沒問題！

食物上來，就有人提熱門新聞話題，從愛國論到二十三條。老張跟張太對七一遊行有不同看法。有人說老薛肯定愛國，有人說他被迫愛國，老薛說：我只在食物方面是愛國主義者！大家陸續問：大陸有甚麼好吃的？有甚麼好玩的？老薛說：該問老黃呀，他不是剛從中山回來？魏虎就說：他呀，不要說他，買了塊田地，說是享受田園生活，還不是叫人幫他耕田？每次回去兩三個月，盡在打掃房子！擁有幾所房子，跑來跑去，退休生活可比工作更忙。老薛心想：自己也是跑來跑去，可連一天的田園之樂也沒享受過呢！

問起吃的，老薛便說廣州上下九的小吃、街頭巷尾流行一盆紅油的水煮魚、磨刀島上看落日吃海鮮。還有順德的釀鯪魚、大良炒鮮奶、還有發得特別好的白糖糕。還有沙灣的水牛奶，水牛要吃蔗尾和粟米，水牛要按摩才榨牛奶……

大家彷彿跟隨老薛遠遊，攀山涉水，嚐那縹緲難尋的原鄉之味，直至老黃打斷幻想，說到廣州擠擁又不衛生的野味店，所有珍禽異獸都給關在籠裏，真是可怕！老薛一下子也自覺地位降低了，由珠江三角洲美食導遊，一下子降為涉嫌沙士帶菌者，來自危險地帶從事厭惡性行業極需被隔離檢查的病人。

還是香港的飲食多姿多采！魏虎下了結論：又有大碌竹手打生麪，又有豪華私房菜！跟着就有人問：私房菜是甚麼一回事？唉，就是不打開門做生意，好像在家裏吃飯一樣，不過用的是最好的材料，廚師每天去市場，看有甚麼最新鮮的東西，由他作主，餐牌都是固定價錢，每晚只做幾桌生意……

現在全港也有百多二百間了，老薛說，有四川菜、法國菜、潮州菜、上海菜、蔣家菜，各有特色。

蔣家菜是甚麼意思？

即是蔣介石後人開的，據說做的是老蔣先前愛吃的菜，是浙江菜吧……

還是香港吃的好，魏虎下一結論。老薛面上也像有了光彩。只有他自己知道，平常趕工作，吃的馬馬虎虎；帶隊回大陸，服侍完一團挑剔的男女老幼，往往也沒有甚麼胃口了，枉有山珍海錯也是徒然！何況，根本沒甚麼山珍海錯。

老張夫婦各有不同意見，老張說香港好，張太卻大不同意，說還是溫哥華好。說私房菜，你知道嗎，溫哥華現在也有私房菜！我有朋友去試了，說頂好，不過收費也很貴，有35加幣、50或是70塊錢的菜。嘩！這麼貴，吃甚麼？中菜西吃，總之物有所值囉！

於是大家議論紛紛，說要訂一席試試，溫哥華也有了私房菜，香港人肥佬薛的獨特地位又再跌價。溫哥華甚麼都有！他倒是兩邊的好處都嚐不到。他表面上婉拒參加聚餐，心裏卻想：若然是好的話，他也不妨訂一小桌，等女兒回來，一家人好好吃一頓飯，重聚感情。

正是：私房有菜，人間有情。

六

肥佬薛等女兒從西雅圖回來，女兒卻說暑假要修課，只能星期四回來度個周末，現在兒子又要選周末去威斯勒玩，肥佬覺得簡直是寶釧的陰謀，要破壞他的天倫大計，連一個周末也不讓他跟兒女安度。我在香港日夜為口奔馳，趁華埠請飲食評判過來，結果一雙好兒女，動如參與商。分隔日久，相聚苦短，過了這幾天，還得趕回香港去商討八月自由行旺季大計，要帶甚麼北海道薰衣草團。正是：明日隔山岳，世事兩茫茫！

星期四早上，他就坐立不安了。舵手一早開走了汽車，他既不知女兒當晚何時抵達，也苦無風火輪，只好獨守寒窯，跟老媽子一起看電視上香港昨天的俞琤與鄭經瀚會見記者。乍看似乎是公婆有理，光影難分。這邊報上有說林旭華剛抵溫埠，若鄭大班要競選有可能會放棄加籍。大班可不是剛說過不會參加競選？

肥薛讀書時是關社認祖的國粹派，三十年下來也做過頹廢派、愛國商人、現實主義者、工作狂與享樂主義者，現在可甚麼也不是，只想回窯與兒女溝通，補好破碎家庭。這個早上，他開始細密計劃，正好阿李傳來紅酒浸洋蔥的健康食譜。他打電話給李太，詢問她們昨夜私房試菜的結果。對方的測試結果頗正面，而且還打上不錯的分數。老薛想母親與自己喜歡中菜，寶釧和孩子們卻喜歡西菜，真不容易有一所大家都適合的菜館。李太說那兒有真正的鹽焗雞、蒸石斑、黃金蝦，也有西式的三文魚與魚子醬頭盤，美味法式甜品，她女兒也吃得開心。報訊人似乎肯定東西文化交流的可能，而且對適應目前文化處境的實驗「給予高度評價」。

他便按址去訂位，但對方說明天已滿座了，只能把他放在後備名單上。他本來對吃飯不那麼緊張，現在卻有點焦急了。只有星期五晚，女兒肯定已回來，而小兒子未離去，是一家人唯一有可能團聚的一夜。他老薛當然也可以下廚，但慢撚細切，夜長夢多。況且物離鄉貴，人離鄉賤，他美食評論家的名銜對於在番邦長大的兒女不值一哂。若有裝潢華麗而又廚術高明的地方，那又何樂而不為？只是如今連位也訂不到，終於找到一個連老媽子到小兒子都可以接受的地方又有何用？

他找出了中華文化中心的聯絡，又跟中華美食餐飲聯會接上了頭，薛虎早跟他安排了今早去跟主辦當局談談周日活動的安排，籌辦的兄弟多人移民前都是舊識，今日已是此間有地位的僑領。薛生登門拜會，一方面為周日華埠日中華美食的公事，一方面是為私心想訂私房菜走後門。

到他下午大汗淋漓地乘巴士回到家（他當然不好意思向舊同僚解釋自己無力叫動家庭領導人策車來接），剛從後門推門進去，就聽見女兒的聲音。原來她已回來了，（可恨的寶釧，為甚麼不早告訴我！）一家正坐在花園裏談笑，小兒子在寶釧旁邊吃蛋糕，女兒依偎在嫲嫲身旁，兩人蹲在花叢邊，看嫲嫲為玫瑰剪枝。女兒自少跟着嫲嫲長大，兩人感情融洽，剛從外面僕僕風塵歸來的老薛，打開後門看到家園美景，自傷是畫外零仃的孤雁，心中打翻了調味瓶不知是甚麼滋味。

女兒少時跟老薛關係也好。他記得講故事哄她睡，講故事不是老薛的強項，每次說到後來都是他整個人陷入半睡眠狀態，話不成句，而女兒就「爸爸，爸爸」地把他推醒過來，叫他繼續説下去。

「爸爸」的叫一聲，抱在懷裏的是長大了既具體又生疏的孩子。移民以後就生份了。雖然每年都見到，但總像有了距離。也經歷了父母的齟齬，中學後期的反叛。雖然每年見到，去年她的畢業禮上，老薛驚覺她已是亭亭玉立的大人了。老薛帶隊回北京，也買了機票讓她一起回去，是第一次回去。兩人相處是愉快的，但一分開就消息杳然，好像是陌生人一樣。

現在肥薛好似穿上戲服試演父親角色，有點疏於排練，不知從何入手，有時太表面化，有時又太肉緊，演得過了火。他本應該走羅劍郎的戲路，一時不察又變了男扮女裝的梁醒波，老是找不回自己的角色。

太空人父親追問女兒大學生活可好？辛苦嗎？唸大學為甚麼會這麼辛苦？暑假還要補修化學一科？吃得好嗎？自己有沒有煮飯？沒有？飯堂的東西還可入口？有中學上來相熟的同學同系修課嗎？這個中年的中國男性忍着沒問的老套問題可能是：有沒有交男朋友？要小心帶眼識人呀！有沒有出夜街，吸煙喝酒——不，他沒有這樣問，因為記起女兒最恨人家吸煙喝酒，老反對他的朋友胡鬧，甚至到了潔癖的地步。

晚上到哪兒吃飯又成了問題，不過老薛想到明晚自己已有更好安排，所以也不堅持中菜，反而一反常態地任婦孺當家作主。最後決定去Earl，小兒子喜歡的地方，女兒好心說那兒有炒麵，會適合祖母，她又說那兒炒麵的鍋很有趣，祖母也就贊成，說那就去吧。

結果當然那鍋的形狀就是整頓飯最有趣的部份了。炒麵淡而無味，但也難怪，因為人家外國人本來就不是做炒麵的嘛。女兒和兒子吃意大利薄餅倒是吃得津津有味，那是她們的文化。

回來的路上老薛再說起那炒麵，女兒就說：「噢，老爸，不要太刻薄吧！」老薛一本正經試跟女兒解釋幽默、諷刺、甚至像他們一群損友之間那些互相嘲弄的言語（女兒最受不了！）並不一定是惡意的東西。但肥薛本來就不擅長開壇講道，一說就惹得大家哄笑。女兒說：你說的中文字太深了！肥薛但覺語塞。

正是：此中有真意，欲辯已無言。

七

早上八時半的新聞，是鄭大班到廉署投訴：有人要阻礙他參選！只見在廉署門前，一大群記者圍聽大班發言，他滔滔而談，把參選大計說得清清楚楚，然後，哈哈乾笑兩聲：「今天廉署叫我在調查期間暫時不要把這事向公眾宣佈，所以呢，從現在起，我暫時不能再跟你們說甚麼了！」大班昔日原是肥薛的偶像，他聲若洪鐘，辯才無礙，一咪在手，誰與爭鋒？肥薛也想在家庭中扮演這樣的男主人翁，意氣風發，指點江山，但現實中大班路線未必奏效，在番邦更事事不能盡如己意，「噗」的一聲就被人轉了台。肥薛才發覺十八孝寶釧要給小兒子錄流行音樂節目。

之前肥薛曾提議開車去史坦利公園或伊利莎白公園，皆被最高領導人以開車困難為理由否決了。現在女兒回來，她好心自告奮勇開車，讓愛花的祖母去看花，一家人好似至少有了半天閒暇。老薛乘勝宣佈：他今天訂了全溫此一家的私房菜晚宴，保證每個人都滿意。大家聽他誇下海口，半信半疑。其實老薛自己也並不完全有信心，他有點緊張，不知道這私房菜宴能否恢復他那岌岌與可危的父親地位？

不過女兒真是長大了，開車開得穩定，對家人照顧得好。不再是那個讓他牽着手去上幼稚園的小姑娘，也不是那個鬧情緒的中學生了。中午在家老薛把在北京拍的照片拿給她看，她看到一張，就說：「人家在吃東西，有甚麼好拍？」看到另一張，又說：「這張太難看了！」又收起來。

老薛又有他當父親的智慧：「成長嘛，就是接受你自己的面目。」女兒只是別別嘴。老薛又說：「年輕時，老想當英俊美艷的男女主角，長大了有了孩子，就演配角！」女兒說：「像你老演諧角，當小丑！」肥薛說：「也不是，就是你母親，老在你們面前演悲劇，把我描成賈似道！」女兒說：「不知你說甚麼，你不要老怪人！」

正說着，寶釧從後掩至，說：「又跟子女發甚麼牢騷？」看見北京的照片，想起老薛光安排女兒去玩的事，老大不高興。舊事重提。老薛說：「你根本就不喜歡那城市嘛，去甚麼！」寶釧說：「去不去由我決定，不由你管！」女兒見空氣中有火藥味，便想走開。寶釧從後叫住她：「你上次洗了那件外衣在地窖，你星期天記得帶回去，早晚有點涼可以穿！」

老薛想起來就問：「她星期天就回去了——甚麼時候？」

「上午！」

老薛想起自己的節目正是上午，寶釧不僅安排了兒子跟同學去威斯勒，還安排女兒飛走，總之是不讓他們參與他的華埠節目！「你故意這樣做！」老薛恨得牙癢癢的！

「笑話，訂機票前告訴過你，你說讓她早一天回來，早一天回去！」

老薛明白這又是寶釧的論述模式。他求讓她早一天回來大家聚首，可沒說過要她早一天回去。但寶釧就是這樣，他沒說過的她說他說過，他說過的她說沒說過。

「我沒說過！」

「你說過！」

「我沒說過！」

「你說過！」

這樣吵下去，其幼稚程度當然可想而知。而老薛長久壓抑在心中的話，連珠炮發，忍不住爆發出來：為甚麼老是否定他？為甚麼老是排斥中國菜、華埠的活動？為甚麼不讓小兒子繼續學中文？他本來能讀能寫，現在十個字有九個忘了。女兒本來中文很好，現在也生疏了。為甚麼故意要令子女完全疏遠他，排斥與他有關的文化背景？

寶釧杏眼圓瞪，吐出兩個字：「黐線！」

老薛進一步人身攻擊說寶釧根本沒盡母親責任，在家裏只跟兒子說英語，吃東西盡吃油膩煎炸，不讓他吃蔬菜……話還未了，寶釧就大喝一聲，喝斷長板橋，以洩胸中怨忿。寶釧擺出功架，變了楊門女將，掣起大刀，要拿他碎屍萬段，但見她漲紅了臉，淚流滿面：「是我陰險，是我壞，讓我出門去今天就被汽車撞死！」

這又是寶釧的首本苦情戲。眾人聞聲而來，只道是老薛欺凌弱女。小兒子護母情切，眼中只見是個闖進來欺負母親的仇人，對老薛投以仇恨的目光。老薛心如刀割，又似萬箭穿心。最恨寶釧扮演弱者。記得在北京時女兒有一次無意提起：母親移民後貧病交迫，好不容易養大兩個子女，犧牲自己。老薛大驚：自己第一份工作多年的退休金差不多全數交給她們，第一年移民自己大半年在異邦建立家庭，用盡自己的關係和積蓄，終於因為找不到工作，才回港重戰江湖。分居之後，經濟大權仍操在她手裏。每月十分之七薪金都上繳番邦。沒想到寶釧有意無意在子女心中重寫了這段歷史。果然是勝利者寫歷史。老薛愈想愈氣，兩人就進入互相撕殺的對罵階段，戰火升級，最後以寶釧砰一聲關上後門，拉了花園裏玩籃球的小兒子，開車外出作結。

剩下屋中三代人，各自躲在自己房中面壁。冷靜下來，老薛開始有點後悔了。一直以為自己忍氣吞聲，修成正果終能得道，不想到最後還是小不忍則亂大謀，搬起石頭砸了自己的腳。

他看看手錶，已是五時多。今晚全家團圓的私房菜宴，看來凶多吉少。等到晚上寶釧還未回來，打她的手提電話，電話也關上不接，老薛一手自導自演，戲碼卻由喜劇變悲劇，一場私房菜宴也就此泡湯了！

正是：一子錯，滿盤皆落索。

八

翌日一早寶釧開車送小兒子跟朋友齊集動程往威斯勒，小兒子敵愾同仇，離別時正眼也不瞅父親一眼。女兒早上約了朋友去保維街的日本節，半是由於好心，半帶憐憫，把留在家裏的祖母一起帶出外去玩。順便也問老父去不去。

老薛坐在車頭，看着女兒開車，心中有種很奇怪的感覺。也許在不美滿家庭長大的兒女特別成熟，他們很快學會自己照顧自己，自己學懂去判別事物，不一定完全受人左右。他們泊了車，走了一段路來到保維公園。很奇怪的感覺，不再是他當年帶着年紀小小的女兒進公園，告訴她園裏花草的名字；或是當她發現了背後的影子而嚇得「嘩」一聲哭起來的時候，嘗試去保護她勸解她。現在反而是她帶路，令他發覺這過去以為熟悉的華埠附近，走出去原來可以有不同的世界。保維公園好似換了面目，園中搭了棚，準備大鼓的演出，小山丘那邊有樂隊演奏，旁邊一家一家人坐在樹蔭下聊天。公園兩邊搭起的食物攤檔排長龍。女兒碰到她的朋友們，都是年輕人，自然親切，挺有個性的。一位背着個大背囊，裏面有毛氈、醫藥用品、傘子和一切日用所需品。另一位日裔女子，穿男裝的襯衫，顯得俊朗英氣。還有一位拿着錄像機，要把一切拍攝下來。她們說：「墨魚丸最好吃，可惜隊伍太長了！」又說：「不如去吃玉米！」這公園，這城市，彷彿就是她們的地方，是她們的節日，這些亞裔的下一代，在這兒成長，附近有美麗的山頭和海灘，也有吸毒者和醉酒鬼，但她們成長起來，有自己的樣貌和想法，在陽光下有健康的身體。老薛發覺他母親很自然就和大家相處得好，母親雖然不懂英語，但似乎去到那兒都能以平常心適應，仍然對新鮮事物好奇。老薛是失敗者，也走進這兒，也好似忘記了年齡，坐在陽光下看大鼓的表演，他不完全懂那文化和言語，但從那些揮動的手勢和緩急的節奏中，好似也感到了那活力和驕傲。

後來大伙兒又走進一座消防局，原來那兒現在改建成藝術中心。他們去聽朗誦：三個日本男子在朗誦一齣關於武士成長的戲。老薛喜歡舊小說戲曲，卻從來沒耐性聽現代劇，他英文也不好，聽了幾句便走出去，旁邊的劇院正在放電影，他進去歇腳。起初沒留神看，後來也逐漸明白了，是一個在夏威夷長大的女子在練跑步，練長跑，她父親是日本人，她在長大的時候想弄明白自己的身份，然後她又去練長跑。老薛小睡了一會，他覺得長跑似乎太長了，但說在夏威夷長大的孩子想弄清楚自己是不是日本人倒是挺有意思的。他後來告訴他女兒，她似乎也願聽他的看法。

晚上回家的路上他又想到去年來參加女兒的畢業典禮。他看着一個一個小伙子小姑娘上台去。台上的校長跟每個人說幾句個別鼓勵的話。女兒又領了獎，還參加樂隊，有表演。畢業禮完了老師還跟她們在禮堂玩通宵，送禮物，是適合每個人閱讀的不同書本！可以看到老師到底是有心的，學生是在用心照料下成長的，他當時覺得女兒很快樂，他也開心了。他一直沒機會好好受過教育。他很年輕就出來工作了，一切都是自學的。他懂人情世故，但他有很多遺憾。他的婚姻失敗了。寶釧很固執、難相處，但也不能說沒有照料兒女。她以她的方法。他以他的。

「爸爸，爸爸……」不是兒女，是老媽拍醒他！

醒來已是周日早晨，女兒要走了。她整頓好行裝，像一朵清新的茉莉花。他有點尷尬，怕被拒絕，終於還是抱住她，她在他耳邊說："Dad, be kind to mom . . ."

他還沒來得及反應，她又說："...and I'll ask her to be kind to you!"

九

老薛的華埠節盛事，反而有點像反高潮。他只記得舞獅、點睛、採青。沿着一條飲食之路，固定的路線，從片打街出發，中華文化促進中心，中山公園是民族景點，沿途食肆介紹華埠的美食：蝦餃燒賣、豆漿油條、乾炒牛河、揚州炒飯、北京填鴨、咚咚撐撐，烹飪比賽的華埠大酒樓是高潮所在。裏面筵開數十席，比賽的廚師和他們準備的材料一字排開，老薛這老食評人被恭請上座，正要大搖大擺上金鑾，發覺還有去屆華埠小姐、資深僑領、文化中心經理，大家齊心協力一起來把評判當！一位小姐下廚洗手作湯羹，請諸位清了味蕾細細嚐；徐娘巧手蒸海鮮，薑絲葱絲上面澆燙油，講究的是火候拿捏得恰到好處，魚兒噘起尖嘴向大家問：畫眉深淺入時無？

最後奪魁的是來自福建泉州的新移民，以一盅新佛跳牆掄元。其次是來自上海的新獅子頭與來自四川的新夫妻肺片，國內來的新移民也愈來愈多了。老薛代表評判發言：「區區今日非常榮幸，有機會從香港來到溫城遍嚐美食……」結論是勝者毋驕，敗者毋餒，大家齊心合力，一起在異鄉把偉大的中華廚藝發揚光大！然後幾個人捧着大大小小的金盃與評判合照。席上觥籌交錯，不斷有人為中華美食乾杯！

有記者來採訪，順帶問起香港選舉。是否大班一定獨贏？老薛說不懂政治，不過還是對食物有信心。但也要看在哪裏吃，不一定貴就好，不一定溫溫吞吞就好，也不一定辣就好。經過禽流感沙士等等也不一定不好。人吃東西小心了、嘴刁了、不光吃包裝，講「理性消費」了，也好。至於家庭嘛，說到後來老薛已經目光散渙，說話愈見艱難，前言是不美滿的家庭，後語是甚麼新一代孩子長大了，好似離題愈來愈遠，記者取不到甚麼經，只好轉過去問上屆華埠小姐了！

老薛本來就已經喝得差不多，一群損友還要去咸美頓街喝酒，結果又喝到黃昏五、六點才作鳥獸散，各自歸家吃晚飯。老薛陪魏虎走回唐人街取車，虎兄說要送他一程，他婉拒了。想反正無家可回，也沒人等他吃晚飯，最後一天，不如沿路走走，四處看看，也可稍舒酒意。

他抬頭四望，想認清地形。他想走出唐人街，回到昨天所見那廣闊活潑的公園，但好像也不容易走回去。他走過一列破落的貨倉，好似是城市的背面，喝醉了的人就睡在路邊。偶然還有癮君子閃身過來討錢。走過一列關了門的店鋪，路的盡頭好似有點點綠意。樹的後面有塊草地，是不是昨天那公園呢？他在長椅上坐下來。旁邊有些年輕人在嬉戲。他真是有點累了。球滾過來，球在他身邊滾過去。年輕人過來撿。其中一位似是昨天那位日裔女子，俊朗的男子般的俏臉。她們一起唱歌，不知怎的他也一起唱起來了。唱的是哪個地方的歌呢？是要打大鼓嗎？是要擲西瓜嗎？是要連自己也一併擲出去？他也變得年輕了。她們說你要不要吃巧格力？甚麼巧格力？有蘑菇的。那好，有蘑菇的好。不怕麼？不怕！我是神農嚐百草。他解釋甚麼是神農甚麼是百草，她們開心地大笑起來。他這麼久以來第一次覺得心情輕鬆，好像想飛，就飛起來了。沒有了責任，沒有了遺憾。也不用擔心飛機誤點、酒店漏訂了房間、旅遊車拋錨、在民族餐廳吃錯東西集體洗胃！不用擔心收不到回佣、被人賴賬、生意額下跌！他所有的失敗都可以忘掉了。他不再被冤枉不再徒勞無功終於得到家人的尊重。他不用護照就可以進出海關，他不用靠人開車就可以到處遨遊，他暢遊了始終未去過的史丹利公園，他在英格烈海灘上由一根浮木跳到另一根，他滑浪而行，與百年的松樹比高。他成為圖騰柱，他不再是身份曖昧的移民與非移民、太空人父親、住在怪獸屋裏被人在門前噴上種族歧視的咒罵的外邦人。他是原居民，像兀鷹與三文魚的祖先那麼古老，像白雲和天空……

巡警在公園裏發現了這醉漢，幸虧在他口袋裏發現了地址和電話，把他安全送回家去。

十

又一個星期一的早上，老薛在香港的旅行社裏，正要出差時聽到了兒子的電話，那邊正是星期天晚上：

「爸爸，你猜我們剛去了哪兒？去吃了你說的私房菜呀！很好吃！嫲嫲喜歡鱸魚卷、媽媽喜歡鹽焗雞——真是一隻雞放在鹽裏頭的！姊姊和我就喜歡法國甜品，還有雪糕呢！」老薛哭笑不得，他們能高興是好事，但他又總覺得自己落了單。女兒在電話裏說：「你的提議真不錯呀！Thank you, Daddy!」他回答說：「你們喜歡就好！」

後殖民食神的愛情故事

一

老薛說他要寫一本書，關於香港食物的歷史，這本書將會包括一切大家要知道有關香港的事情：歷史、政治、文化，甚麼都有，是一本空前絕後的、書中的書。

這本書一直還未寫出來。不過這本書對他是這麼重要，所以每次不管遇到甚麼問題，他結果都可以回到那上面，說書會寫出問題的答案。「書寫得怎麼樣了？」大家每次見面都要問他，而他就認真地說：快了，快了，不可以輕率從事的嘛！他總是坐在那裏，手裏拿着筷子，眼睛眯起來，彷彿正在認真體會口中的美食。

老薛不算本地最權威的食評家，他在我們的報社裏一度做過老總，一度有過長期的食評專欄，現在沒有了。他的權威來自他的體重，他整個人看起來是我的兩倍——這大概源於他有非常好的胃口，甚麼東西都要嚐一嚐——我雖然也喜歡吃，但在他面前簡直不算甚麼，在他背後更不算甚麼了，因為被他的身形擋住了嘛！

大家以為一個美食家就一定是一個挑剔的批評家，縐着眉頭把小菜退回去，從酒杯裏把鼻子拔出來，搖着頭叫侍者換一瓶酒。大家的印象是食評家作為人類肚腹的守護神，要做的工作必是橫掃鄙夷低俗的口味，從珍饈百味中定出經典。這卻與我認識的食評人老薛的形象完全相反。

老薛早年思想上一度左傾，他與老何曾在七〇年代激進的刊物上寫稿，他本來讀經濟，參加過政治團體，後來寫馬經薄有名氣。他們說他對馬真有心得，他的馬評洋洋灑灑，連帶政治與抒情。他特別擅長爛地和雨天，所有非常態的賽程，又尤其熟悉前殖民地馬匹不按常理的脾氣和舉止。他曾「貼」中幾場史無前例的冷馬，一度被譽為新晉馬評人中的黑馬。

老薛說他繼承簡而清的傳統，喜歡賭馬、爵士樂，只不過他不寫小說，寫食評。他太太也是經簡而清介紹，也喜歡馬。我們不知道簡而清是誰，大概是早年的專欄作家吧。

年事漸長，老薛要大清早起來看晨操不太容易。自從他跟太太分開以後，一個人在香港生活，不知怎的就對飲食興趣愈來愈濃，對馬的興趣愈來愈淡。需要錢用他也會偶然入場賭一兩次，但真正的熱情都放在食物上了。他人是懶洋洋的，但對食物倒真有感情。不管人家怎樣説，我老覺得老薛其實是個感情用事的人。

回歸之初，老薛已經強調食物是理解香港全面政局與個人心理之鑰。在股災引起的恐慌中，一家銀行經營不善，引起存戶恐慌，紛紛前來排隊提款，報館裏的老頭子都説：令人想起六〇年代杯弓蛇影的日子，老薛則説：今日卻不正好是以食物的變奏令人歎為觀止嗎？超群餅屋結束前夕，餅鋪前排滿了前來擠換餅卡的市民大眾，成千上百人排在電車路的餅鋪前，要勞煩我們的警察維持秩序。換到西餅的男女面帶笑容提着餅盒離開，當正常的西餅換光以後，排在隊伍後頭的老百姓，唯恐吃虧繼續把餅乾、巧格力、結婚蛋糕、生日蛋糕，最後甚至連蠟燭和糖製的小牌子也不放過，務要看見承諾的一紙空言能夠換成大包小包物資，心裏才覺得踏實。無數男男女女提着吃不完的餅食走出餅店大門，走在車水馬龍的街道上，肯定自己沒有在改朝換代的過程中成為蒙受損失的輸家，手中的西餅就是自己在這變幻時局中仍可以玩下去的籌碼。

老薛的社會學分析有時有他過火的地方，比方大家説從舊機場搬往新機場，不過是一夜的工夫，不正是見證了香港的高效率，以及有資格成為世界級都市的潛力嗎？老薛卻從機場的食肆分析，說機場建辦之初，竟然沒有一所像樣的代表本地口味和水平的食肆，正見出全球化和本地性沒有好好接軌，後來新機場一度中斷運作，正是這種斷層的具體表現。

亞洲經濟危機、電訊業裁員、北京對居留權判決的釋法、迪士尼在香港開辦（老薛最看不過眼他們自以為高高在上的派頭，向亞洲地區開出苛刻的條件，以致日後其食肆要求食環署職員扮成卡通人物才准入內檢查的霸道醜聞），每一樣老薛都可以從食物的角度評一評。他最有名的理論：是殖民主義與食物的理論。他說葡萄牙人在澳門的管治那麼糟糕，是因為葡萄牙的食物太美味了。殖民地官員吃一頓午餐，又酒又肉的，吃到下午三時，甚至就不回去辦公了！英國人呢，因為食物太糟糕，所以向外殖民、專心辦事，殖民的措施至少在表面相對成功。每次殖民結束以後留下的爛攤子那當然又另作別論，是另外一種菜色了。

反正在那個階段，正有各種各樣對香港管治的批評，再添上老薛的唯食論也不見得份外離譜。老何他在報上寫過：老薛若生在明代，也許是李贄（是這樣寫吧！）那樣的知識份子，到頭來在獄中自斷殘生；若生在清末民初，或許是寫作譴責小說，或許是投身革命，留下一番英雄事蹟；在文革後的大陸，說不定是劉賓雁那樣專寫揭發黑幕的報導文學，偏偏處在過渡後回歸前的香港，百無一用，只能是個不太走運的食評人了。

老薛的社會參與沒一次成功。當颱風的名字在回歸以後改名，由溫黛變成龍珠等等，老薛寫文章說擔心它們有一天會叫做彤彤、向東、煉鋼！那時我們在公司裏收到老薛發的電郵，發起一個把颱風改名菠蘿包的運動，其他的名字還包括蛋撻、鴛鴦、雞尾包，但這運動一直沒有成功，歷史並不輕易跟隨個人意志而轉移呢。

我對政治不感興趣，倒是由於工作的關係認識他。說起來，我當飲食記者這份工作，還可說是由他經手聘請的。

去面試，我幾乎就碰壁了。主持的副編輯老高叫我講酒店的飲食新潮流！我說酒店的食肆沒有甚麼新潮流，我最討厭到酒店吃東西了！老高拍枱說：「我們要請飲食記者！你這樣的態度怎可以！」我這才想到自己直話直說慣了，這回真是凶多吉少。但我當然還是擺出一副理直氣壯的樣子說：「街坊小吃也有很多精采的哩！」

在隨來的冷場中，坐在一旁一直沒說話的胖子說：「那你說說街坊小吃吧！比方豆腐花、炒栗子、炸鯪魚球、臭豆腐，哪裏比較好？」這樣說我已料到他一定是老薛了。我也就比較自信，幸好我平常饞嘴慣了，那便說公和的石磨豆腐花、合益泰的豬腸粉、坤記芝麻糕、維多利亞公園門口的臭豆腐、陳意齋紮蹄、羅富記炸鯪魚球、老薛一邊聽一邊點頭，臉上有了微笑，不忘為我補充香記牛肉乾、成發的椰醬、鄭爌街頭炒栗子……看來不像考核新人，倒像是與同道共享心得。

後來我終於上班了。是老薛取錄我的吧，他也一直沒有居功。日後我在他編的版面上，在他提供的線索下，搜羅了不少香港的老冰室，採訪老字號的腐竹、蝦膏和豉油，數盡香港的粥鋪和麵鋪，為它們列出英雄榜來。

在他的建議下，我也惡補了不少香港老店的知識，如說粵港澳文化局要把涼茶申報文化遺產，老薛就第一時間叫我去訪問春和堂單眼佬涼茶、梁仲良涼茶、楊春雷特效涼茶、位於時髦的蘭桂坊附近的老店公利真料竹蔗水、還有中醫駐診但又賣涼茶的春回堂藥行。都是在我生活環境中卻又是我不認識的世界。聽老薛說起當年那些花一毫斗零去涼茶鋪聽收音機的日子，對我簡直是天方夜譚，長大以來在學校裏完全沒學過的。

老薛算是老總，並不一定有時間詳細看我交的稿。但後來我發覺，凡是他心愛的題目（他也的確給了我幾個心愛的題材），不管多忙，他也一定看稿改稿。我之前在其他報紙的教育版、港聞版各做過幾個月，對各種編採主任改稿的方法也算是摸熟了門路。有一派是煽情派，不管你報道甚麼，一定加上幾錢血腥和鹽花，改一個聳人聽聞的標題，不理與內容是否不符，先吸引了讀者看了再說；有一派是成語派，把所有白話改成成語，不過這種老派的做法也逐漸少了；我也遇過一位「似有實無」派編輯：遠看一枝紅筆把我的稿件改得血跡斑斑慘不忍睹，後來我為了好奇找來一看，原來不過是把我寫的刪了在上面再重寫同樣的字。這樣在老總看來頂認真的一位編輯，既沒做甚麼又好像做了甚麼、做了甚麼又好像沒做甚麼，真是深明老一輩中國人的處世哲學。

老薛卻不是這樣。我有時偷懶借用別人的二手材料，老是一眼就給他看出來，要我去重新核對。我們會嫌他煩，但老實說：自己查核過就往往發覺不是那麼一回事。老薛的嚴格是從大處着眼，提供了不同的角度，有時還慷慨借給我們他生活累積而來的知識。現在回頭想來，經他改過的幾篇長的報道還是比較耐看。他不在時經副編老高改稿則只注重模範中文，對內容深淺沒有甚麼分辨能力。老薛的見識和智慧，是他半生在香港這個社會俗文化打滾累積回來的。作為食神的美譽，倒不易隨便冒充。

我最先對他倒是很恭敬的。我跟副總編叫他薛老、薛公，他說：不要把我叫得像死人一樣！我是個活人！是個活生生有缺點的人！我沒見過這樣的傻瓜，不要人尊敬他！後來我知他們那一撮人，管這叫「現代」！不要我裝模作樣敢情好，我也就省了工夫，我本來就不懂老一輩的規矩，這樣可對我更容易。他不擺架子，我就隨便了。不叫薛老就叫老薛吧。其他人笑他的愛情故事，我也就跟着笑了。

老薛在六〇年代出道之初，大概也算英俊瀟灑，也有過一些風流穎事吧。但到我們認識他的時候，已經是「美人遲暮」了！主要是他代表的一套價值觀念，今天的社會愈來愈不認同，甚至覺得落伍了。他的知識和判斷力，大眾還是佩服的。但去到男女愛情，問題就不簡單了。

老薛對香港有一種特別的感情，總是覺得這裏有一些難得的素質。我們卻沒有那樣的感覺，我覺得這是一種單戀式的感情。像熱心食評人充滿熱情發現一所所新食肆那樣，他帶着慧眼去欣賞所遇到的每一個女孩子的好處；但今天的女孩子呢，不見得與他有同樣口味：要穿着高跟鞋的小姐走上鑽石山舊老坎村吃一碗擔擔麵，或者叫打扮得花枝招展的她坐在破舊不堪的創發嚐道地的潮州小吃鑒賞不同醬汁，人家既沒有這樣的口味也沒有這樣的心情，或許還覺得你是吝嗇，或是不懂情趣了！所以儘管久不久老薛就碰上他欣賞又似乎亦欣賞他的女子，到頭來都只是一場春夢、一闕喜劇插曲，大家客客氣氣分手。到今天，老薛始終還未遇上他下半生的知心伴侶。

二

老薛的女朋友，我第一位真正見到的是藍玫瑰。大伙兒本來約了去吃叫化雞，碰上禽流感無雞可吃。後來老薛說來的朋友有吃素的，改到功德林。我們這些食肉者不大高興，但也照樣亂叫東西；人來人往，也記不起吃了多少東西。藍玫瑰是漂亮的，只是當時看來有點俗艷，穿一襲長裙，上面有幾朵藍色大玫瑰，當然這就成了我們後來私下給她改的名字。她剛從英國學設計回來，整晚她都只是跟老薛講話，還有跟一起來的兩個在藝穗會工作的英國和澳洲女子聊天，沒怎麼理睬我們。

我一開始就對老薛和玫瑰的發展並不看好。玫瑰雖在香港長大，卻像那兩個英國女子一樣，老覺得香港沒有這樣、沒有那樣。老薛則苦口婆心跟她們說花布街的歷史、「造寸」與「蘭心」、五六〇年代的織造業。這樣兩個人，照說是扯大纜也拉不攏的兩種方向，不知老薛怎麼有那樣的耐性，願意了解他不如對食物那麼了解的衣着文化。玫瑰她們琅琅上口的是名設計師的名字、潮流服式的長短，老薛則以平常心去體會物性：從黑膠綢到橙心絨、從棉到麻，他談到早於三宅一生的意大利褶布設計，他認識牛仔布 serge 最先產於法國南部紡織業的城市Nîmes，十九世紀後傳到加洲由 Levi Strauss 製成牛仔褲發揚光大。然後話題一轉，他開始說到詩經裏的絲與麻了。

我聽老薛談天，往往聽到上一輩人閒談的樂趣，他們仍從公餘閒讀得到很大樂趣，談話不是交換流行資訊，其中充滿掌故趣聞，有人生體驗、人情世故，說來天馬行空，卻又觸類旁通，好似對人生各種事物都有興趣、都有很好的胃口。

他對席上來自雲南的各種菇類如數家珍，每一種都說得出它的特性，每一種都有它的故事。問題是聽的人是不是都感興趣？我看玫瑰就好像小孩子那樣、只對小盆小砵放滿各種醬油的冷麵產生由衷的興趣。

日後老薛帶她們到深水埗尋找各種布料供應商，我就沒有跟去了。

我們從旁聽說，藍對其他人那晚的表現不大滿意：首先是除老薛外，其他幾位男士只顧自己亂叫東西，一點沒有徵詢在座女士的意見，吃東西也是風捲殘雲，根本沒有照顧旁邊的女士。我作為女性，則從不覺得需要別人照顧。

老何與阿李各有辯詞。我們對藍玫瑰也同樣沒有太大好感，她總覺得外國甚麼都好，回到香港見到我們則盡是野蠻人！她若是紆尊降貴跟我們講話，開頭一定是：「你們有沒有聽過……」那些偏僻的英國樂隊和時裝設計師都是我們不熟悉的，但對她來說就那才是世界中心的盛事，她只有在少數幾個外國人的圈子才如魚得水，那之外就是無水的沙漠了。對我們來說，跟她在一起，我們談的影視八卦她一點也不懂，彼此沒有甚麼共同話題，真是大家辛苦。

老薛跟我們說藍的眼界很好，設計有特色。至少就當時的印象，我們沒從她身上看見甚麼才華，也不明白老薛為甚麼要花那麼大力氣去跟她溝通，讓她認識香港並不那麼沙漠，又憑甚麼認為她的才能終可以在香港好好發展。

藍玫瑰從西方回到香港，老是想去尋找一些貌似西方的角落、追尋一些西化的氛圍。她很努力要遠離香港的庸俗和落後、禽流感、骯髒的街市和各種病菌。要否定自己與這些東西有任何關係，似乎是她追求身份認同的方法。老薛體會他的西方，則跟藍其實很不一樣的。

當時飯局上的話題，多半是數說回歸後香港如何不濟！說是推動母語教育，家長卻大排長龍唯恐子女進不了英文中學！宣傳得多麼正氣有益都沒有用，煮得不好引不起食慾人家就是不愛吃。連不懂政治的澳洲女子也聽過彭定康，說他夠精彩，中方的政客就比不上了！

老薛就說現代中國也出過優秀的政治人才；彭定康當然是個聰明政客，會「造秀」去泰昌吃蛋撻！長遠來說是否對香港的民主發展有幫助還可細辯，不過泰昌的蛋撻倒真是好蛋撻。而蛋撻也有它的歷史，認識蛋撻在中西文化接觸過程中的變化也很重要……

老薛的專欄也像他談天，既寫法國名廚羅伯宋、阿倫度卡斯 Alain Ducasse，亦寫陳東、甘少、韜哥、鍾叔，毫不勢利地品評火炭大排檔、牛頭角茶餐廳，同時有容乃大，支持新近開始形跡可疑地冒出頭來的私房菜，他對新事物有包容和好奇，但並不願意完全否定舊事物的過去。在表面放任的享樂主義面目下，似乎仍想有一種曲折但是平衡的社區關懷與文化批評（坦白說，我不知道這是否真的可行！）我記得看過電視為他拍攝的十輯飲食節目，他大概是首個在電視上帶我們漫步香港的

Picadelly Lane、蘇豪至荷李活道，讓我們看到那些隱蔽的另類新潮空間，然而他肥胖的足跡又會上溯到詩人戴望舒戰時被關的域多利監牢，或從歌賦街的法國餐廳挪步到九記牛腩或孫中山當年四大寇聚會的同盟會。他在介紹地下爵士樂會所之餘也上下石板街介紹了桂如和蓮香。雖對老店充滿感情，亦對他們有一次蒸壞了淡水魚秝蚌耿耿於懷。

老薛雖愛西餐，但不神化它，並不以為那是唯一的標準。它也有歷史的，他回到香港早年的豉油西餐，要從他父母那個時代去理解殖民食物的歷史。比方說瑞士雞翼不過是因為一個外國人說的"Too Sweet!"被誤譯成瑞士（Swiss）而得名，是早年文化接觸與文化誤解的產物，金必多湯又如何從買辦（compradore）這新興的階層而來，見證了早期殖民地從農業或手作輕工業，轉型到中間人活躍的商貿經濟的過程。

國內的政治口號是「實踐是檢驗真理的唯一條件」，老薛則持續不斷以胃口檢驗真理，他帶着香港人獨有的「經驗主義式」（empirical）的研究方法，以他神奇的記性和敏感的味覺，不斷提醒大家遺忘了的口味：

他從俄國牛柳絲飯和羅宋湯開始，帶着大家跟隨俄國革命後逃難到上海的白俄，在霞飛路一帶開辦異國情調的餐廳，再在一九四九年後逃到香港，在上海人聚居的都市一角重張旗鼓。於是就有了尖沙嘴的車厘哥夫、北角的溫莎、以至後來銅鑼灣的皇后餐廳……。

又比方印度、新加坡、馬來西亞的咖喱、鬼刁、參乜，則又跟隨着英國殖民的進退，有着不同的旅程，流離和遷徙的日子裏，亞洲熱帶深淺強弱的辛辣酸甜交織成同異斑駁的一幅參差的棕黃的殖民歷史。

藍玫瑰只對上海過來的白俄餐廳感興趣。她母親是上海人，童年家道中落以前住在尖沙嘴。在西化的外貌底下，這些家庭背景偶見於她誇張的服裝設計、以及言談中不經意流露出對廣東文化的輕微鄙視。

老薛提到三十年代香港的衣飾，說他偶然在雜誌上看到：三〇年代戰時逃港文人雅聚的舊照，在薄扶林或學士台一位學者家中，港粵文人茶敍，是輕便的夏衣，唐裝西裝都有，男的儒雅，女的清爽，名士風流，一個個倜儻煥發，神采飛揚，果然是今日不再的神仙境界，說得玫瑰也有幾分心動，央他改天把照片帶給她看。

我記得，老薛跟藍玫瑰拍拖時的活動範圍，以蘭桂坊到蘇豪一帶為主。那時蘭桂坊還有些奇怪好玩的空間，例如 Quart，六四，Blue Notes，爵士會，大家也常碰上，最常見是在星期六改為酒吧的髮廊 Visage II。我也是在那裏遇見喬治的，他最先口花花讚我短髮「有型」，又賣弄說他在倫敦時怎樣怎樣。我本來對男人沒有甚麼興趣，不想他卻打電話給我，好像要「追求」我一樣。貪玩便也陪他玩玩。當時以為好玩，現在卻無意多說了。反正這裏要說的不是我的故事，是食神老薛的故事。

那時我偶然到史提芬他們的酒吧去，則不免碰到大家。香港其實也不算很有創意，來去還是那些地方。喬治在那時倒似是有心思的。有一個周末約我去半島喝下午茶。我進去一看，你以為我看見張曼玉張國榮梅艷芳了吧？不，赫然發覺老薛跟藍玫瑰坐在角落。照說老薛不是最喜歡半島的那種人，但那的確是老薛的西化時期。

但老薛到底是公私分明的人，我倒是佩服他這些地方。他這時期的食評並沒有高估蘭桂坊的水準，面對他們的勢利還是不客氣拆穿西洋鏡。他批評了扮高級而食物不新鮮的法國餐廳。又指出有一爿說以供應新奧爾良食品為主的，其實還是澳洲廚師的烹飪，而最離譜的是：當人客不要蒸餾水只要普通開水，他們竟然供應自來水管流出來的自來水，明知道香港不同澳洲或英美，水喉流出來的自來水是不可以就這樣飲用的！許多本地食評人不懂西餐不大敢批評，老薛對它們的作虛弄假卻毫不留情。

那段時間老薛想搬家，在儒林台至十三間一帶找房子。有晚我們在六四喝東西，他們進來。史提芬剛陪他去了儒林台，說是不錯的長方形 studio，就是沒有窗子。老薛喜歡有窗子望向外面的空間。大家坐在六四酒吧聊天，他則等藍玫瑰。她跟鬼妹仔去了跳舞，我們可以想像老薛不怎麼跳得動。據說在愛爾蘭酒吧上面一所空置的樓宇，有人搞某種地下氣氛的舞會，老薛也會樂意去的，如果不是要他拖着沉重的肉身爬上六層樓的話，所以他也很高興藍女皇放他一馬。後來他收到藍電話說鬼妹仔在下樓時扭傷了腳，所以不來了。

那晚老薛喝得差不多了，我們在六四坐到凌晨打烊。長毛來了跟人吵架又走了。Jammed 音樂的高人也散了。老薛打的電話沒有回音。他喃喃自語不知在說甚麼。史提芬後來私下告訴我：兩人好了一段日子，最近藍玫瑰似乎有點起伏，好幾次沒有了消息，結果有一次是在她以前教書的澳洲男同事家裏過夜。她說舊同事對女人沒有興趣，他們討論的是香港教育問題。但老薛在Highway 61 的醉語中並不完全信任這種跨國教育研討。藍玫瑰據說因此對老薛的保守男性中心態度表示驚訝！老薛努力要維護他的開放形象，一方面又面對這簇新驚世迷魂的挑戰心有戚戚焉！

藍玫瑰與老薛談戀愛那段日子，我們這些旁人覺得高潮起伏，有些不大真實的戲劇性的東西在。後來我想那是藍玫瑰剛從外面回到香港的日子，自己不知道要扮演甚麼角色，也不知自己想要的是甚麼東西。她據說也真喜歡老薛，覺得他夠創意、有人生經驗，有幽默感、了解別人的需要、慷慨大方。當她感到愛他的時候，她想有比較穩定的關係，她表達感情的方法就是對他後來當了女明星的前女友大發醋勁，酸溜溜的，要不就是埋怨他跟前妻只是長期分居而沒有離婚。

老薛是舊式人，但據老何分析，他也願意排除萬難，若果兩人真去到兩情長久的地步。但這樣一想、可又輪到玫瑰遲疑了。於是她又要回到自由，一種兩人不要深涉的境界。如是她不斷界定遊戲規矩，對手有點疲於奔命。香港女子都是矛盾的。她也是香港人的一種類型吧，（老實説我也不知甚麼是典型的香港人！）在適應於她的情況下她絕對願意是個開放的藝術家、婦解份子、自由鬥士、公主或女巫，只要不妨礙她繼續享有特權。她很願意把前衛電影與 Monty Python，英國新音樂與麥當娜、Derek Jarman、David Hockney 與《性與城市》一爐共冶，如果可能的話！

那階段老薛的自信有時也有點動搖，他當時的食評往往會以類似的語氣作結：「當然，以上只是我個人的偏見，喜歡趨新的年輕一代，或許會在塑膠食物中找到另一種輕盈的美感也說不定。亦請參考其他年輕食評人的意見！」

三

老薛與藍玫瑰的愛情無疾而終幾個月以後，他認識了在銀行工作的黃菊。他的收支賬目老是混亂不堪，水電費過期未繳也不知道，甚麼是自動轉賬甚麼不是不大清楚，常常弄錯。開出了的支票戶口裏不夠錢支付，害得銀行裏的小姐打電話提醒他。老薛去到，茫然打開存褶，黃菊小姐未見過這麼天真、這樣不會照顧自己的人。由憐生愛，便發揮她的神力，打救這可憐的言語的巨人行動的侏儒。經過一番努力，七上八下，終把他的糊塗賬理個分明。甚麼是自動轉賬、甚麼是信用卡開支，全都眉目清晰，進賬和支出有條不紊。老薛覺得如有神助，這櫃台後的小姐簡直是上天派來打救他的仙女了！

黃菊是慳妹，土瓜灣草根出身，真為老薛着想的。他們的相識，是火星撞地球，彼此都發現了不同的世界。對老薛來說，像真的在深水埗發現了貨真價實的道地廣東小館，進一步肯定民間智慧：不必北上或出洋，本地環境不佳，亦有出污泥而不染的幽谷佳人，生性純良，樂於助人，保存了美好的民間素質。對黃菊來說，是發現賬目來往收支平衡以外一個色彩繽紛、有趣新奇、雖對她來說也略嫌混亂的世界。

與黃菊在一起那一年，大概是老薛最健康快樂的日子，物質上她照顧得他非常好，精神上他也發展兩人可以分享的世界。最先出現的問題只是：黃菊不明白他為甚麼老要看書，還要從舊書店物非所值地（黃菊的看法是：舊東西應該更便宜才是，那有比原價更貴的道理？）買回來舊書看到三更半夜。而訂閱世界各地的食經雜誌既要花錢，剪存中港台各種飲食資料又礙地方又惹塵埃。到後來分手的時候，黃菊也說她不是不愛老薛，只不過她就是沒法忍受甚麼都不拋棄甚麼資料都要留下來的男人了。

老薛愛黃菊的日子，也嘗試接受她的想法，即使她一度把他一生珍藏的清末食譜扔到垃圾箱去，他也可以說那是身外物而已；但他無論怎樣，用盡了各種方法，也無法令阿菊明白他為何痛恨地產商搞壞香港謀取暴利、銀行誘逼你把存款投資、超級市場以小恩小惠控制你選擇的生活模式，他無法令阿菊接受並理解他自己半生積累下來的種種怪誕反社會行為。

老薛的生日在除夕，這一年他不知怎的有興致搞一個世紀末大派對！老薛過去喜歡搞派對，這我們都知道了。老何說他是年輕時讀了費滋哲羅的《大亨小傳》，始終沉迷於那樣的浪漫氣概與氛圍。這年年底的時候，一直拖欠稿費的一份雜誌忽然良心發現，還給老薛一筆小財，他就去訂了一箱法國好酒，到處買來冷盤熱葷。老薛還用香科燒了一道羊腿，黃菊也來了興致，下廚弄了好幾道下酒小菜。

老薛請客向來豪爽，那晚在上環十三間的新居，新張熟李，擠得水洩不通！世紀末除夕，大家的憂慮仍然瀰漫在空氣中。回歸之初，大家擔心失去自由、降低生活素質、強作不願意的妥協。回歸以後，原來的憂慮沒有直接發生，卻有了經濟不景、更多工人失業、教育改革出現問題。

傳說世紀的除夕之後，會有千年蟲之災，所有的電腦通訊，時計交通，會出現災難性大混亂。當時是那樣一種集體的抑鬱氣氛，彷彿某種災難隨時要發生，但又不知是甚麼災難。大家滿腹疑慮、諉過於人，但不見得就能令自己心裏更加快樂。總之有得玩就玩，今朝有酒今朝醉！

時鐘敲了十二下，汽笛長鳴，香檳流進等待的杯子，友人擁抱，熱戀的人相吻。黃菊是美麗實幹的女主人，一直照顧老薛不要喝得過量、不要光說話不吃東西，這時也略帶羞澀地與老薛接吻。我與喬治也如同愛侶。災難並沒有發生。千年蟲還不曾蛀壞我們的世界。炸彈還沒有掉到頭上，不測的意外沒有發生。大家會更珍惜眼前一切，敢情會對大家份外仁慈了吧？

黃菊忙了半天，又擔心明早父母出外旅行，這時見人也散了一半，看來也不會出甚麼亂子了，便先回家去，打算明早再過來收拾殘局。沒想到下半場還有新發展。

幾個跟史提芬和老薛在酒吧認識的為消費雜誌寫寫電影攝影的年輕人，這時過來恭維老薛今晚的菜色，跟他聊食經，逗他憶苦思甜，回憶香港早年貧困日子的客家菜與潮洲菜。你知道老薛，說起這些話題就停不了。甚麼炸大腸、鹹酸菜、東江豆腐煲、鹽焗雞，那些客居他鄉、貧苦日子因陋就簡就地取材創出的菜餚對他來說有無窮智慧。年輕人卻在彼此擠眉弄眼，不似有心要聽進去。我見喬治也在其中，便扯扯他的衣袖：「你們這是幹甚麼？」他搖頭笑道：「沒甚麼！你不要多心！」從來就那麼相信人的老薛一點也不疑心人家在尋他開心，還是熱心地以為自己在誨人不倦。

我對他們這樣要弄老前輩不以為然，沒想到原來不止於此。日後我才發現：他們輪流向他敬掉自帶的廉價酒、佯作問東問西的當兒，偷偷把老薛準備的好酒偷運到後門外藏起來。

老薛沒計較把酒放在那兒任大家共享，天明醒來以為至少還有半箱幾瓶，沒想到好酒全不見了。還有大家當晚好意送給老薛的生日禮物，也全給他們拿走了！

我發現這事也是偶然。在喬治家裏無意發現了收藏得秘密的聖愛美農，追問之下知道他分贓得了一瓶。我說他請你們喝為甚麼不當場喝？喬治用他們的邏輯說：老薛這麼糊塗，多一瓶少一瓶並不知道。他又說老薛也不真懂酒：你看我們敬他廉價酒他還不是照喝？言下好像只有他們幾個年輕優皮才懂酒才該喝。我想老薛他們那代人確是好酒壞酒都喝，不太隨便挑剔，但這倒未必是不懂的問題。不知怎的喬治回答的邏輯比行動更令我心寒。

我又想起他笑道：「沒甚麼！你不要多心！」沒想到這樣虛應的答話日後還出現在另外的場合，也成了我們後來分手的主因了

在老薛那邊，黃菊氣瘋了！老薛則搖頭擺手：一場熱鬧，來的人良莠不齊，算了吧！聽說黃菊罵老薛花錢像倒水一樣，請了客人家還當你是傻瓜！真不知他的腦袋是怎麼長的！她看不慣的各項事情也就趁這機會一一數來：不去好好供樓卻租這舊區的舊樓，連電梯也沒有，既不化算也不保值，還要當寶一樣！就圖個甚麼浪漫！這樣年紀的一個人，也不為自己的將來打算一下！

黃菊當然把派對上各式豬朋狗友也罵到了！老薛委屈地說：當晚本來不也開開心心的嗎？你現在這樣罵起來，好像甚麼都是假的，好像我的一切在你眼中都沒有價值，把我整個人都否定了！

老薛與黃菊的分手是可以預料卻又是出人意表的。他們開始斷斷續續地吵架。每次吵完，多半是老薛去找黃菊，兩人完歸於好，直至下一次。但後來老薛也真生氣了，覺得黃菊到頭來還是不了解他，他所有心血都像是白費了。他憋着沒有去找她。

二月十四日情人節到了，那天他猶豫了許久，結果最後還是沒有找她，獨自留在家裏自己煮了一頓晚餐，細讀《世界食物百科全書》。他覺得情人節反正不是自己的節日，跟阿菊不同，他痛恨大酒店和餐廳利用這天漲價拋售差勁的食物，痛恨滿街的人像邪教信徒拿着教主聖像那樣舉着玫瑰花。他需要沉默反省他這一生與女人永遠弄不好的關係，除了他過份發展的胃口和身體以外，是不是還有甚麼靈性的原因？

正在這時，電話響了。原來是他的台灣食友，飲食文化研究會的會長和他太太來了香港，吃過晚飯，問他有甚麼新地方喝酒沒有？

他想了想，就決定帶他們到髮型屋酒吧 Visage II去。在那擠迫的小型空間裏，人聲和音樂吵得他們沒法說話。每次說甚麼，老薛得提高聲音，但還是沒法跟迴響的音樂和人聲競爭，他只能扭轉頭湊近左邊會長的耳朵，以及右邊會長夫人的耳朵，分別覆述有關 Slow food的觀念。話說到一半，他抬起頭，看見有人向他走過來，不是別人，正是黃菊！

那時，我們這些永恆的旁觀者，希臘悲劇中的歌詠隊、香港八卦周刊唯恐天下不亂的無名寫手，正在後面一張枱旁。那晚我自己一直覺得怪怪的，喬治好似做足一切，既去了酒店的燭光晚餐，又送了一大束花，最後回到酒吧喝酒，好似我們按章完成了一切程序，我應當是感動了。但我心裏不知怎的老覺得空空的。我有點無聊，抬起頭來，正好看見黃菊把手中的一杯酒，潑到剛站起來的老薛的臉上，說：「你真卑鄙！」我們在後面，沒看到老薛當時的表情（有人說他本來還在傻笑）。只見黃菊扭過頭回轉身走出門外去。一刹那間整爿酒吧又回復先前的嘈吵，大家都聽不見大家在說甚麼。

後來我問老薛為甚麼沒追上去，解釋這誤會？他搖搖頭，說他們的關係已經走入窮巷，任何誤會只是引發大戰的觸媒而已。她有她的好處，但大家在那階段是無法挽回了。他只可惜那智利 Carbinet Savignon 紅酒，好好的無端糟蹋了。他說：也許她想我用她的方法去愛她而已。說得多瀟灑、多睿智！但據他們說：當晚他喝得大醉，吐了一身，不省人事昏死過去了。

老薛之後也交過一兩個不同色彩的女朋友，多少都是無疾而終。多情的老薛老想在香港找到他的理想，但在今天香港的女孩子面前就總吃不開。後來他還遇過若即若離的百合，但也始終未修成正果。

四

說起來是百合主動邀請老薛吃飯的，通過一些彼此的熟人，百合表示很欣賞老薛的食評，約三五知己一聚，也叫老薛帶幾個手足，湊夠一圍，由百合本人下廚。那天剛巧副編輯外母進了醫院，我亦剛好趕完了油麻地區特色越南菜，老薛就說「益」我，讓我也跟了去，恭逢盛會了。

坦白說，我不大記得那天吃了甚麼。但以我當了記者幾年的嗅覺，百合果然是有賣點的新手。她曾在劍橋一兩年，跟另一份周刊老周的太太還可以共話宿舍風光，她的外祖父又是廣州當年的美食家之一，再加上她帶藝投師，既跟法國大廚學過做甜點，最近在國內工作一年，又曾到四川跟師傅學擔擔麵，這履歷加起來嚇也嚇死人了。

原諒我說得有點酸溜溜，老薛說我一定是妒忌了，百合整個人就是我的相反！他說我不求上進，沒有好好想去學東西。我只見他果然十分欣賞百合學完這樣又學那樣的精神。百合堅持炆牛舌煮牛腩要用德國不銹鋼煲，切肉切菜用不同廚師刀，盤子餐巾也講究配合。老薛最喜歡人家這麼認真，當然聽來受用，吃起來也認真。百合恰到好處地說一兩句，我們的老薛就以為酒逢知己了。

但似乎天下沒有白吃的晚餐，飯吃到一半，百合就說周太的周刊請她執筆寫一篇有關甜品 crème brûlé 的專題文章。她對寫作自少有興趣，但剛回來，中文放下了一段時間了，寫了食譜，知道老薛中文修養深厚，又對飲食有研究，很想請他幫忙翻譯。叫老薛譯食譜，當然大材小用，但既然吃了人家的菜，他似乎也不介意。大概也覺得她有某種融匯中西飲食的能力，樂於玉成其事。老薛講究地翻了一個晚上，結果百合沒有全文盡錄，她要表現性格，剪裁一番，她百合當然自有個性，不會人云亦云。

百合本在廣東的大家庭長大，對中菜也有修養。但因去了外面幾年，有點生疏了，就叫老薛介紹好的中菜館。

下一回飲宴就在大榮華。老薛也可說是較早發現大榮華的食評人之一。編飲食版寫專欄，老薛很在意大家小心不要發鱔稿（我後來明白：這典故來自當年石塘嘴食肆宰花鱔發宣傳稿的先例）。別的報刊沒有這麼嚴謹，久不久我們就會看到一家酒店食肆請吃飯，翌日全港大部份飲食專欄作家都在捧場！老薛不賣賬，也常得罪人。但也不能老講清高，廣告部經理也會來施壓力的。老薛不是聖人也不是烈士，沒有這樣的條件。他只盡量把廣告和評論分開。他的專欄至少實話實說，從中環到柴灣，從尖沙咀到大角嘴，不管名廚老店還是無名小鋪，他老薛一路吃過去，有好處說好處，有問題也提出商量；不趨炎附勢，不故作偏激；不鼓勵大路樣版消費，也不專搞小圈子。這樣的評論現在很少見了。有心的少數讀者也會記得他的先見：像大榮華未走紅以前，還是老薛最先提到它的白水浸烏頭！

我們現在去，已經是名店，找座位也不容易，還賴老薛的面子訂了房間。特首月前光顧，現在店裏也有一千五百元的特首宴。不過據老薛說：董先生不見得體會到圍村菜的真味。特首大駕光臨，手下一早現場封路、視察安全與衛生，弄得大家緊張兮兮。店家忙於買來全新餐具，又要準備鮮花，結果菜都涼了，失去廣東小炒現吃的鑊氣。

就可惜董先生不懂本地的圍村菜，雖然董太買了許多生麵分送親朋戚友，但圍村菜有名的特色倒不是在生麵呀！

治理一個城市，像煮一頓好菜，真不容易！老薛說：要懂材料的物性，要掌握火候！

席上老何說起現今的教育政策就有氣：斥巨資去搞甚麼中國傳統文化網頁和課程，以為香港是殖民地，一筆抹煞過去本地傳統文化的研究，硬要從中原輸入教材！又有人說：頒一個大勳章給當年左派搞暴動的楊君，卻頒一個銅章給芳艷芬！主事人就是沒看過《紅娘》，不懂粵劇在本地文化的意義。「我雖然也曾思想左傾，但對於老左派那種甚麼都要捧自己人，排斥有才能的異己，專講「親疏有別」的小集團態度，還是討厭的……」老薛喝了幾杯，也例外地議論時政了。

老薛特別給百合介紹圍村菜的歷史。從這些菜式可以看到過去客家人從中原移居新界的艱苦生活環境，以及民間應變發展的智慧。田園麥米粥是為了幫在水田工作的農民，吃了以後抵禦水蛭不來吸血；「銀蝦蜆仔炒長遠」則紀錄了新界人家對離家別井工作的子弟的別情：銀蝦是離家遠赴異國工作的長子，蜆仔是留鄉的幼子，有賴粉絲長遠把兩頭的親情維繫。

過去元朗八鄉的四寶之中，流浮山生蠔、青山灣方利、元朗絲苗，都已一一絕跡了，這都是政府不重視本地文化規劃，只顧收地賣地賺錢、任由化工廠污染的結果！四寶現在只剩下天水圍烏頭——大烏頭端出來，老薛請出幕後功臣食神韜哥解畫。大家讚歎烏頭肥美，韜哥自豪地說：

「你用筷子插進魚背，黃油就流出來了！」

又感歎說：

「地產商李先生快要把魚塘地都收購了，到時就吃不到這樣的烏頭了！」

百合嚐一口，讚道：「這魚蒸得真嫩！」

韜哥笑道：「這不是蒸，是用熱水浸出來的，就像燙花雕酒一樣！」

還帶着鹹檸檬、陳皮、芫荽和葱的味道呢！

韜哥和老薛兩位食神，一唱一和地為我們解釋菜餚裏的道理：

烏頭要白水浸，才比蒸熟更嫩滑！雞要用銅盤蒸，為甚麼？這樣傳熱才均勻！

夾鳳肝的冰肉不是肥膩嗎？所以要浸過玫瑰露去腥解膩！加了酸梅，肉就香口不油。煎魚頭呢？生抽也可以，但你若用上頭抽，香味就更濃郁了！

百合歎道：中菜傳統真豐厚，認識物性、認識食物的規則真重要！老薛說：對，中國傳統文化裏好東西很多，烹飪也像詩詞和書畫，怎樣令它活呢？認識性理和規矩重要，但知道甚麼時候需要超越需要變化，不要讓形式僵化窒息了性情，也重要呢！

「像韜哥想到以金銀蒜蒸南瓜代替過去的豆醬蒸南瓜，用酸梅醬燒一字排來代替過去的蒜頭豆豉燒排骨，由沉重飽滯變得清甜爽靈，正如前人論詞：『着一字則境界全出矣！』」

百合開始給我們的報紙寫專欄，是每星期大半版。不是她的創作，是由她訪問酒店的西菜大廚，或是國內訪港大江南北名廚師傅，有時則是訪問政界名人、影視紅星，主要介紹菜色，也兼及餐桌擺設、飲宴禮儀、生活趣味，的確是兼顧了百合的能力和興趣，又照顧了報紙風格和讀者口味。老薛也可說苦心了！

是秋天乾燥的天氣，百合燉了杏汁雪耳糖水，放盅裏，外包綿密的錦衣，差人送到老薛夜班工作的桌前，他感動得幾乎想哭了。我們這些冷眼旁觀的小記者比較刻薄，同事謠傳：同一個晚上，周刊的周太、食評人羅威、出版社的麥輝，全蒙恩澤，得賜糖水。

只有老薛寫了一篇纏綿的文字，幾乎是示愛了。百合那邊，不慍不火，若即若離，禮貌周到，精美信紙的回信，說着客氣得體的話。

老薛說百合其實是認識的人裏才份挺高的。若果真能突破表面的修為，打通關脈，那就真是未可限量了！老薛說得太玄。我不完全明白，想他大概以為自己可以從旁點化、互相切磋。要演神鵰俠侶？現實生活到底不是武俠小說。他又在幻想了！

沒多久，跟着下來是他跟百合聯合籌辯在廣州花園酒店舉行的食宴。其實是百合跟國內高人籌備的，借了老薛的盛名，老薛似乎是盛情難卻，但兩地合作，去到主要關頭，誰來把關？老薛不要揮霍無度的世紀盛宴，要真的想研究粵港的飲食文化歷史、探討兩地的關係，希望把兩地最好的食肆食譜好好交流。好個老薛，真是書生論政，但在商政交纏的種種關係網絡底下，到底是人微言輕。人家請你做顧問是給你面子，你最好是顧而不問。誰叫你去堅持食物的水平呢？

結果卻變成超級豪華盛宴，包括極品原隻鮑魚皇、大補鹿肉、河口黃油蟹、百歲珊瑚魚龍躉、極品燕窩和鴿蛋、長白山雪蛤酪、北海關東參、乳豬鵝肝醬，珍嚐真品，由九家廣州著名酒家提供，在五星級酒店舉行，每位收費三八八八元，取「生發發發」的好意頭！

至此老薛知道大勢已去，距離自己的想法愈來愈遠，只好低調引退。他後來還一直說：這不關百合的事，她也是被幕後的搞手牽連。兩地的高人早有想法，愈搞愈大，誰也沒法控制了！

事情終於成了新聞，五百人的盛宴，不少名人與會，卻二百人腸胃不適，成了醜聞，登上了報刊頭條。那邊酒店說會理解因由，向各酒家查詢。有人說是食物太補了，有人說是砧板不潔。照說怎也算不到老薛的頭上去，可是老薛是出名的食神，又算是顧問，多少被牽連，我們社會九〇年代中暢銷報壟斷以來，老是習慣在一旁等着挑剔別人出錯，每件事都要找代罪羔羊，難免就有些冷嘲熱諷。

沒多久報館裏人事有了改變。老薛調了去編娛樂版，飲食版則由老高來編。不知跟前面的事有沒有關係。

又過了一個月，老高主持讀者意見調查，以老薛的專欄得票較少，就把它停掉了。

老薛以為事情沒大改變，他也不太上心。他與百合接觸的機會少了。現在編輯攝影的事不由他安排。偶然報館碰到，好像也沒那麼容易組成飯局了。是不是百合的電郵少了，語氣有點敷衍？好似見面也有推搪，沒有那麼自然了。

總之老薛碰過幾次軟釘子，也就明白過來。他的優點是不會糾纏，知難而退，不會令對方難堪。

後來，二〇〇三年初香港的老左派發動言論攻擊香港人不愛國。老薛讀到就搖頭：「愛不是那麼簡單！哪有迫人家去愛自己的道理？」也不知說的是國家，還是自己！

我當時處於另一段感情變酸的新刺激，聽來也別有感觸。

五

許多事情破壞了我們對食物的胃口。比方假冒的食物，化學劑或其他有毒的元素，倒盡了我們對食物的胃口。最先是說國內近年有些大閘蟹注了抗生素，吃了甚麼腐屍，總之是致癌的東西。然後是中秋月餅，據說用去年吃不完的豆沙翻製。然後說冬菇有問題，河粉有問題，連帶過年的髮菜也有假製。連這樣的東西也要冒充，可知我們中國人的飲食要倒退到甚麼地步了。這是老薛的話。

所以秋天到了吃大閘蟹吃月餅的季節，本來是吃得最開心的時光，卻因為國內的假食物和隱約傳來廣州禽流感的消息，大家都顯得沒精打采。喬治近日變得飄忽，約了我吃大閘蟹又臨時說有事推掉。從醫生那兒拿到檢驗結果回來，我更吃不下甚麼了。回到公司，只是獃坐在那裏。我知道老薛偷偷看了我幾眼，我也不去理會他。我最後說：

「老薛，帶我去吃大閘蟹！」

「好！先校好這一期特刊吧！」

「不，我要現在吃，要回去大陸吃。還要吃月餅，要假的那種……」

「？」

「要吃假的河粉，吃假的髮菜，吃死為止……」

老薛放下了手中的工作，走過來：

「真的有那麼嚴重?」

我至此再也忍不住，「哇」的一聲喊出來，眼淚湧了滿面，伏在桌上大哭不止。

後來那天晚上老薛真的給我弄了螃蟹，是從可靠的根叔那兒弄來的，幾隻母的，九月圓臍十月尖!不光是薑、醋、紫蘇葉、還有清粥，毛豆、百頁、乾絲、送螃蟹的幾樣小菜，老薛據說照上海習俗傳下來，是他當年跟隨董千里、蔣芸諸位前輩見識得來，一點也不苟且。但做給我這個晚輩卻是浪費了。我一看見母螃蟹的卵黃就眼淚直流下來，根本無心進食，再好的美食傳統也是枉然。老薛倒是苦口婆心，好似他是我「老豆」一樣，勸解我，為我想辦法，一邊滔滔不絕說話，一邊不忘把螃蟹和小菜慢慢享用，掃過清光。

在與老薛商量過幾回之後，我打消了往深圳動手術的念頭。我與喬治是沒可能繼續下去了。我不是怪他軟弱逃避，而是懷疑在他牀上又發現了新的女人。男人不能負起責任，那就由我們女人自己來負吧!但我沒理由再與他分租公寓，也不可能挺着大肚子回到母親家裏。我就暫時搬進了老薛的書房，並且求他見了我母親一面，代替了喬治來作為我曖昧的男友亮相——老薛說情至義盡，只能做到這一步，要他在教堂舉行儀式或辦喜宴擺酒，則無法勝任扮演不來了。

我也沒有再多要求，一向反叛的我此時稍作妥協，滿足一下永不會明白我的父母，讓他們知道我有個男友同居，將來孩子生下來，他們也就逐步接受吧。至於當一個被遺棄的懷孕婦人或當一個獨立的單親母親，有甚麼不同，好多少？不要問我！我們與父母兩代人，在香港這地方種種矛盾之間不斷調整我們曖昧的道德觀吧！

總之我霸佔了老薛的食經四庫全書總部，陳榮《入廚三十年》退守他的睡房，留下各款飲食百科和雜書閒筆，從林語堂、梁實秋到他老師逯耀東、再到陳非、唯靈都變得顛沛流離，讓位給未出生的寶寶的小牀——那可是老薛花一個周末做出來的木工成績。

老薛可算是一個粗魯的君子，在我軟弱的時刻也對他生過感情，不過我的女性獨立思想不會讓我那麼不濟事地妥協。而且當時他心中還有個忘不了的女子。

再說我跟他也真的沒有發生過任何化學作用。這樣也比較好，我們的感情比較單純。報紙和電視不斷報道流感的新聞，令人膽戰心驚！我也高興有個人同舟共濟。當非典開始流行那些抑悶擔憂的月份，正好是我滯留在他的公寓裏，展開一段半是君子之交、半是搞笑通俗電視劇般的共棲生活。

回想起來，那也是我們最低潮的日子。SARS期間百業不景，報館也裁員。老薛終也失去老總的工作。不需要甚麼理由：一次編版犯錯、一些惡毒的謠言、同事推諉責任——甚至有人誣說他與我同居，跟下屬亂搞男女關係，這也成為罪狀；老薛說並無其事，叫我不要過敏。我總覺那並非不可能。香港暢銷報章儘管印刷現代化，經營方法還是封建的。報章內容上總不缺少色情誨淫篇幅，處事可又還是滿口迂腐的道德八股。總之我們出外採訪，回來就聽說老薛當日中午回到報館，收到大信封，守衛來到他身旁，監視着他只能收拾私人東西離去，一直把他押出大門。

沒有甚麼讓我們打抱不平的機會。我們幾個跟老薛比較熟、或由他經手請回來的小編記者，隨即都一一被解僱了。老薛是總編，怕他影響大局，即日解僱，補回一筆金錢。我們這些小嘍囉，逐步淘汰出局，就沒甚麼保障了！

老高現在當了老總，神氣得很。他的「馬仔」都佔上重要崗位，真是「一朝天子一朝臣」。老高最怕人說他學老薛，故把前人建立起來的專欄專題一律取消，當然也包括百合的在內。他改闢了專門介紹酒店自助餐的專題，逢星期一刊登。第一個月的廣告收益就比老薛的時代上漲了。

百合永遠那麼得體，結束篇禮貌地多謝老薛與老高，一視同仁，無分彼此。百合這時已薄有名氣，沒多久便在另一份刊物繼續寫。老高清除異己，到頭來對我們這些異己的傷害還不算挺大。

這階段幸好老薛手上有一筆金錢。他也沒跟我計較。他朋友多、人面熟，沒多久就在另一份周刊當編輯，還給我介紹電視台劇集的翻譯讓我在家工作。在不如意的日子，老薛也沒有怨天尤人，每天一早起來，煲白粥或皮蛋瘦肉粥，燒一兩道小菜留給我，教我白天不用吃速食麵，有點營養。有時早歸或放假，也會費心思煮點甚麼。我早睡早起，他往往看書看到夜深。有時跟朋友講電話，照樣大講大笑，對自己充滿自嘲。他有一種苦哈哈的幽默。好像雖不會飛黃騰達，但也至少沒那麼容易把他打垮。

現在回想起來，那一段日子我真是情緒起伏，心情不好，常常覺得好似被人當是一團用完即棄的廢紙扔掉。我起初也常發脾氣，老薛也無辜地代表他的男性業界默默承受過來了。事後我亦未嘗沒有一點抱歉。回想起來，那真是一段情緒沮喪的日子。

真感謝老薛幫我度過那段日子，以前大家都忙，現在由於非典流行，容易感染，許多計劃中斷了，反而留出一些空間，讓我們有機會在家中除下面罩，煮一頓飯，看看日本電影錄影帶，聊聊天。他放《東京物語》我卻睡着了。若沒好吃的就淨談吃，喜歡聽他跟我說當年「北大茶室」的豬肝燒賣、「雙喜」的蒸柚皮、「綺霞」的魚腸蒸蛋、早年「陸羽」的白肺湯。

也許不盡是懷舊，他懷想食物新鮮健康、廚師仍願意花時間心思、老伙記有人情味的世界。懷念的是某種態度與情懷。他說起跟前輩上館子，有多少人生道理和學問，就是那樣學回來。「現在總由我來帶頭，想來還是懷念當年跟在前輩後面吃館子的日子！」

有時他一心要煮一個菜給我吃，好像要向我傳授某種武林秘笈一樣。我嚐不到他說的那種味道，不禁懊惱起來：「老薛，你的世界失傳了！」有時我聽明白一點，但也得打斷他：「慢慢來，再說一遍！不要說得太快，我聽不懂！」

一般來說是老薛煮飯，我洗碗。我最害怕煮飯，一生沒正式煮過一頓飯。我逐漸發覺，也許過去我老聽人家說，自己把事情想得太複雜了！老薛雖有食神之名，其實也只是平常心平常胃，在日常生活裏要求很簡單。煮一道簡單的梅菜蒸鯇魚，或是馬蹄蒸肉餅，蝦米蒸蛋，就可以吃兩大碗飯了。他下廚的時候，隨隨便便，對自己的廚藝毫不誇張，令我覺得那是我也可以去做的事，但偶然他想到用薑用葱，用人面或是蝦醬，隨手加多少鹽，就令菜吃起來不同了，那都是他從生活從經驗裏累積回來的分寸，沒寫在食譜裏的。

他有他的弱點：最害怕洗碗！既然他煮了，當然是我洗。我洗碗就不用煮飯了，所以往往只是老薛他煮飯，甚至煲給孕婦吃的豬腳薑。

相處下來，我發覺老薛的弱點不限於怕洗碗！還怕用電腦。電腦一下子鬧彆扭他就不知該怎樣應付！打印機他不會換油墨。不要看他會做木工就以為他甚麼都會做，手提電話只會接聽和撥出，連照相都不知怎樣按掣。還常常忘記充電，有手提電話等於沒有。他不明白我們為甚麼喜歡不斷換手機，又玩出那麼多花款。我變成了他的電器顧問。

我覺得他有時對新事物不知怎的有點排斥，後來我想或許是恐懼才對。好像他跟新一代溝通有過問題，就退回自己的世界了。好像他的子女移了民，他們對他的知識、對他做的事做毫無興趣。他很想溝通，失敗了就退回來，憋在白己心裏，寄情工作。這對不對我可不敢向他求證，也沒法幫他。

我幫他電腦裝手寫板教他用、幫打印機換油墨。因緣湊合我也煮過一兩次我喜歡的韓國速食麪給他吃，讓他知道我們新一代的食物也不是完全那麼可怕。他同意了，也開始感興趣了！

傳出是廣州一位教授帶了病沒有滙報就來了香港，住在旺角一所酒店裏，把病傳播開來。

電視上播出淘大花園被隔離的消息，醫管局醫療物資分配不均，統籌不善，令有需要的醫務人員未得到應有的支持。整體來説，香港醫護人員做得很好，沒有逃避，事實上比其他地區都更盡責。屯門醫院及其他醫院的醫生謹守崗位而感染去世的消息，更令人感慨：到底有天理嗎？為甚麼事情會偏偏不公平地發生在做好事的人身上？

我的肚子漸逐隆起，身體發生變化，負擔了另一生命的重量，有點變得懶洋洋的。過去的刺痛仍在，是老薛陪我看老電影，談談天，嘗試解釋男性也有他的軟弱和恐懼，勸我不必記仇記恨，不要情緒激動，影響自己和胎兒。老薛好似也樂意扮起這個家中男人的角色。我有時想到將來，心裏有各種不同感受，有恐懼，也有想從頭去過一種新的生活。

張國榮的去世令我們的心情去到谷底。生命可以是這麼脆弱！我喜愛的明星，我們自小崇拜的偶像。以前我會想：若我有男朋友，但願他是張國榮的氣質。現在我明白：張國榮也不可以陪我度過這段疑懼不安的日子。

除了張國榮，我對其他男性不能說有太多好感，但卻要謝謝老薛陪我度過那段疑懼不安的日子。

忍耐着，學習在匱乏中互相幫助生活下去。不能不說幸好沙士的病例逐步減少。解除疫區名字之初，我們在一個周末的早晨到外面去，在小巴上看到陽光照在前面女孩的頸背上，彷彿重新感到生命的魅力。人們逐漸除下口罩，嘗試重新生活。非典之初，酒店和旅遊業大受打擊。酒店的住宿和餐廳，以半價收費吸引顧客。跟着下來生意再做不住，酒店也得裁員。有些酒店和酒樓捱了一段時間，終於結束了生意，不少有經驗的大廚二廚也從大企業出來，自己在偏僻的新區開店謀生。過去的名氣不再是保證，各路英雄再在艱難中從頭創業。在這新的形勢之中，老薛又再上山下鄉，僕僕風塵於元朗、青衣、荔景、葵涌各地試菜，尋找邊緣弱勢社群的新力量、更民主更合理的消費模式。

跟老薛去試菜，既是散心，也是體會社會裏許多不同的生活方式。香港不光是尖沙嘴或中環。老薛有五湖四海的朋友，既有原來教哲學的講師轉去搞有機農場，為我們提供新鮮而無農藥的蔬菜；有當計程車的司機朋友，尋幽探秘，知道如何在環頭環尾覓食；山海行友、釣魚老手、八袋弟子、傳媒高人、牛頭角順嫂、天水圍師奶、消費監察委員、年輕入行未變得油滑的年輕編輯記者，各為我們提供主流傳媒政論以外最新的飲食資訊、更合理的消費權益。

我跟着老薛去試蘇杭街有牙成蛇宴、隱居屯門的道姑的羅漢齋、當年打理壁屋監獄而今經營會所的大廚的潮州菜、順德河鮮、肥佬的鵝腸炒魚扣，總會驚覺天外有天，食物可以去到這樣的境界、世界原來是這麼廣大的！在這龍蛇混雜的江湖裏、儘管不少食肆浪得虛名，其實還有不少大隱於市的高手。在這價值標準混亂的時刻，各種平庸與偏激的言論各有市場。像老薛這樣的食評人，說了又說，也不過想改變習慣的偏見、叫人尊重不同的飲食傳統、尊重不同的食物。要有獨立思考，從食物開始。

老薛工作的報紙又倒閉了，便又商量搞旅行社。搞台灣、廣東、日韓、東南亞飲食團。死不了。

我問：「你的書為甚麼一直寫不出來？」

我又觸到他的弱點。

苦笑：「有時間就寫！沒時間嘛！」

我覺得不光是這樣。我覺得他心裏還有好些結未能解開。

我說：你不要希望甚麼都包括在內。試寫一些簡單、零散的東西。想到就寫一點吧！老薛好像也聽我說的。他基本上很照顧我，也照顧我們這個臨時不正式地湊起來的「家」，但有時也還是跟他的豬朋狗友喝個爛醉，失蹤一兩天。相安無事，直至孩子在七月初出生。

那天白天老薛還去遊行。他也不是搞政治的人，不過他說：這樣真不像話，好像當我們不存在一樣，要去表示一下。為何說「難道計程車司機也會關心這樣的問題」？我有許多計程車司機朋友，他們也真的關心。是所有人的問題呵，怎可以這樣說？看來也無法改變現狀了，但還是得到街上走一趟。他這樣無黨無派的人，就這樣不帶奢望地走上街表示一下自己的意見。大概也有不少像他這樣的普通人吧，乖乖地排隊走進被保皇黨搞慶典佔了一半的維多利亞公園，再沿路走上中環去。走完全程，也沒有去聽人講話或者喊口號甚麼的，收到醫院的電話，就趕來看我了。

孩子的誕生不是很順利。我的盆骨太窄，結果還是要開刀才把孩子弄出來。到我醒來見到女兒，心裏百感交雜，彷彿見到新生命的將來，又好似擔心身上背負了新的擔子，可應付得來嗎？

老薛幾天都來醫院陪我。我睡睡醒醒的，他也煮了產婦要喝的薑湯，帶來不同的訊息，說董先生在五十萬人上街的翌日，見到記者還只是說了一聲「早晨！」匆匆走過，不願置評。老薛煲了木瓜湯說是「好奶」。我抗拒這種舊男性社會的生理營養學，死也不肯喝。過了兩天，據說終於有了變化，要把第23條無限期擱置了。老薛說完了好消息，就一本正經地跟我商量用那一隻牌子的奶粉對孩子最好。

六

如今是曾蔭權當政了。又一個不同的朝代。

為救市去順德河鮮吃河魚！哈哈，正好是當年老薛帶過我們吃河鮮的鋪頭。希望不要因而加價吧！

打個電活跟老薛聊天。

「有甚麼私房菜好介紹？」

日韓泰不像話！居然想到炸壽司，為新而新，不顧物性、不近人情。但也有較好的……

老薛仍有發現，他對香港人仍有信心，仍然繼續他沒有停止過的老沒回報的單戀。

「電腦還好嗎？書寫得怎樣？」

就是慢一點，打印機又有問題。寫了一些散篇，全書很少很少部份！

「我要走了，老薛，也許離開三五年。你見過蕙蕙的，我們現在一起生活，娃娃也喜歡她！也許我會再唸書！……你還好吧？」

還好，暫時沒有新的對象！修心養性。那本大書，有一天會寫完的！

我要走了。也許到頭來我也不過成為那些得過老薛幫助而又揮揮手離開的女子之一？只不過我還不至於忘恩負義地在背後損他兩句，或者把他的欣賞掛在口邊，作為藉以自高身價的履歷。

但我知我也不會是日本電影《豪姬》裏的宮澤理惠，真正的紅顏知己，在他殺身之禍前勇敢地有犯難一見的義氣。我想他一生老在等他的《豪姬》。那是他喜歡的電影。我想跟老薛說：死了心吧，這世界沒有豪姬了！

離去之前想為他做一點甚麼。

我想告訴他，但我想他也在報上看到了：藍玫瑰結果成了有特色的時裝設計師，我們開始看到她去回顧香港中學制服的沿革，圍村服式、殖民西裝、新馬印的民族服裝、蘇杭絲綢。

有一次在鬧市與她擦身而過：衣着簡樸清爽，鬢間一兩絲斑白，這麼有氣質的女子？真把我嚇了一跳！這怎麼可能？老薛當年凝望她的眼光裏，難道真能從那誇張浮飾的底下看到了這香港女子潛藏的毅力與才華？

這對我來說真是不可想像的事。是個不解之謎。

黃菊在財政經界做得很好，偶然還會碰到她跟新男友去國金看場藝術電影。百合成了有名的食評人了。老薛當年對她也曾頗有期許。她目前還是以資料為主。說不定有一天她也會脫胎換骨，寫出有感情有創意的文字？

不如為他做六十大壽，把他所愛過暗戀過的女子找來，也可以坐滿幾圍、合拍一張百人照了！

他也許不介意這搞笑的自嘲？

他說：「不要搞甚麼戲劇性的花款，你好好下廚煮一頓飯給我吃吧！」

這可對我是個新的挑戰。為了接受這個挑戰，我開始去留意過去沒留意的：生活上最簡單的東西：怎樣煮一窩好的飯、好的粥。

要煮一頓飯，令我想到吃的人，他和她需要甚麼、喜歡甚麼，甚麼對他們是好的？娃娃的蒸蛋怎樣才蒸得好？蕙蕙喜歡吃素，我們如何挑選新鮮的蔬菜？

老薛喝酒太多了，煲甚麼湯對他有益？老何喜歡茄子，怎樣可以煮好茄子？

這麼想，就開始回到基本，開始更仔細去回想老薛以前平日的烹飪、更能欣賞家庭的小菜，更具體地理解好壞，沒那麼容易挑剔了。

好像要真正能挑選甚麼是自己要吃進口的食物，不是被各種力量擺佈了，你才是真正的獨立。

我帶了材料上門去。就幾個熟人。是我這吃慣速食麪的人煮的第一頓飯。肯定不會驚天動地。我不想張揚。我煮葡汁四蔬，之前嘗試認識四種蔬菜不同的特色，分別需要不同調理的火候。

他以前在我面前煮過的。現在我煮的時候他卻走開了。有點怪他不幫忙。後來想他是讓我自己摸索。我手忙腳亂了一陣，慢慢安定下來。我還是忍不住叫他幫我試醬汁。他也不說你該怎樣，反而問我：你覺得呢？

我說：是不是太稀了？那他就說：那也許可加點甚麼。是不是太淡了？那他就說：那也許可加點甚麼甚麼。好像不是給我一種金科玉律，而是讓我知道調味的理由、應變的方法。

飯也煮出來了——雖然那不過是靠電飯煲——讓你見笑了！

蒸好了水蛋，我竟然開始感到有份自豪了。

老薛說：第一回，不錯了！

我跟老薛說：也許不夠吃，你看再添個甚麼菜吧？老薛說：菜不在多，慢慢吃，細細嚐，咀嚼每樣菜的滋味就好。

最後拗不過我，師傅露了一手，就地取材，炒了個小小的前菜，聊以送酒：鹹酸菜炒苦瓜。大家吃了說好！

我挾了一箸細嚐，甜酸苦辣都在其中，有得教我細細咀嚼的了！

我說：「我待會幫你換油墨，你記下來，以後照做就可以了！修好電腦，你寫了甚麼可以傳給我看。還有，我會幫你裝MSN，你可以用現代科技跟你小兒子溝通了！」

續西廂

火焰在黑暗中高高張揚，逐漸我們看見了暗昧中的人影，來回奔走，明暗光影中隱約辨認出消防員的頭盔和黃衣。一支水柱漸見明顯，射向那張狂地亂蹿的火舌，火反撲一下、又一下；又一支水柱加進來，火勢一時未見停息，似乎更要蔓延開去，席捲一切。

凌晨四時四十分，旺角花園街兩排小販排檔突然同時起火。火勢迅速蔓延，多個排檔着火，波及兩座唐樓，火焰和濃煙在唐樓沿樓梯猛衝上去，多名居民被困。天亮後，起火的排檔仍冒濃煙，唐樓低層單位也火光熊熊。大火持續焚燒近八小時。

各種各樣的火。詭異的火。自然的火。人為的火。妒火與怒火。暴烈的火。鄉議局大樓外面，佈置了靈堂，寫着「妖去民安」，兩邊分列「輓聯」，有人扮成道士，放火焚燒僭建物規管小冊子，大眾圍住一個紙紮公仔，拳腳交加，要把她撕碎、踏扁，大叫「血債血償」！要把她放進寫上「林門鄭氏」的紙紮棺材，然後點火把她燒死，你驚覺：這似乎不是一個講理的時代？這是甚麼冤仇？原來村屋僭建不只牽涉眾多業主，還涉及承建商買賣往來整條產業鏈，箇中利益盤根錯節。居民示威要焚燒發展局局長。我們是生活在一個文明的時代嗎？

不遠之前，十七年前，類似事情發生過。陸恭惠一九九四年提出修改法例，讓原居民女性同享繼承權，衝擊男丁既有利益的傳統觀念，一群村民厲聲聲討，揚言要暴力對付她。

當年何方和他的教書同事、從澳洲來訪問的女學者珍，同時對此事表示憤慨！不同的是，珍說：你看你們男性對女性的暴力！何方說：除了性別還有歷史。不要以為暴力只是男性施諸女性、殖民者施諸被殖民者、強者施諸弱者。若然只是這樣，我們永遠無法明白為何被欺凌的人也可以變成暴君、政治最正確的人也可以做出最不公的行為了！珍不同意，她說：你這樣說只因你是男性！我看最大的暴力還是男性施諸女性的暴力。火光揚起，火繼續燒。

消防處出動兩百多人，十二隊煙帽隊及十二條管喉。由於火勢猛烈，蔓延速度快，大量市民求救，救援顯得非常困難。消防處在火場附近唐樓梯間發現多具燒焦屍體，火災造成九人死亡：梯間發現六人燒焦屍體，另三人送院不治，是一九九七年以來死傷最多的火災。消防員用雲梯救出被困住户，三十四人受傷，五人情況至今危殆，六人情況嚴重，全是唐樓住客。不少住户身體燻黑，傷勢較輕者在路邊急救，傷者靠氧氣罩協助呼吸送院。

消防處在現場發現兩處火頭，警務處亦指火災起因有可疑，不排除有人縱火，消防處將成立調查小組與西九龍總區重案組共同跟進。化驗所法證事務部亦派員參與調查。警方公開閉路電視錄影片段，指大火當天凌晨四時三十六分及三十八分共有兩名中國籍男子經過，希望二人和警方聯絡。

陰影幢幢的老殖民地西翼建築，走廊頂上破舊的燈光半明半滅，照着前面閃隱的人影，彷彿一個秘密會社的聚會。何方隨後跟進，同樣閃身進去，把門關上。會議是對巴汀的缺席審判，在多路威夫人辦公室。一向沉默寡言的夫人，難得私下主動召集半個系裏的人，說明自從巴汀在圖書館露體以後，系裏甚麼也沒做，大家都沒事人似的，顯示了系裏管治的問題。夫人似不習慣這樣的發言，說完就沉默了。全場發言最多反是來自澳洲的訪問學人珍和彼特，珍說的是巴汀繼續教學，對女學生有危險。彼特則說到澳洲學校系裏管治的開放性，並不把持在少數幾個人手上。

何方留意到系裏資深的四位白種歐洲男性不在場。出席的主要是女性、平常沉默沒歸隊的美學家，還有像他這位華人，可是另一位肥陳倒沒見。助教裏只有阮有來，大概她較成熟，也等於是年輕同事了。他在新系成立前後也有不少感受，發展了幾年，也有一些感觸。好像最初的開放民主有了收斂，課程的主次有了偏側。福軻的理論愈變偏狹，班上不足十人，卻分配了助教幫手。何方這邊的比較文學大班老分配不到一個。課程以英語教學，比較文學的碩士論文，可以用法文寫作，卻不能用中文寫作。做了許多工夫，但整體的潮流沒有改變。同學寫流行文化和電影的論文，這裏那裏引用很多西方理論，對本地歷史和文化卻不熟悉，也不引用中文已有材料，卻拿到優異成績。過去他覺得自己在英文系裏是少數派，現在在比較文學系，也還是少數派。

彼特說：「你們系的決策不是在系會上，而是在十五樓酒吧午餐桌上決定的。」

何方也不得不同意這種說法。他想詳細思考這種決策對系的影響，說是多元文化卻屢屢遺漏了本地文化，用一種輕忽的態度打發過去。讀了種種批判理論拿了高分的榮譽生出去立即在時尚雜誌謀到好職位，隨口引用一些法國名人名言為新產品促銷了。他何方大概說得不夠好。口齒伶俐的珍一下子把討論歸結到另一個方向：是女同學沒受到照顧，是系裏的女老師太少，主要是男性霸權的統治了。多路威這時才又說了兩句：她說在系裏一直受歧視，系主任和其他幾位理論大佬每次在她發言時都貌帶輕蔑，直到珍這位年輕訪問學者來了她才得到支持，非常感激她，她實在是我們系裏的生力軍！她含情脈脈地望向瘦削的珍，彷彿金蘭姊妹的定情目光。珍溫柔地回首擁抱了她！

這麼感人的場面何方不便提出異議。他在每個場合都是存疑的孤客，未完全成為信眾。他也覺得整體氣氛對女性不利，藝術系一位女同學老向他投訴：圖書館裏穿緊窄短褲來自美國的哲學研究生老走過來逗她說話，約她去街，每次拒絕了就大談東方女性的保守！他聽了那些話也憤慨，也能站在女性的角度感同身受。但他何方老覺得不光是女性問題，是背後那強勢的種族與文化陰影無處不在。但他不知怎樣才能準確表達自己。他其實對系主任還有一份尊重，覺得他真有學問，創系不易，也算容納不同，大家一起教的「比較戲劇」也能互相啓發，反而是另外幾位在系裏成功後變得囂張了！

阮說到研究生和本科同學的不安，對系裏出事後大家若無其事感到憤慨。又聽說系裏打算叫巴汀下學期告一病假便算。福軻在人前說偉大的學者都有不尋常舉止，尼采瘋狂、阿爾杜塞爾也失常殺妻，無礙他們的偉大。是不是有弦外之音沒人聽懂。

此時珍壓低聲音，爆出一宗秘密。她說秘書小姐報料：巴汀一向淫亂。有年考試之後，巴汀未交試卷，截止期限已屆，打電話找他不着，敲辦公室門亦沒人應。秘書想試卷也許就擱在辦公室，可能巴汀沒告訴別人就回英國度假了。反正以前也有前科，便拿鎖匙去開門，沒想到巴汀跟一位女生正赤條條躺在長沙發上，嚇得秘書小姐花容失色，跌跌撞撞退身出來。事後巴汀沒事人似的，好像甚麼也沒發生過。冰封三尺，非一日之寒。何方立即在他的中國腦袋裏找到一句中國結語。

故事說完了，大家無言。巴汀的形象，再難翻身。時間已晚，明天還有早課，得散會了。大家同意，事情不能袖手旁觀，必需跟進。要備課的阮和何方先走。何方拉着門，阮微笑道謝。走過走廊，何方走回東邊自己辦公室，回到黃卷青燈。無言道別，彷彿是有了默契的戰友。

回到房間，垃圾桶裏堆滿廢紙，溢出來瀉了一地。何方發覺：洪嬸今天沒來打掃。

何方記得：粗心的他，也過了幾天才從秘書那裏打聽到：洪嬸進院了。當年洪嬸正好也是花園街火災的傷者。

大火死者裏有一對夫婦，丈夫是亞皆老街電器公司的電工，家住大火現場旁唐樓，昨晚放工後還與老闆同事宵夜，凌晨才回家休息，豈料瞬間已與妻子同葬火海。電器公司老闆娘凌晨接獲消息立即趕到現場，得知噩耗只有難過。

住在起火大廈的陳太，凌晨回家赫見大廈火光熊熊，單位內有年僅二十四歲的女兒及一親友，多次致電女兒聯絡不上，焦急向警員查詢，每有傷者從火場抬上救護車，便撲前查看，更一度暈厥，跌倒地上。天亮火警救熄，她得悉女兒在火警喪生，情緒激動，家人亦非常傷心。據說她女兒兩月前才持雙程證到香港探親。

火警中，一名婦人原拖着女兒逃生，但在途中脫手，兩人失散了。到中午，她才知女兒在火警中死亡，激動痛哭。

當年他去廣華醫院探望洪嬸，公立醫院的三等病房，鄰牀都是老人家，穿着睡衣、纏着繃帶、打石膏、吊鹽水，是人生戰場上退下來的傷兵老兵。他剝開帶來的柑給洪嬸吃。老人緩慢的咀嚼令他想起當年病中的祖母。洪嬸也是在火災逃生中受傷，樓梯堆滿雜物、每天日夜累積的陳腐習事淤塞難通，天台的門打不開。他從醫院出來，火災現場圍起來他沒法走回去，那花園道舊樓卻本是他熟悉不過的地區。中學時常在此間書店流連，那些暗舊的顏色裏也有他覺親切的東西，卻與他目前每日生活的空間相隔如此遼遠。

> 大廈天台屋一名住客説，事發時聽到有人呼救，即時逃生，但由於梯間滿佈濃煙，只能在天台等候救援，很多住客逃上天台，消防到場升起雲梯將他們救離現場。他指大廈內有很多劏房，原本大廈有兩條樓梯，但其中一條堆滿了雜物，封死了，住客難以逃生。

晌午。何方閉門用功，正在準備下午的明清戲曲。有人敲門，竟是阮。叫去吃飯，何方本跟珍和彼特說了不去，要備課，正滿腦子的生旦淨丑，走馬燈轉個不停。阮笑道：專誠請你吃飯的，來吧。嫣然一笑，書生沒了輒兒。人家單單請你個有恩有義閒中客，迴避了無是無非窗下僧，你又何能拒人太甚？

在十四樓，珍與彼特格外精神奕奕、煥發抖擻、彼特頭髮梳得油亮。額頭滑溜溜，蒼蠅或徐或疾也滑倒。珍披上半胸衣裙，蓮臉生春，頸下的鎖骨也如蓮梗逢迎。

大家胃口似乎不錯。平時何方生性孤僻，在辦公室吃個蕃茄蛋三文治，粗茶淡飯軟蔓青亦是一餐！今天彼特似乎表示吃菜饅頭委實口淡，五個人也不怕炙爆煎熗，於是就檸檬軟灘、咕嚕排骨、浮沙羹寬意粉添些雜糝，酸黃齏爛豆腐休調啖，大事張羅，彷彿有甚麼喜慶。

茶過三巡，珍向何方探聽校裏中英雙方人脈，表示理解中英鬥爭的歷史緣由，卻不知道院長副校那邊還佈有甚麼地雷得好好提防。似乎她要直闖金鑾，擊鼓鳴冤，但想知道沿路可有甚麼阻撓。

好個書生何方，只知法律藝術人文各有賢良，數理化系自有規矩，也不見得大家不能講道理。他只知受文學院長迫害，肥陳的靠山是肥魏忠賢，東廠坐大，朋黨為奸，殘害忠良。不做學術，只玩權術。東廠心中的西廂都是番邦，有內鬨只是狗咬狗骨，不見得會派兵遣將，參與其事，只樂得袖手旁觀。

那阿珍，掂斤播両，好似已有成竹在胸。

又問了李姓杜姓，欲言欲止，似笑非笑，更不打話，此去似乎一切順利。

那彼特，準備翻了海波、振動山岩，腳踏得赤力力地軸搖，手板得忽刺刺天關撼。

一邊吃飯，好似已聽得耳邊廂金鼓連天振，征雲冉冉，土雨紛紛。殺退敵軍、掃蕩妖氛。

飯後下樓梯撞到福軻，不知怎的反倒有點不好意思。其實本沒有甚麼：之前何方婉拒了到福軻的性史課去講《金瓶梅》，他不想大好傳奇、羅裙繡鞋、詞曲滋味，就這樣被一門獨家性史收編。這拒絕也算光明正大，可是何方猶豫不決，未知是否自家太早關門，失去了個東西對話的機會。

據記者調查：花園街多幢舊樓屬於「無法團、無管理、無維修」的「三無」大廈，有舊樓中門大開，樓上有大量店鋪、貨倉及劏房，唯一走火通道只有一條樓梯，寬度亦僅夠兩人並排上落，通往天台的樓梯又塞滿雜物，難以通行。有屋宇工程學者指，這類舊式大廈缺乏管理，本身設計亦導致煙囪效應，一旦火警住户很難逃生。

四級大火發生後六小時，特首到醫院探望傷者。受傷年青社工當場質問「何時解決劏房問題」。特首建議他申請公屋，社工則指申請公屋入息限制嚴格，若入息符合申請公屋，就微薄得難以養活家人，質疑「是否要人永遠住劏房？」是甚麼造成這些問題？

踏出藝穗會，何方一時不知自己置身何處。喝得太多了。這算是慶功宴嗎？又有何值得慶祝呢？

番邦公主直闖金鑾大殿，禮儀周周，辯才無礙。皇上細心聆聽，表示極大關懷。事情的確是非比尋常，值得擔心。公主的陳詞老指向男女之別，彷彿只是生理問題。何方作為唯一漢裔老想解釋自己糾纏不清的想法：是權力，是權力把知識變成鬥爭工具，是權力令人空目一切，覺得超乎一切庸眾規矩。他不僅在老練的理論祭司身上看到端倪，也開始在那些舞刀弄筆的年輕生徒身上嗅到蛛絲馬跡了。想是這樣想，他總好像沒法人情練達把意思說清與人溝通。在皇上答允認真考慮公平裁決以前，還是珍姐作了領導式總結：目前男女老師不成比例，鑒於此般情勢，實在有必要重新檢討！

這就值得慶祝了？也不是必然吧。但珍姐似已覺大獲全勝，改革的美景指日可待，光臨人間！

剛才在藝穗會，阮倒似有心事。可能是家裏問題。本來從何方教《血手印》和《蜘蛛巢城》改編莎劇問題談起，阮覺得挺有意思。但最後還是談到最新版的《傀儡家庭》，談了不少，說到男性的專制和軟弱，感情的缺乏承擔。何方想是她的婚姻有問題。嘗試說些話去開解。他也想談娜拉以外那另一位成熟女性基絲汀。他喜歡阮，愛跟她談天。家庭背景關係，他向來尊重獨立能幹的女性，不喜歡嬌滴滴弱質美人。話正投機，說了法國文學又說電影，阮說：跟你談談，好多了。何方也願如是，能有幫助就好了。

不過在談話裏，老覺得阮對男女之事很悲觀，談到另兩篇小說的比較，他聽到她說一個女子的成長與自覺，豈需通過與男子的愛情來引發？她反喜歡另一篇他覺得比較犬儒的小說，女主角一開頭就命定地決定了男性是脆弱而不可靠的，她覺得這反顯示女性獨立於男性之外的思考。何方不大同意，但想也許是她近日的遭遇令她從這角度看吧。正說話間，珍湊過來阮耳邊說悄悄話。阮回過頭來笑：再找你詳談吧！何方見勢只好走開去給自己倒酒，再喝一杯。

何方也不記得自己怎樣走回列提頓道家裏。只覺單枕薄被，清空的四壁有點荒涼，他回家老是沒有回家的感覺，總老似是草橋打店，借宿一宵，翌日又再匆忙趕路。總覺得沒有一個家。他頭重腳輕，顧不了那麼多，倒頭便睡。

敲門聲把他驚醒，還有門鈴！道來的是誰，竟是阮，氣喘喘的：「今晚回不去了，借你的客廳……」端了被枕，她又問：還有酒麼？開了酒，她已醉態可掬。說那人又在外面有了孩子。他本想為她抹去眼淚，兩人的嘴唇卻不知怎的黏在一起。他感到她的手在他背上，他的身體感到了她的溫暖。兩人反覆變換不同的姿勢，還就彼此的臂彎和膝蓋，務求令對方舒暢，包容撫慰另一人身心的枯寂與空虛，似乎是想清除兩人間的絲縷隔閡，摸索汗津底下突突的心跳……

突然人聲喧囂，眾人推門排闥而來，持火把殺進室內搜人！何方在牀上驚醒過來。只見天色微明，曉星殘月。環顧四周一片冷清，阮已不在了。客廳亦不見被枕，一切都消失得不留痕跡。

是她把一切歸位，悄然離去？還是一切根本沒發生過。躺回牀上，又依稀嗅到身體的芳香，若有若無的一點氣息，仍然在枕畔縈繞不散。但這是他日夕思念，幻想出來的一幕戲文，還是真的發生了，而他意識不辨真幻？這個書獃子躺在牀上，睜大眼睛，沒法看透這難解的謎。

火災現場仍未解封，重案組及消防員返回災場調查。由於現場環境廣闊，火警後一切混亂，警方搜證需時，其後會化驗以確定火警起因。食環署則與旺角排檔商販開會，商討排檔管理的改善措施。三十四名傷者當中，仍有五人危殆，二人嚴重。有市民帶同鮮花，到花園街火災現場悼念死難者。

屋宇署工程師視察後認為大廈暫無危險，警方安排災民登記後，陸續由警員陪同上樓返家收拾財物，各人只許逗留片刻，再由警員帶領離去。部份排檔檔主昨日返回攤檔點算損失，警方要先為他們登記。沒被大火直接波及的大廈已解封，政府在街口設立登記櫃檯，居民登記後便可返家。

在學校碰到阮，她沒事人似的。甚至有點冷。說了兩句。要備課了！回頭便走。書生覺得自己不是戲曲中月移花影動疑是玉人來的主角。倒似廉價電視劇的配角，整天嘟嘟噥噥不知是真的發生了還是自己的幻想。

新課也不容易。講完理論和歷史，輪到同學導修課做報告，除了兩三位比較深入，其他都不理想。最容易是用後現代打發幾齣電影，連本地歷史資料也不用。偶有一兩位想講本土文學，卻變成掄起「本質論」（essentialism）一斧斧把五、六〇年代老作家來練靶，就好似說他們不懂新理論，一棒棒打下去，五癆七傷，有口難言，窒息了任何本土發言的機會。可嘆小妮子口沒遮攔，就這樣一味的把語言來摧殘！

多里夫批資本主義的理論變成批香港怎樣去污染大陸，用的例子又居然詭辯地是愛國財經小說。年輕研究生舞動理論棍棒，一個個勇哪吒不會削肉剔骨，可先輕易把先人棒碎。高捧了的反是最表面的反叛：同志的情慾，甚至色情雜誌也變成唯一顛覆經典的途徑。何方面對滿紙雲煙，不禁愣住目瞪口呆，到底出了甚麼毛病？

他也看到有些同學有心無力，想做甚麼總無法擺脫頭上牢不可破的更大的金剛箍。冰封三尺，非一日之寒。應該怎樣幫助他們？可是這理論課出了問題？他要自己反省自問。要多認識歷史、應該多講歷史。他喃喃自語。好似念咒一樣。

原來後殖民讀書會開過了。本來不是說一起開辦的嗎？原來剛好選了何方另一組導修課的時間。是研究生西雅告訴他才知道。讀了些甚麼？他看看名單，好似跟澳洲學者編的書第一章選文有點相似。那讀了有甚麼心得嗎？西雅還是寫得很慢，有點迷惘。上次談的問題，比方這位現代劇作者從傳統戲曲那裏看到甚麼，我們不是已經談到幾點？是，可是，這好像，太普通了。她又拿出一篇影印，好像是武林秘笈。《閣樓的瘋婦人》。可以寫寫這方面的東西？珍老師說可能對我有益。何方略一沉吟，一時還不知如何回答。也不想拂逆她的求知心，便說：你也可以看，也可以討論一下，若果覺得有用也不妨想想。我就這樣看沒看到跟這位劇作者有甚麼關係，但看看也無礙。不過你不妨先試試寫自己的分析？好似沒甚麼突出也不要緊。原來想到的也不要放棄。真要開始寫了。已經差不多過了一年。光想沒用。不寫出來就沒法討論。西雅沒說話，還沒離開的意思。舉頭張望書架上的書本，有點迷失。何方說：有信心，先把想到的寫下來，再討論吧。西雅說：老師一個人住？吃飯自己做飯？何方點頭，有時在學校吃，周末回元朗父母家吃。衣服也自己洗嗎？何方笑道：附近有洗衣鋪！西雅也笑起來，我住學校，周末也去洗衣服，老師有需要，我可幫忙。何方：好！好，這不忙。也不一定需要。你還是集中精神，努力寫論文吧！

後來空下來何方也想讀書會怎麼忽然開始了沒找他。也許湊巧沒碰上吧？但是，也沒有甚麼，他也不能怪人家。

他不曾也不是計退孫飛虎，人家也不是老夫人悔婚這麼嚴重！把巴汀比作孫飛虎？太不倫不類了。他本人也不過按良心說話，甚至說不上敲敲邊鼓，也沒幫上甚麼忙。只是珍與彼特，好似沒有早日那麼熱情，好像另有寄託，別有所忙而已。

據稱，警方十二月一日發放兩名案發前在現場附近經過男子的影像，即時收到不少熱心市民熱線報料，提供有關兩名男子的行蹤，相信對於調查是否縱火疑案大有幫助。

信箱裏有阮一紙表格，申請車位。她下課後要趕往接孩子下課，需要泊在總樓前面。大學早年建成時沒想到日後的發展，車位不夠，她沒申請到。何方當然簽名支持，又附了備忘請系主任加簽，盡快趕送有關單位批准。

翌日早餐研究生阿紅約了他談論文，就在街口的小餐室。花了差不多兩個小時，終於把那些繽紛枝葉定了主次。阿紅也是聰明人，話頭醒尾。他的學生都是聰明人，比他精靈多了。就是有點懶，叫她看的書沒全看，不過也沒抵賴，願意去改。他覺得她的想法不差，要是好好逐一補充，首尾貫徹，應該寫成不錯的論文。改完了講完了他也鬆了一口氣。

走下斜路走回學校，剛好碰上住在附近的阮走在前面。何方高興招呼早晨，忽又想到這樣早跟古靈精怪的阿紅一起走回學校，會不會惹人誤會？又想這是甚麼世代，自己可真迂腐了。看阮也若無其事，今早還特別親切健談，何就特別提到車位的事，說已簽名辦理，希望一切順利。阮帶笑回答：這樣就好了！

市民來到現場帶着白色鮮花悼念火災死難者；死難者家屬到現場路祭後離去。一名住横頭磡八十歲的楊伯伯，專程到現場獻花，表示不認識死者，但看到電視報道感到悲傷，希望死者安息，警方亦要盡快破案。市民黃先生亦到場獻花，心情沉痛，他說，作為市民為死難者悼念，希望死傷者家人得到安撫，這類事件不會再發生。

在封鎖範圍外，一名巴基斯坦籍災民說，前日到過不同醫院，找不到朋友，向警方及醫院查詢，都說遺體未能確定國籍性別，所以未知友人安危。他又說，起火時，沒聽到任何警鐘，大廈亦沒有消防設備，想是大量死傷的原因。

旺角花園街四級大火慘案第三日，警方下午已尋獲事發前出沒現場的兩名神秘人之一，原來是八十二歲老婦。消息稱，警方已通令全港在案發前後二十四小時、所有向街閉路電視錄影帶交出助查，警察總部刑事情報科統籌，冀能掌握其餘一人行蹤；同時，警方考慮懸紅百萬元，以揪出縱火狂徒。

是一個人縱火嗎？

巴汀一個人的問題是解決了。何方聽到傳聞說巴汀要停職離開，好似學校還給了他一筆安撫費，不想英國人的下場變成醜聞，盡量低調處理，沒有正式宣佈。系裏沒有通告，也無討論。

有友人來訪，何方難得上十五樓。不想卻碰見珍、彼特和客人在十五樓酒吧密密斟談，剛好告一段落停了嘴。彼此招呼一下，各自歸位。何方依稀認得，在座的客人是外籍副校，校裏大有勢力人士。

肥陳到辦公室來，可說是稀客。平常沒甚來往，話不投機，但也不算階級敵人。不過自從巴汀事件發生，兩個漢人跌入奇怪位置：何方勉強站在革命一方，肥陳本來被歐洲大陸漠視，卻突然投誠變成保皇黨，彼此更似愈行愈遠。現在肥陳顯靈，可又笑容滿面，西拉東扯，好似甚麼都沒有發生。當然先來近日新聞簡報，重溫最新八卦，證實巴汀終於離去。所以傳聞是真的了。但你知不知道，現在珍想申請系裏的教席？

他何方的腦袋果然是想也沒想過。但這職位不是要教歐洲文學和比較文學？

本來是，現在多路威夫人想改為女性主義文學、性別研究和澳洲文學。

豈不是……度身訂造？

哈哈哈哈！

自然想到，過去在英文系造反，理由是聘請語言的老師全是度身訂造，任用私人。才沒過多少年呵！

你覺得怎樣？

怎麼怎麼樣？

該請怎樣的新老師？

興趣寬一點：多樣化一點好。系裏真正能教比較文學的人不多……不是已有夫人在教女性主義文學？應該公開招聘，看有沒有優秀人才吧？說不定有……

肥陳笑容曖昧：那你也不支持你的同黨？

何時有人真正理會他的意見？世界甚麼時候變得這麼民主了？就事論事吧了，公開招聘，不是說誰最適合就請誰嗎？我們都是這樣進來的！

哈哈，你是誤打誤撞，天真！不能算數。你也不懂活動，不曉人情！當然，校有校規，一切都要規矩通過，也有監察！我們正要公平，所以才要諮詢民意。不用緊張。

何方沒想到自己一下子也變成民意。但以他對肥陳的認識，不免有點擔心。誰賦予他諮詢的權力？他會怎樣彰顯這些意見？

> 發展局局長到花園街巡視，慰問死傷者家屬。她指出發生火警的舊樓於一九六一年入伙，樓上原本有十四個住宅單位，有前後樓梯，現在初步檢查發現，其中七個單位被改為合共二十多個劏房，部份劏房的確妨礙走火通道。
>
> 食環署早上與旺角排檔商販開會，商討如何改善排檔管理。食環署重提年前花園街大火後的排檔規定，包括簷篷要用防火物料搭建、不可以跟大廈相連、檔與檔之間要有足夠距離、排檔大小亦有規定。署長會後表示，對於違規商販，會繼續嚴厲執法，並會與消防處繼續巡查港九小販。他會考慮不同改善方案，包括「朝行晚拆」、扣分制、或取消牌照等措施。他又說會加強執法管理，巡查不同地區的小販排檔。

又過了一兩個星期，上後殖民課時，突然發生一件奇怪事情：還有半小時才下課，何方正要努力解釋香港歷史，如何跟別的殖民地並不完全一樣。旁聽的阮突然站起，砰一聲推開枱椅，響亮地收拾東西，大踏步走出課室外面去！何方一下子愣住了，不知自己是否說錯了甚麼話，惹起她的怒火。但數十對眼睛看着他，他也只好硬着頭皮說下去。

直至下課，他才敢拉着剛才在她身邊的同學，問阮究竟是甚麼一回事？她說：人家現在是單身媽媽，要趕去接孩子放學，你們為甚麼忍心不給她大門前的泊車證，害她要提早跑回去取車？

他幾乎啞口無言，囁嚅說：我簽了名幫她呵！

同學沒聽他，只是說：你們男的老師，不懂女同學的辛苦，也不幫忙。

沒人聽他的解釋。下一星期，同樣時間。旁聽的阮突然站起，砰一聲推開枱椅，響亮地收拾東西，大踏步一團火光地衝出課室外面去！

起火以後，多個排檔徹底焚毀，附近樓宇外牆燻黑。排檔內大量存貨一夜間付諸一炬，亦有檔主大火前一天才入貨，損失慘重。火場至今仍然封閉。火警波及近廿六個排檔，商户血本無歸。有檔主謂，損失貨價約五十萬元。另一檔主說，當年大火後，已將相連攤檔分體，又加闊攤檔與民居的距離，用了這麼多錢，還是在火災牽連下全部化為烏有了。

何方呆坐半晌。一杯悶酒尊前過，低首無言自摧挫。洪嫂還沒回來工作，新來的替工做了兩天又不見了。垃圾廢紙堆了滿地。有時夜晚他會瞥見外面花影移動、聽見奇怪的歌聲。他怕會見到不該見的異象。為甚麼一切變幻得這麼快？有前日的心，那得今日的心來？白天他呆坐半晌感到窒悶，事情做不下去。他想走出來，離開那座不知在拆卸還是在重建的老建築物，他想去廣華醫院看看洪嫂。他想離開這區回到那區。

他下樓梯遇見西雅，她有點靦覥。他說：你盡力寫點甚麼出來吧，不要擔心。先寫了再討論。年終報告要來了，我要評你今年的表現，你好像沒做甚麼呢！她不好意思點點頭。加油呀！他最後加上一句。

晚上他想他病了。好像是發燒。身體裏也有火災。日茫茫溢起藍橋水，焰騰騰烈火燒襖廟。把人隔離的大火。

他想起一位努力寫作論文但老被同學歧視的男生。他因為緊張而說不出話來，他想安慰他、幫助他，說他並沒有不對，他的是老實的方法。不要介意其他人的囂張，他沒有錯。他想這樣安慰這位同學，卻發覺自己無論如何說不出話來。他張開嘴巴，沒聲音發出來。他驚醒過來了。

行政長官公開表示：不改善，不可接受。會探討「朝行晚拆」是否可行。政務司長領導的跨部門小組，昨日下午再召開會議，討論善後措施。

港九小販商會社團聯合會主席發表聲明，不應將全部責任歸咎於商販，並反對「朝行晚拆」，她指政府增加限制條件，只會影響檔户生計。很多檔主都是長者，每日搭建及拆卸檔口有困難。

有人批評救火過程反應未夠迅速，查案未夠徹底。消防處強調，前日出動三百名消防員救火，人手較灌救一般四級火的標準已多了近兩倍。

有市民謂：近日某些議員事事抗議，花樣繁多。但似乎對民生於事無補！

他記起他尊重的一位前輩對他批評：不過是多年前一宗醜聞，有需要舊事重提嗎？

但多年來那幢幢魅影一直壓在心頭，未嘗消失。隱去了又再重現。

他記得那樣轉眼又是新的一年，暑假過去新的學期開始。何方第一天回去，感覺恍如經歷了許多世代。珍已離開了，她結果沒拿到那份工作。最後聽到她的消息，是臨放暑假前，兩男為珍爭風呷醋，大打出手！一位是駐校的澳洲作家基斯杜化，另一位據說是一位年老富商羅斯，何方沒怎見過的。基斯杜化暫用英文系休假的老郭的辦公室，結果，老紳士爭風呷醋，上門尋仇，舉起整瓶黑醋，齜牙裂齒一把淋在辦公室電腦上面，把整個電腦作廢了。駐校作家聳聳肩膀，拜拜離去。可憐黑狗偷食白狗當災的老郭休假回來，不知這世界怎麼變成這樣了！

學期末還歡送了榮休的老系主任。何方有點不捨，當年創系的盛況不再，一時頗有零落之感。

沒想到新學期開始，系主任退休後，上面竟委任肥陳當了系主任。一朝天子一朝臣。要跟何方讀博士的新同學在電話裏說：「陳博士說如果我跟他唸書，系裏可以給我獎學金；如果跟你，就沒有了！我該怎辦？」

世界怎麼變成這樣子了？

回到辦公室，看看新一年碩士生名單，赫然見到舊生西雅換了導師是多路威夫人。可真奇怪，他這導師被人臨門換將竟自己也不知道。評核前夕西雅傳來幾張紙，寫得不痛不癢，也不到題，他填了 barely satisfactory，通過但作為警告，本想鞭策她認真努力。沒想到這就換了導師。天曉得在他背後發生了甚麼事！好似又把一名女將收入麾下。由不懂中文的導師去帶完中文實驗戲劇論文。這樣姑息對同學卻不見得是好事！

環顧桌上，本來到期說要換的老電腦還未換，打電話給辦公室秘書，她說：新電腦來了，都在陳博士房間裏。他說系主任需要兩副電腦。我們也沒辦法！

只好去西翼找肥陳交涉。何方敲門進去，肥陳正同電話裏說：

「好極了，我們以後多多交流！中午在十五樓，慢慢談。」

一面回過頭來，滿面笑容地向何方說：

「現在好了，洋人撤退，我們可以大展拳腳了！」

隔了幾年沒想到花園街又再發生大火。

到今天為止，花園街一八八至一九八號終於解封。但警方未能找出花園街大火原因，仍在調查之中。

艾布爾的夜宴

Comme le fruit se fond en jouissance,
Comme en délice il change son absence
Dans une bouche où sa forms se meurt,
Je hume ici ma future fumée,
Et le ciel chante à l'âme consumée
Le changement des rives en rumeur.

Paul Valéry, « Le Cimetière marin »

一

我在火車上閱讀法蘭索瓦．于連的著作，一面想這些玄妙的對肉身的討論，會不會有助於我對艾布爾（El Bulli）神奇廚藝的理解？我的朋友鴻燊老早把艾布爾說得神乎其技，把往艾布爾吃一頓飯說成像是朝聖般的經驗。他說去年在巴薩隆那，要包一輛計程車往返，是三百歐羅！因為那兒前不巴村，後不巴店，在荒山野嶺之中，離開巴薩隆那兩小時車程。一頓飯吃六個小時，到凌晨才吃完，真是要命！我年輕時跑到三藩市或紐約看戲，或者從比利時越境到法國看大師的戲劇，也有這樣的虔誠，而今竟然為了美食奔波？鴻燊見我在電話裏遲疑，便立即擲下哀的美敦書：今年好不容易賣交情才訂到一張枱九個座位，見你在法國南部，順便「益」你，你不來，隨時有人樂於補上。限你星期一答覆，先交訂金，以免你又到時「甩底」！

我工作告一段落，便計劃坐火車西行。朋友約翰說七月底會回來，他家就在西班牙邊境附近，我正好可以去探望他。還有西班牙邊境有達利的故居，約翰多次提起，我也可以去看看，儘管達利不是我最喜歡的藝術家，我倒是老喜歡看藝術家生活的故居。

結果約翰要八月初才回到法國南部，而我已經在路上了。我看了地圖，我不必飛往巴薩隆那，再包車去艾布爾，我可以坐火車，沿路經過法國南邊的城市 Nice、Cannes、Toulon、Marseille 到 Arles、Nîmes，然後再到 Montpellier 轉車。火車經過友人的Narbonne站，然後是Perpignan。火車停站，我想到達利的妙語「Perpignan的火車站正是世界的中心！」達利的豪言只有他自己才理解的邏輯，但我還是忍不住拿出照相機，想捕捉這世界中心的景色：一個充滿自信的健碩中年人，正站在月台上候車；然後是一對戀人吧，正在相擁熱吻，彷彿在吻別，跟着就要各自走向世界不同的兩端了。火車繼續開行，快要到邊境了。我的心卻不知為甚麼有點忐忑不安。這完全是沒來由的，若說是因為要離開我熟悉的地域，要邁進陌生的邊界小城，那也說不過去。火車沒多久就慢駛起來，到達邊界，有守衛上車來查了護照，車繼續開行，我在Figueres下車。天色已晚，便找了旅舍投宿，在那兒度夜。

翌日早晨醒來，先去了達利的劇場。那兒一點也不難找，它已成為此地名勝，問問人就大家都可以給你指路。問題反而是遊客太多，天氣又逐漸熱起來了。這地方原是老劇院，達利把它改裝成展覽他自己作品的陳列室，不同的展室裏放了好幾組不同作品，中央的天井放了他的雨中勞斯萊斯，鉸上的帶裂縫的玻璃窗裏似藏着無限神秘，車旁疊起的輪胎砌成新的高塔，豎起招展的旗幟！

我跟着人潮，看了達利的一組組版畫，看了他的黑天鵝王子，看了用紅唇的沙發等砌成的梅惠絲房間，看了他自繪的達利與嘉娜飛天的巨大畫幅。他大概想像我們仰首看他自繪的巨大腳板，達利的荒唐與自戀今日成為遊客瞻仰的對象，他晚年也似乎自覺這玩世不恭的自我標榜可以為他帶來傳媒和觀眾好奇的目光。我不知怎的老想起他年輕時的自畫像——我在達利劇院遊人較少的一角看到他年輕時的畫作，憶起年前在馬德里看過一個有關年輕達利的展覽——二十多歲的達利也用寫實的手法繪畫他父親的肖像，也繪畫一籃麵包、嘗試立體派的手法、在立體派手法畫的水手旁邊又會有新古典手法繪畫的維納斯，他開始閱讀佛洛伊德，用變形的手法繪畫夢境，結交詩人羅爾卡和導演布紐爾，跟着下來要開始畫出挑釁性的畫作，與導演合作震驚觀眾的《一條安德魯狗》，要開始在巴黎的個展成名。

我記得他一幀照片：倚牆站立，剃光了的頭上頂着一枚黑色海膽，雙眼直視前方。二十多歲的達利，充滿了各種可能性！若果他直視前方的眼睛看到了晚年他累積的選擇的結果，看到那些喧嘩招展的旗幟，他會有甚麼感想呢？

二

我從 Figueres 乘巴士抵達 Roses 海灘的酒店，已經是遲遲的下午。剛好趕上跟從巴薩隆那開車過來的鴻燊夫婦喝一杯。在座還有美食家老前輩C，和我們的熟朋友伊莎貝。伊莎貝是品酒專家，剛從里斯本飛來，有她在我們就不必擔心。她跟酒保細語商量，我們就有好酒可喝。隨手放在腳旁的鐵桶裏冰鎮的白酒清淡得剛好適合一個西班牙海灘的午後，孩子們在遊樂場裏玩，兩個大男人抬着一張牀褥在海灘旁邊走過。我忍不住拿出了我的老爺照相機。

我也想拍老前輩C君的肖像，在鏡頭裏他像一位日本將軍，至少是一位空軍少佐吧。短短鬍髭下薄薄的嘴唇吃盡人間美食。他早年也是一位文藝青年，我在五〇年代的雜誌看過他翻譯的法國散文詩，卻要到近年才碰見他。他是語言的奇才，既懂日語，亦懂大部份歐洲語言，憑他外語能力，在一所外資公司位居高職，遊遍世界各地，吃盡奇店名廚。我曾像個書獃子那樣追問他後來還翻譯了甚麼作品，他告訴我現在退休了，有機會再看看詩，也有點手癢，說不定有一天再翻出甚麼來讓我們大開眼界呢！

他正在跟伊莎貝談里斯本，說起上次去訪 Pessoa 的故居出來，如何被搶了貴重的照相機。大家正在嘆息，老先生卻帶笑說：「下次還要去！」

「真有意思！」伊莎貝說。

我看着鏡頭裏的C君：輕淡的夏裝，斑白的頭髮，可想昔日是位風流傳奇人物。他告訴我二十歲時曾跟一位中國前輩浪漫詩人的年輕妻子私奔。他說的事都太傳奇了，我不知該不該相信他。

鴻燊夫婦從廚房出來，他們想吃點東西，但廚房已關門。大概廚師午睡去了。他們有些失望。過一會，年輕的酒保給他們找來一些麪包。「真抱歉！」他說。不過他又給大家找來一些橄欖。還好吧。

沒想到，過一會，他又找到一些火腿。大家都笑了。他也笑了。不錯呀，晚餐美食之前，反正不應該吃太飽。好的麪包、火腿、橄欖，配上白酒，正好。更好的是那份人情。「現在在香港，你就找不到這樣的態度了！」鴻燊說。

我想起讀到有關艾布爾的介紹，說他在其他事業上賺錢，餐廳卻純粹作為愛好，收費堅持不要太貴。眾生平等一律要預先訂座，並不對富人名人額外開恩。又說他設計菜式有創意有幽默感，有向建築師高地 Gaudi 致意的色彩斑斕的三文魚麪包高地！對，他也像建築師高地、早歲的畫家達利，在他的範疇裏是創新的前衛藝術家。這也是吸引我來的原因吧。

三

六時半我們在酒店前面集合，乘計程車上山朝聖去。正式開始這美食之旅，大家都不免有點緊張。只有鴻燊來過，平常都是他風花雪月，太太在港勤奮打理店鋪，一切弄得井井有條，這次居然帶着太太歐遊，C說他一定是要「補飛」了！C也沒來過。他談起他去過巴薩隆那的另一所新派餐館，有花園，室內用匙羹造出了吊在半空的裝置藝術，食物也很講究呀！鴻燊在車上把話題拉回艾布爾的種種傳奇：一年只開門營業六個月：從四月到九月！其他半年，所有廚師躲在巴薩隆那的實驗室裏，試驗各種不同菜色。餐廳所在地雖然偏僻，卻經常滿座，要預早一年訂位。艾布爾現在被評為世界最好的餐廳，Ferran Adrià 是最傑出的廚師，領導新一代餐廳的潮流。在歐洲，不是常常聽到人說到「艾布爾式」的美食嗎？

「根本可以分為前艾布爾時期和後艾布爾時期，艾布爾出現以後，飲食的觀念不再一樣了！」鴻燊好像在寫美術史那樣鄭重宣佈。他本來就是寫美術評論的，現在卻在飲食業裏找到新的生命。過去的藝術家是詩人、畫家，近來是建築師，現在是名廚了！

計程車上山，在山間的小路蜿蜒前行，然後，從一個山頭，駛往另一個山頭。有些山路的彎角真陡，難怪大家都說不宜自己駕車，尤其吃過飯喝了酒，更不適當。乘計程車去也不算遠，再拐過一個山頭，就看見海了。風景真是漂亮。車再前行一段路，就在山坡路旁停下來。我下了車，才看見El Bulli的招牌，閘門卻鎖上了。

「不到七點，門是不會打開的！」

果然夠「酷」！不過到了七點，來開門的年輕人還是面帶笑容。我們走下斜坡，好像往藝術館參觀那樣，走進餐廳所在的園林。我們在草地上漫步，可以看見有路通往遠一點的海灘，有人在那邊游泳。

餐廳還未開門，我們從外面低矮的大窗俯望進去，看見一所巨大的廚房，放滿了鋼的廚具、石頭、木柴，真像一所實驗室。沒想到有那麼多廚師在裏面，好像實驗室裏的科學家一樣，正在為我們試驗配製出來的美食。

貴婦和格蘭坐的計程車也進來了。我原以為年輕人史跟覓和他們一道來。原來不是。

原來格蘭夫婦先到巴薩隆那機場租了車。年輕人來到又吵架，覓生氣離開，史到處找她。貴婦想去其他地方，等他們不回來，就先走，不是像原來說的那樣一起開車過來了。

貴婦說：「我也沒有他們的消息，我就留了短訊，叫他們自己開過來好了！」我問：「史會開車嗎？」格蘭拍拍我的肩膀說：「不用擔心，覓會開車的！」

鴻燊跟着說他今早的經驗，他們去機場接了伊莎貝，然後去租車，租車公司把車給他以後，他才發覺他們竟然沒有了自動波的，要用棍波，他硬着頭皮開。問要地圖，租車公司竟然說派光了，沒有地圖！「幸好鴻燊夠經驗，技術好！」C君讚道。

大家說起各自的行程：鴻燊他們從阿姆斯特丹過來。格蘭呢，好像有公事去了倫敦，臨時趕不上原定的班機抵達，貴婦沒了他的消息，大半天後才聯絡上了。他們夫婦從巴薩隆那也先去了 Figueres，也去了達利的劇院，還在附近的商店購物，買了套達利設計的餐具，覺得很滿意。原來鴻燊和貴婦他們不斷互傳短訊聯絡。我沒有進入他們的網絡，才不知道他們的去向吧了。香港各人從不同的地方來，在這個海灣旁邊的傳奇餐廳碰頭，坐下來吃一頓飯，也是一種緣份吧。

餐廳開門，先去參觀廚房，鴻燊跟 Ferran 認識，便帶大家去跟大廚拍照，我看見廚房有一巨大的牛頭塑像，是他們的招牌吧！大廚像一個神秘的祭司，將要舉行一場怎樣的神秘儀式呢？

安排我們在戶外的桌子坐下來，這兒可以看見下面的海灘，風吹來，舒服極了。後來我發覺原來是這樣：上半場先在戶外吃多道小菜，再搬進室內，下半場再來好多道主菜。

坐下來當然先點酒，有伊莎貝在，我們甚麼都不用做。她說自己喝酒像魚一樣，吃飯像鳥一樣。吃甚麼不要緊，最重要是酒。她喜歡香檳，當然先來香檳了。然後再計劃紅酒白酒。

我正打算放開懷抱喝酒，我的朋友鴻燊卻看我不對勁了：「躲在修道院裏，又沒有女人，又沒有酒，這算甚麼呢！」

我解釋：「想集中精神看看書，寫點東西嘛！」

「你這樣是不是很壓抑呢？你是禁慾主義吧？」

想說：大家價值觀念不一樣，取向有不同吧。結果只是說「也不是，沒遇到適當的對象吧。」

每次有女性在場，鴻燊老不放過我。我們還算是認識幾十年了。

「史和覓再不來，這好好的美食又要浪費了！」

這也是針對我的。原來訂位時我們的朋友美食家老薛交了錢，打算和他的寶貝兒子來的。不想他的前妻臨時不讓兒子來，說老遠跑來吃一頓沒甚麼意思！老薛是「十四孝老豆」，就寧願去看兒子，把美食也放棄了（枉他還叫「食神」）。有兩個位子空出來，又有人付了錢！鴻燊跟我說，我就說不如找史和覓來吧。他們在倫敦唸書，我知道覓七月要到巴薩隆那來表演，時間剛好湊得上。鴻燊當時也贊成，還是他去聯絡的。現在年輕人不知是不是失約了？好了，這下子可怪到我頭上了。

「喝酒吧，也許他們不過是遲到吧了！」

說着，序幕拉開，晚餐開始了。

四

果然像一幕劇場的演出。第一道菜就先聲奪人。幾位年輕的廚師推出一輛小車，告訴我們這頭盆是「琴酒湯力—黃瓜」（gin-tonic-cucumber），只見黑衣人好像做實驗一樣，把盆子裏的材料搓弄，把盛器搖晃，然後「蓬」的一下，冒出一團白色的煙霧，煙霧縈繞，鋼碗裏一堆白色的東西，綴着黃花，遞到我們的面前來。

隨着飄渺的煙霧，白衣白裙的史和覓出現在我們桌前，終於來了，加入我們的盛宴。雲裏霧裏還有第二道橄欖，看來是亮溜溜的青橄欖，卻不是人間的橄欖，是天上的橄欖，放進口裏香滑有橄欖的香味，卻沒有橄欖的纖維和硬核，一下子在你口裏溶化了。

芒果葉、金盞花：長長的金葉上的小紅花；芙蓉和桉樹紙：紫色透明的蝴蝶在你的碟上振翅欲飛！不，不是蝴蝶，一尾尾大頭的金魚，身體卻是蟬的翅膀那麼單薄，正棲止在一張碟子上展翅欲飛。C伸出手，伊莎貝伸出手，每個人都伸出手去，想要捕捉自己心中所見那飛行的形狀。

「野獸」來了？是幾款酥脆的餅樣的點心！

「橘子精華」tangerine essence，真是從橘子裏提煉出的精華？

一道一道的上來，每一道有每一道的新奇。吃了十多道頭盤，慢慢忖摸出一些道理來。廚師在弄魔術：他們把物的形狀改變了，琴酒湯力應該是飲料，卻變成固體；croquette 應該是炸得香脆的，卻以液體形態出現；味道和常見的製作方法改變了：鯷魚是地中海的鹹鹹的魚，卻說是鯷魚油魚子醬 anchovy oil caviar，又好像帶着植物的味道；brioche 是法式的，卻用泰國的做法。橄欖和橘子改變了形貌，卻又尋回它們的味道：見山是山，見山不是山，見山是山。但我想更貼切的說法或許是：

廚師在實驗室裏，研究各種物性、各種味道，各種肌理，各種質感，把它們抽取出來，再加以重新組織。廚師是祭司？還是上帝？也許他不完全是上帝，但確是一個創造性的藝術家，他觀察萬物，抽取各自的特色，再把它們搓揉，重新編織，試驗不同的口感、嗅覺、味道、顏色、像畫家畫一幅畫，小說家寫一篇小說。

十多道頭盤排山倒海而來，叫人應付不了。很想慢慢咀嚼。每一樣都是那麼丁點的，叫你只能淺嚐。但用了那麼多心思，不是也應該細細體會嗎？

稍一停頓，我們才有機會互相碰杯，問候一下，談談彼此的近況。

「詩人姍姍來遲呵！」C笑道。

史我是熟悉的，年輕詩人，沒有老前輩的圓通，自有自己對世界的扞格，寫的東西卻慢慢發展出自己獨有的風格。我喜歡他溫和善良的性格，他通過自己的摸索，接觸到世界各地的文學和藝術，他覺得還不夠，儲了錢到外面唸書，他對各種藝術都有很好的胃口，他有一位年輕美麗的舞蹈家妻子。一切不都是很美好嗎？剛才當他們出現的時候，我彷彿看到了一雙金童玉女……

健談的C君，此時擋住了伊莎貝要給他倒的酒，稍覺風寒，要跟年輕人史君換個位置。年輕人爽快地坐到了我的身旁，繼續聽老前輩談他對歌舞伎的專業知識。

我知道C君收藏滿書房歌舞伎的書本、錄影帶，他每次都對我說：「下季有個盛大的演出，我買了票請你飛去東京看！」如今他豐富的觀劇經驗令他把演出說得栩栩如生，令年輕人神往不已。老先生對兩位年輕人說：「下季有個盛大演出，我買了票請你們去京都看真正的好演出！」年輕人禮貌多謝，我卻不禁莞爾。

身邊白衣的年輕人，代替了前輩的身影，驟眼看去，還以為是C君年輕了五十年。年輕人風華正茂，前面是無窮的可能性，夜色漸濃，他的衣影映照玻璃上，與在座的別的人影重疊。他好像對這些成年人的世界充滿好奇。但若他繼續下去：他將來會變成一個享受生活擅於漫談的老人家、一個追逐聲色犬馬的唐璜、一個娶了嬌妻的有文化的商人，還是像我這樣一個潦倒的書獃子？

在我對面，貴婦喝了酒，無限嬌美地倚着格蘭，要我當他們的私人攝影師。她問我來時經過的路，她當年也是前衛的鋼琴好手呀，還在普羅旺斯度過不少日子。我沒有細問那一段過去了，今天穿着三宅一生的衣裝，倚着溫文爾雅的格蘭，不是看來頂幸福嗎？不過她不滿足，埋怨跟着下來要帶一群老闆級的買家作人疲馬乏的西班牙藝術之旅；而格蘭呢，他要經倫敦然後回到北京照顧他的生意！格蘭的京片子說得道地，說到底，他年輕時在北大也風塵僕僕地跟哥兒們乘自行車跑遍大大小小的胡同哪！此時餐廳的人來禮貌地招呼我們移往室內，開始下半場的盛宴了。

五

火鍋裏飄着兩枚白色的大雲吞，蘸羅勒葉的醬汁，份外清爽。說到底，艾布爾不愧是餐廳之王，所有不同的飲食方式，像火鍋、煎炸、冷盤、糕餅、醃製、蒸炖、麪條、飯、湯、甜品與果物，都在它的調色盤之內，但總是用令你意想不到的方法繪製出來。

艾布爾永不平庸，它的鴨肝，有多種味道（包括咖啡的味道！）還有多種果物的色彩圓點來為它作七星伴月。它的蕃茄凍湯與虛擬西班牙火腿是粉皮的形狀。我逐漸忖摸出竅門來了，當它宣稱是湯你不要期望是液體，當它說飯你不要以為一定是米造的。物料像從肖像畫的具體形象變成了抽象畫的筆觸，它要傳神，你要意會。論畫以形似，見與兒童鄰。我們吃熱情果是體會它的各種肌理口感，意大利飯是青瓜籽和咖喱。然後，好了，來了一道「海」，是迴旋的海草，是海草？真是海草嗎？我們跟着迴旋迴旋迴旋進海洋的深處，去探測那還未能為站在泥土上的人說得出來的味道。

我看那些精緻的盛器，想起在貴婦和格蘭家裏盛宴的精緻，這兒的精緻一直連綿了三十道菜，真要命。我想說句話調侃對面的貴婦，剛開口，發覺對面已換了白衣的年輕的覓。不是我喝多了眼花，是搬進室內換了位置。看見她沉靜的眼睛、煥發的臉容、身穿舞衣一樣的白裙，不禁想起初看她跳吉賽爾的演出。即使我的位子不好，隔得遠了，還是感到舉手投足裏那痴愛的熱情、失望的痛心，最後一場幽靈般的飄渺、寬釋與訣別的深情。她身上有一種古典藝術訓練的莊重，細看她短髮清爽的臉容，會看到細細的反叛的鼻環。她身上好似有青春壓抑不住的跳躍光芒，既深邃，又危險。

我說金童玉女，他們也笑他倆是金童玉女。但我知道一個秘密。諸事八卦的C曾跟我說：事情已經不是原來那麼好了。他愛上一個初學佛羅明高舞的庸俗女郎，也許被那表面的激情和正義感迷住了？誰知道呢？誰也勸不了，從一個相對安穩的小島環境出來，青春的激情有美麗的姿勢，也充滿了毀滅與破壞的力量。她在倫敦好像也有一位普通話很棒的外國男友。白衣的一雙儷人，心裏面卻正面臨崩潰的深淵，能否安然度過一劫又一劫，去到那不知是好是壞的未來？……

是那麼多不同的材料與參差的火候，造出一道又一道精彩的菜。在另一邊，C君難耐酒力，已經呼呼睡去。我們為他蓋衣，卻協議讓他安睡，不把他驚醒。剛才我問他五〇年代雜誌上梵樂希（Paul Valéry）的《海濱墓園》可是他譯？他已回答得語無倫次。知道我想往薩蒂（Séte）一探梵樂希筆下的墓園，史表示他也有興趣前往。我叫他明早跟我一起動程，他遲疑一下，說好，不過不要特別等他。若不能一起出發，也許在那兒碰上也說不定。他還是對世上各種事物有很好的胃口。

我問史回倫敦嗎？他說還沒有決定。他說他來巴薩隆那已有一段日子了。覓可是演出才來，還不知怎的誤了一班飛機，沒有了連絡，最後在演出前才抵達了。演出成功嗎？不用說，我可以想像她的演出不會失水準的。聽說有不少好評。

上到後面較重的主菜，斯文的貴婦和格蘭都說要投降了！年輕人雖有點心不在焉的，可由頭吃到尾，每一道新鮮的心思都欣賞。他們本來話就不多，今晚好像更沉默了。偶然幾句話、一個微笑、亮起來的目光，望着我們的眼神，是對未知的好奇、是溫和的批評、是鼓勵這些老頑童的起鬨、還是對世俗熱鬧的留戀？他們一定看得比這餐桌更遠、看到我們未看到的。

食物由輕淺而沉重。艾布爾真的不欺場：鵪鶉、羊腦、螃蟹都由它幻變出來了，只是未必以原來的形狀出現吧了！大音無聲。大象無形。當然艾布爾不是道家煉丹的丹爐，它是借重科學的精確，調弄色香味各種份子，為我們開發感官的新領域，重繪飲食的地圖。原汁羊腦，羊乳酪還有羊毛，伊莎貝本來就只愛喝酒不怎麼吃，鴻燊太太碰到太怪異的也放棄了，只剩下我們兩個後後青年（當然，鴻燊偶然吞下幾顆藥丸），陪着兩位青年，從頭到尾把食物品嚐，細啖生命中各種滋味，直至最後的甜品。

鴻燊埋首大嚼，抬起的目光看着兩位年輕人，說他也舞文弄墨，要把書送給他們。說話重複又重複，我想他醉了。我繼續喝酒，覺得吃的也差不多了。艾布爾好的確是好，不過三十道菜，如果由我來選，我寧願分兩天享用；最好是有一個知心的伴侶，最好中間有些留白，或者散散步，聽聽音樂，回來再享受。作為一個書獃子，我會寧願先有菜單在手，現在是逐一宣佈，最後再每人派一張菜單，教人回味，也有戲劇效果，卻不利研究，尤其我們這些邊吃邊想多理解一點的人。總之，美食的設計和構思是一流的，觀念也是新觀念，無論如何是一生難得的美食經驗，總之……呃，說到後來，我也不知自己在說甚麼了。

我們踉蹌走出花園，叫的兩輛計程車已經來了。史和覓還不想乘車，他們要漫步走下海灘。跟我們揮手，黑夜裏恍如白色衣影的幽靈，飄然消失在山與海之間的大氣裏。

六

我醉得不省人事，忘了怎樣回到旅館，黎明時份醒來，嘴裏乾澀，不斷想喝水，卻不能再睡了。我走出陽台，想看日出，卻碰見伊莎貝在那兒，原來她腹痛了一晚，也睡不着。不關食物的事，是原來腸胃就有問題，我們聊了一會，說起舊識，後來也說起孩子父親。孩子六歲了，但一直沒有溝通，每年只見一兩次面。我想起初認識時，伊莎貝說想好好寫一本小說，一晃也許多年了！

正說着話，鴻燊早起去傳真飲食稿件回港，回來帶了份早報，老遠就向我們喊甚麼，走近才聽見他驚叫道：「史和覓出車禍了！」

我們問：是昨晚喝了酒開車闖禍嗎？細看原來不是！是昨天下午從巴薩隆那開車，來到接近這兒附近，拐彎時跌下了山崖，報上刊出死者的照片和去世的時間！

「那麼昨天晚上跟我們一起吃晚飯的兩人是誰？」

我連忙檢視昨晚拍的照片，食物的照片還在。兩個年輕人的照片都不見人影。

「他們依言赴約來了，要告訴我們甚麼呢？」

翌日的黃昏，我抵達法國西南部的小城薩蒂，在海濱的墓園裏，我靜坐在碑石之間，對着遼闊的海洋，默唸一遍梵樂希的長詩：

……

猶當果子在愉悅中融化
猶當它把缺席變成芳香
在咀嚼中形貌逐漸消失
我在此啜吸將來的煙屑
天空向焚化的靈魂頌唱
呢喃的海岸無盡的變化

……

心中不知是惋惜是哀傷？是驚詫還是慈悲？冥冥中似有無數的幽靈與我同在，一欲探究詩中隱藏的生命的幽玄與無窮的變幻。

沿湄公河尋找杜哈絲

一

先生和女士，我是阮，是今天的導遊，非常榮幸為你們効勞。如果有甚麼能令旅程更加愉快，請不吝開口，本人當盡力而為。

回頭看後座一雙男女：不似太難對付的人物。後座兩人似因看到導遊一本正經的樣子而對視一笑。導遊先生也笑了。

今天的旅程，是從胡志明市出發，駛往沙瀝，我們會去華埠，坐船過湄公河，會尋訪法國女作家馬格烈特．杜哈絲的故居。就是這樣是不是？

男的說：沒有甚麼遊客走這路線吧？語氣裏好似有幾分自得。他記起昨天在旅行社說找不到導遊的一番擾攘，最後才確定了他們兩人的路線。

沒關係，沒關係，導遊說：你會得到最好的服務。

男的說：你給我們講講西貢——不，胡志明市——的歷史、湄公河三角洲的歷史。

我們自從八六年開始改革，情況一直在改善，外國進來投資也不少。失業率也改善了。真是一條康莊大道，像我們正要駛上的第一公路……

真的嗎？就是這樣？

像一個地方的氣候，以前是零度以下，冷得不得了，現在來到零度，你先生也許覺得沒有甚麼了不起。但跟以前比，從以前走到現在，零度已經是一大進步了！

比方說我們現在駛上的這第一公路吧。這是聯絡南北交通的重要樞紐。再過去，有些地方比較顛簸，道路也比較狹窄，你可以想見過去的道路是甚麼樣子的了。從過去的路走到現在平坦的大路，是一大進步。

請看窗外的市集。一堆一堆西瓜。可要先買點甚麼嗎？孩子跑來跑去。中國式廟宇。來自美國的家鄉雞。說家鄉雞上校看來有點像胡志明將軍，愛國人士會嚴厲抗議：胡志明是我們的主席哩！實情是：家鄉雞上校太胖了！所有外國人來到這兒都顯得太胖。一堆法式長麵包，在此地生活久了，都脹得胖胖的，不復是在法國的樣子。

水。買過了瓶裝水，舒舒服服坐好，出發了。且好好享受兩位的旅程！女士大概是第一次來？呵，不止一次，我猜錯了？先生倒是第一次！沒全猜錯吧？

你說歷史？是，是有法國影響，也有中國影響，對，外面還有可口可樂的廣告。我們是一個友善的民族，對所有人都友善！戰爭？過去了。往前看，像這一號公路，往前伸展，擴闊了。你看外面那些舊房子，低於路面的。以前的舊貌無謂多說。現在有更好的路了！

甚麼時候開始目前的改革？八六年吧，新的政策開始，外來的投資也多起來了。你先生一定是研究歷史的吧？對過去的事情尋根問底，我看你大概在中學教歷史？不對？在電視台工作？資料蒐集，好工作呀，電視對老百姓影響大，又容易出名！

小姐我看一定是藝術家，你穿我們少數民族的服裝穿得這麼好看，我剛才看到你也戴一頂帽子。我們現在的年輕女孩子都向荷李活學習，沒有甚麼人欣賞傳統之美了！

那男的老在埋首看地圖，好似以為眼前看不見的，在地圖上反可以看見。一時問蜆港在哪裏，一時又問美萊村在哪裏？最激烈的戰爭發生在哪裏，對民生有甚麼樣的影響？

尊敬的導遊先生當然給予他導遊先生式的回答：地方都在的。沒問題。有暇我可以在地圖上一一指給你看。地方總不會消失的。

男子仍在問以前的政治。導遊先生解釋：當時這些交通要道，白天由越南政府統管，晚上則由越南人民政府所管！遊客沒聽懂這笑話。導遊先生無暇解釋，他的頭顱和指頭像小塊金屬被巨大磁場吸引，朝着窗外的巍峨興奮起來：前面這座宏偉的大橋，就是澳洲政府跟我們合作的了！你看！怎麼樣，了不起吧！

男女遊客沒表示出應有的興奮。景物像流水流過。低矮破落的房舍，疏落的樹木，偶然一座廟宇，一點風景。導遊不時讓他們下車拍拍照片。他們有時還不領情。總是這樣的，每個人都覺得自己不是一般遊客，要看的東西比別人特別，蒐集的是不同的景象。從老練的導遊看來，一切恐怕分別不大！

張望的遊客偶然看見河流的痕跡。湄公河從柬埔寨流進來以後分成許多支流，導遊先生介紹說。九條支流，是「九龍」吧，男子說，或許因為他看了旅遊書，也不用這麼張揚吧？導遊先生反應並不熱烈，他並不鼓勵別人取代他的導遊工作。他用他慢條斯理的語氣，有條不紊地說：為甚麼要過份執着於歷史？大家來到，享受一趟愉快的旅程，拍拍照，那不是很好嗎？

男子說：你以前到過杜哈絲的故居嗎？

法國女作家，在越南長大！對，對，小說拍過電影的。見到這對男女好似不滿意他的回答，他又說：陳英雄回來拍戲，我也帶他到處去過！

女子好似說陳英雄並不等於杜哈絲。

女子又說現在跟當年一定差得遠了。不過既然不是直接跟他講，他也就不必回答了。

男子又問他湄公河三角洲！他到底經驗老到，甚麼問題沒回答過？他像一本教科書那樣宣佈：湄公河三角洲，被稱作稻米的搖籃！你可想像多豐盛的收穫！男的和女的就瞇着眼望出窗外，彷彿帶着新的尊敬，期待看見尊貴的稻米之神，從豐盈的農作物間冉冉升起！沒有，他們當然只看見田畝間點綴着大大小小的墳地。

哦，這是我們的習俗，讓先人安葬在自己的田畝之間！

你們最著名的美食是甚麼？

主要的食糧，就是米呀！母親為兒子遠行準備的、士兵行伍帶的，是米餅！戰時設法儲的糧、偷運過胡志明徑的，也是米！過年時吃的Banh chung，也是用米造的！

那是甚麼？男子問。

黏黏的，我吃過了，女子說：裏面有肉的！

我知道了：黏黏的是糯米，一定是糭子！資料搜集員發揮資料蒐集的精神！

導遊卻不想對方太得意：不！跟你們中國的糭子不一樣，我們的用芭蕉葉包起來，而且是四方形的！

男子執着原來的問題：其實我本來想問：你們有甚麼美食？比方說你的家鄉，有甚麼特產、有甚麼著名的菜色？

我的家鄉是寧協——

看到眼前一對男女毫無反應，衣錦夜行的導遊只好自己進一步說明：在越南也算是富裕之鄉了。我們鄉下的藥材是有名的，現在還做着很大的藥材生意！

哦，是中藥！

對不起，先生和小姐，並不一樣呢！我們把中藥稱為北藥，我們的草藥稱南藥！北藥並不一定能醫治南方的病人嘛。導遊的笑容很開朗，愈是佔了上風，態度愈是客氣。

哦！資料蒐集員倒不是民族主義者，慣了在南方邊界，也就不會力爭一切文化都從中原開始。實事求是，只當資料搜集過程學到的新知。

我們不叫中醫，叫東醫！我們的先輩慧靜大師，著有《南藥神號》，早就不盲從北藥，努力從本地找藥材去調理南方人的身體！

他是甚麼時代的人？女子問。

十四世紀左右吧！

女子伸出舌頭做了鬼臉！

男的說：我昨天到過歷史博物館——

然後後面聲音沉下來，也許被旁邊的車聲淹沒了。好似是他們之間細語商量，細碎的笑語，好似說到他們的相遇，也許在歷史的某個展室。

女子好像說了句話，男子低聲回答她。

男子好似分心了，不過過一會他又把頭挪近前座，對導遊把原來想說的話說下去：

在博物館，看到介紹你們許多世紀以來的歷史，但當去到近代，比方十九世紀的歷史，只見介紹加農炮的歷史，我們按照指示，觀賞花園裏一尊尊大炮，真是有點……奇怪！導遊想這男子或許把他想說的貶詞，比方說「荒謬」，換了個溫和說法，以免顯得對人家國家作過份的批評。

但你們到底看了水上木偶吧？導遊先生從容不迫地說。

男女點頭，他們大概挺欣賞，一同看了一場愉快的演出。男子想說甚麼，結果停下來，沒說話了。

你們來了胡志明市多少天了？

男的說：我才來兩天！

女子笑起來！我從河內南下，已經旅行兩星期了。

問起旅程的細節，女子高興地說了：從河內到沙霸，海防到蜆港、得農……一直南下！

導遊先生倒是倒過來研究他們的歷史了：我能否冒昧問一聲：你們兩位原來是來自哪裏的？

男子說：我父母來自江門，我在香港長大，去年去了新加坡！

女子說：我來自美國！是在台灣長大……她頓了頓，說下去：現在呢，我可想在河內住下去了！

噢，導遊先生感到意外，那你差不多是自己人了！你一定很喜愛我們的文化，住下去沒問題吧？你是怎麼會想在我們國家定居的？

他連珠炮發的問話沒得到同樣熱烈的回應。女子只是微微一笑，沒回答他的問題。

導遊先生果然世故，也不追問，就輕描淡寫改了話題。

美國？哪一州？

噢，加州！

加州有漂亮的海灘，佛羅里達也有！

你倒是對美國很熟悉！

我也去過華盛頓！

那是甚麼時候？

六〇年代吧！

六〇年代？

……像我剛才說的，我在空軍服役嘛！不，不是駕飛機，是地勤，也有翻譯工作……

難怪你英語說得這麼好！

沒用啦！也去過佛羅里達，但主要在華盛頓受訓。

後來怎樣？

幾個月，就回來了。

那麼……

沉默裏，女的轉過頭看着男的，好似問：你到底想問我們的導遊先生甚麼？

哦，是這樣的——那麼，七五年以後，美軍離去，西貢改變以後——我意思是説，解放以後，你怎樣了？

也沒有甚麼……我們生活下來了。路愈建愈好，我們走上康莊大道了！

望出窗外只見低矮的房舍和拆毀的舊事物留下的空缺之間，穿插着蒙塵的樹木，然後是路旁偶然一堆堆紅磚。後座的男女對這些民間自造的磚塊很感興趣。

是的，這些磚，你看到它們的隙縫和空間了吧，蓋起屋來特別通爽、涼快！過去多年這兒的老百姓都用它來建房子，建了不少房子！

他們望着河對岸的土紅的磚窰發出了讚歎。好似只有它們是變動中倖存下來的民間世界。

要不要下車在河邊拍幾張照片？我們可以找個地方停下來！

好吧！

司機望着前路，汽車在擠擁的行人和自行車旁邊尋找一個空位。導遊望出窗外，看見前面貨車駛過揚起的塵土，對他們也像是自言自語說：河水一直往前流，而我們都不過是地上的浮塵呵！

二

好了，終於在湄公河上了。

剛才那華人廟宇、那戰爭紀念碑，她都不是很在意。來到河邊市集，目光才活起來。粉紅色的衣服、淺藍底黃邊的衣服。女人坐在肉枱上，伸出一雙豐滿的腳板。肥壯的螃蟹、瘦長的蝦。黃色紅色的辣椒。一纍纍龍眼、一枚枚茄子。青木瓜、西瓜，堆了一個個小山。蔬菜為甚麼盛在淺藍色膠袋裏？是要運到對岸嗎？午後的市場買賣漸少，開始收拾東西了，還是那麼多人。整個海邊，逐漸有種慵懶的氣氛。

眼前掌船的老伯，站在船頭，交叉雙手搖櫓。船緩緩地盪開了。

天上朵朵浮雲，天很寬敞。水聲潺潺。

當年十五歲的她，便是在這兒渡河碰到她的情人？

她見導遊轉向搖櫓的老伯，正在問甚麼，老伯指指點點。看着岸邊的風景，他們坐在前邊，他輕聲說：他會不會其實並不知道地點？

不會吧，她說：他剛才不是挺有把握嗎？昨天他們還說：要給我們找最有經驗的導遊！但當兩人回過頭來，確是看見他們在那裏比劃，老人指向對岸，劃向模糊的邊界，彷彿要在一幅曖昧的風景中界定甚麼。

她看着槳櫓一上一下，在波濤間一起一伏。遲緩的節奏，帶着海浪的聲音，你可以在這兒搖上一生的。船走了好一會，只是沿岸而行，沒有往對岸靠泊的意思，這可輪到他們沉吟了！

他指着前面不遠處一個渡頭，問：我們可是要從那裏上岸？

阮君搖搖頭，呢喃說了甚麼，聽不清他說的是甚麼，然後他又開口了，彷彿說：我會把你帶到你要去的地方的。然後又轉過去，繼續跟搖櫓的老人說話，用他們不認識的語言。

男子好似見焦急也沒有用，便從手提包裏把錄像機找出來，開始拍攝兩岸的風景，拍攝一上一下的槳櫓、微微起伏的波濤。鏡頭回到破舊的船身，移近女子的時候她悄悄把頭轉過去。鏡頭敏感地移開，又回到流動不息的水流。

對不起！他說，關了機器。

不要緊，她乾笑：我前夫也是個導演，我們當年就是為了拍紀錄片才到越南來的！

她舉起手，兩手的拇指和食指湊成一個框框：你們都是習慣了從鏡頭裏看人生吧！

男的溫和地抗議：我不是導演，我為電視台做資料搜集，這等於是筆記吧了！

女子沒有說話。

她想不起怎樣從那段荒蕪的日子走過來。在那空屋中獃了很久，日子怎樣過去都記不起來，好似對一切都麻木了。好久好久。她也記不清楚是怎樣從那段感情中恢復過來的。直至有一天，她醒來，聽見外面市集的聲音，她覺得她該走出去。然後她找到一份工作，幫助她付了下半年的租，她全心全意投入工作，不讓自己稍有空間去想起過去的事情。

她想起昨天，她正在被博物館裏的一幅刺繡吸引。然後他們居然談起話來……是一個偶然，相遇在歷史的某個展場。在力拒外族兵馬入侵的戰時，或是在某個皇朝的動亂中。歷史是連綿的戰亂與鬥爭。落難的公主，遇見一個落魄的書生。展覽好像沒讓人認識太多的歷史。反而難得看到少數民俗的生活，真有意思！大家同意了。

民族服裝，尤其是沙霸的衣服，我真愛。她說。

她告訴他沙霸（Sapa）是個風景秀麗的安靜山城，她幾天前剛經過，被少數民族的亮彩服飾迷住了！

那兒風景悅目，加上山道易行，是外國遊客喜愛的健行地點。那兒 Black Hmong 族人最多，至今還習慣穿着傳統服飾！

穿着藍黑深顏色衫褲很容易變得像穿制服一樣，但不，她們繫上綁腿，背起籮筐，總是變化出不同的顏色來。深藍的海裏有斑斕的彩虹，紅的黃的像晨光映照在波濤上。是日午市集裏花果的燦爛，橘子的紅與芒果的黃。從麻木的繭中出來，她再一次被顏色的世界喚醒了，重新有了感覺。一幅輕淺的淡藍的頭巾像一個美麗的早晨，石榴的粉紅是私人的秘密，熨貼了心上的皺紋。她有開放的心靈，但是她也要保護自己。民間布匹的粗厚和輕柔承載了煩憂，保護了她不受風砂的傷害。

其實那兒物資非常缺乏，婦女都以販售精美的布飾和銀飾幫補家計。從八歲的小女孩到八十歲的老嬤嬤都向觀光客推銷飾物，那種緊貼着人的推銷手法真叫人害怕，不過東西物美價廉：我見有喜歡的就幫忙買一些哩！

民族服裝，尤其是沙霸的衣服，我真愛，拿起就不想放下來……。

所以你就買了滿背囊的布？男的溫和地笑她。

背囊，還有手提的一大袋，女子也笑起來！

今天她穿着清爽的白色衣裳。只有背袋才顯露了些少遊客購來的布飾色彩。而在背後，沿河的兩岸愈過去，木樓掛出洗晾的衣服愈是襤褸。有些人家屋前羅列着一列列圓甕？那是骨灰還是醃菜？偶然一葉小舟飄過。

香港還有打魚的人嗎？導遊先生問。

也有，但不多了，他說。海填得七七八八。污染。還有就是：魚都吃得差不多了。

香港，好熱鬧的地方呀！你們甚麼──「回歸」後，有很大的改變嗎？導遊先生不忙找風景，只是跟他的客人搭訕。

有改變，但不是原來擔心的改變……男的爽快回答。後面的話就放緩了，他看對方一眼，彷彿在等，估量對方是不是想認真討論下去，他亦可以說多一點，對方好像無意問下去，也就停住了。她聽着這樣的對話，覺得好像旁觀一齣戲，她繼續享受置身事外的悠閒，吹着海風，欣賞着海面的漣漪。

她注意到這男子身上某些矛盾的素質。有時，他好似那麼年輕，盡說蒐集得來的知識，顯得外露，喚起人家注意；在另一個時刻，他也彷彿老了，藏起他所知的，倦於向另一人述說。她看那年輕與倦老的模糊邊界，有某種新鮮未定型的東西。

她想：他有時好似過份地收斂自己，令她看不到他真正想要甚麼。他真是對這在湄公河長大的女作家有感覺，還是只是例行公事地蒐集資料呢？

昨晚在一群本地人之間他顯得世故得體，只偶然在某些關節上流露出私己的熱情。他不是一個藝術家或詩人，可是他安靜地敍說在一天工作完了以後如何靜靜地切葱弄蒜給自己下一碗麪的過程令她感動了。

他說：我有朋友能煮最道地的印尼菜，有朋友擅長西班牙海鮮飯，有朋友懂各種好酒。我很幸運，我只要懂炒飯、下麵就夠了。

你蒐集不同的女友？

不，不，他的臉微微紅起來。我有一群酒肉朋友而已。年青的時候，甚麼工作都做過：做髮型、開酒吧，甚麼人都認識！

終於上岸了，迎面就是一座法式房子。但不是作家的故居。現在是官方辦公的地方。他們在外面張望，但不管怎樣也沒法走進去。沿着岸邊走進村裏去，見到另外兩所殖民地式大屋，但也不肯定是不是作家的故居。只是讓他們看看當年法式房子怎樣而已。

她在白髮姑姑的照片冊裏見過這樣的房子。白髮姑姑，高歌一闕伊廸皮亞芙法文歌，一邊跳起舞來，總是那麼陶醉。

姑姑在老西貢附近的鄉村長大，鬈髮的父親難得地開明、西化，從小讓她嚐嚐紅葡萄酒的滋味，給她的耳背抹一點香奈兒五號，給她買一只瑞士手錶。自少讓她讀中文、看詩詞，看香港的電影和文藝雜誌。姑姑至今仍驕傲地提到自己當日考上西貢的中法中學，又以驕人的「秀才」成績畢業。說到這裏，姑姑就會唸起李白和白居易，或者以法文唸起拉馬丁來！

她可以想像，年輕時的姑姑，一定是一位慣壞了的美麗又任性的姑娘。許久以後，她才從別人口中聽到：一九七五年四月底西貢變色，姑姑正在台灣唸書，她千方奔走想把父親接出來，但他終於挨不過那些日子，還未出來就病逝了！

她在幾日之間，頭髮全變白了！

驕傲的舞踏的足踝、招展的裙裾、纖細的腰肢、玉臂伸展出來讓人吻在手背上敬禮。鏡頭移上去，低胸的禮服上圍着頸項的珠鍊，哀傷的面容。鏡頭移上去——滿頭頹唐的白髮！

他們走到後面，那兒像是一個雜亂的後院，籬笆都不清楚了，也許只是幾所舊房子間的一塊空地。有一株木瓜樹，一隻母雞在樹下啄食。彷佛回到童年時台灣的一些景象。她突然有一種似曾相識的感覺。她也曾在這樣的環境中長大。一個老人走進來，有一剎那她彷佛覺得對方是一個鄰居過來借東西，忘記了自己是闖入的遊客。

導遊跟這老人商量許久，終於找到人來開了鎖讓他們進去附近一所大宅看看。走近了，從外面看，好一所優雅的殖民地巨宅。頭仰起望上去，歷史留下斑駁的裂縫和蛛網的游絲，未嘗不像民族服裝的花紋，其中卻又有骯髒的現實，叫人帶着無法穿上自己身上的抗拒！帶着浪漫的對殖民愛情的想像走上蒙塵的大樓梯，二樓有寬敞的大廳和房間，還可看見精細的雕花，在天花板和牆壁之間。也曾有人在那底下唱着一闕法文歌嗎？已經破落了，燻黑的牆壁上，依稀辨認出昔日牆紙優美的花紋。可以從一所荒廢了的房子，猜測昔日在那兒住過的人嗎？

事物的淪喪。尋找，愛情與狂熱，往往找到的是破落、毀壞、變醜。是不是這樣呢？她一下子又感到黯然了。

沙袋和木頭築起的堤壩無法抵禦一切，海潮淹來，像那位作家寫過的那樣。

女乞丐順着湄公河的沿岸走路，孩子夭折了，唱着大家聽不明白的歌，感覺水淹沒了一切痕迹。

現在，從一個房間走進另一個房間，好似在那兒尋找甚麼線索。也許是在尋找一個人生活留下的痕迹：她的衣服、她的桌椅、她看過的書、寫過的字稿、不完整的愛、落空的激情？

她從一個房間走到另一個房間，看到牆角的蛛網、牆上的水漬和塵埃、角落棄置的破布、門邊掛着的一尾蛇蛻下的皮。

像在一道長河中游泳，她彷彿迷惑於夏日陽光下的反光，手風琴、法文的情歌、太陽膏的香味和香檳的泡沫。一大群人圍着她跳舞、唱歌。一轉眼，一拐彎，她看到擱在牆角的鏡子的碎片，裏面反映出她自己朦朧的映像。

三

他注意到她說話很快，很亂，昨晚一起喝酒，最後她說到自己的故事，幾乎不分段落地一直說下去。他可以感覺她經歷了一段殺傷性的婚姻。昨天在博物館相遇。在歷史的某一段空間中碰頭，他先是被她一身民族服裝吸引。

兩個萍水相逢的旅人。然後他跟着去見她的朋友：表演藝術家尤加里，然後又一起到一位建築師家開派對。過馬路的時候，他們說：現在建築師的職業，是最賺錢的了！建築師的房子，果然別致。他們又在圖片冊上，看他設計的其他房子。後來大家去吃飯，尤加里說，是陳英雄兄弟開的餐館，純正的越南菜：蔗蝦、牛肉湯粉pho、什錦湯米線bun thang，要加蝦醬，當然還有一滴桂花蟬油。大家在編排整齊的厚剪貼簿上欣賞尤加里的行動藝術照片：他邀請觀眾在他赤裸的上身寫上評語，創意追隨六、七〇年代的歐美大師；說到食物，卻是嚴格意義的本土主義者：最高的讚美頒予富國島phu quoc的魚露nuoc mam！那美味，正如那地方的歷史，不是外人所能理解的！

最後是建築師請大家到夜店喝酒。帶了兩大瓶白蘭地，豪氣得很。但現場表演的音樂太吵了，沒法交談。大家只是隨着美國音樂晃動肩膀作為溝通。他先走，要趕在旅行社關門前租車和僱一個嚮導，她有興趣參加，尤加里也說要同行。一起去到大家介紹的旅行社。說了半天，並不容易找到導遊。等到開價出來，尤加里已經興趣索然，說想起明天跟一個美國策展人還有約會，要退出，也就剩下他們兩人了。

住的旅館都很近，晚上回房前在他住的Majestic再喝一杯，酒廊裏抬頭看見月亮。沒準備深談，結果卻說得很多。牽動了他的，倒不是那身民族服裝，是她的遭遇。是同病相憐嗎？他感到是之前發生在他自己身上的事令他有同感，好似愈是經歷過不幸的遭遇，愈是能明白感情的滄桑。

昨夜說了許多話。今天又好似回到比較一般的交談。她盡在回憶這之前從北而南的旅程所見。他有時也插一兩句話。他的話本來就不多。

下龍灣的景觀不錯，但要在船上過一夜，在星空下的甲板上，與其它遊客交換旅行經驗才好玩哩；Ninh Binh 從田中冒出的石山有類似桂林的景色，還好。Hoi An 是保存很好的古鎮，主要就是看建築，景致還可以，也可遊河，或至沙灘日光浴，但太觀光化了。你可知道最熱門的觀光節目之一是甚麼？是做一套衣服，一天便可交貨！所以你可以看到很多老外大熱天在街上拎着成套西裝走回旅館去！對古董有興趣的話，可看到不少漂亮的老盤老碗。但這些地方去過了，也不會特別想再回去。

也停了順化，樹蔭很多的大城，有城堡和以前的皇城，黃昏時坐着三輪車逛街，感覺很不錯。這兒比較多人說法語，可惜時間不夠，我也只是走馬看花。

她身上有一種單純，一種超越無知的天真。他喜歡聽她說話。

途中還被迫停在現代化的觀光城市芽莊，美麗的海灘是它的最大優點，可惜我怕曬，也不愛水上活動，便僱車到鄰近山裏看少數民族。

說起越南的海灘，他不禁想起最初一群人約好到越南旅遊，他臨時要趕一個設計去不了。後來每個人都說他錯過了最好的假期：他們口中初開放的越南，充滿了美食和音樂、藝術和美景。他們說沿着山崖走路，經過一個隱密的海灘，沙滑水清，透明的海水充滿無限誘惑，就可惜大家沒帶泳衣。結果不拘小節的美子二話不說，脫下身上的衣服跳進水裏去了！

他年輕時也許有美子的勇氣，年紀大了，就只覺得錯過的時刻不易重新捕捉。他後來也去了新加坡工作。短短一年吧，他跟美子始終沒有一個圓滿的結局。

他這髮型師、他這資料搜集員、過氣酒吧老闆，有過輕飄飄的日子，後來也體會到感情的沉重。他已不想再在感情上嬉戲了，他負過別人，心裏內疚。也被別人所負、終受了傷。他的半生，也真遇過幾個精采的女子，往往是他自己錯過了。到他能平心靜氣欣賞，路已走過一大半。收到沒有甚麼來往的父親寄給他一張生日咭，才怵然一驚：都四十歲了，做了些甚麼呢？

總是沒有達成的願望，找不到原來想找的房子。看着眼前悠悠流過的河水，還夠不上一個愛情故事，未去到傷心或斷腸的結果。

她還在提醒他這世界上那些可居可遊的好地方：海灘優美清靜，旅舍雅致便宜，一天還不到十五美元。早晨窗外但見雲海！滿目美景，是避靜的好地方。有機會我還想再去。下回一起去，我帶路。

有時是比較生疏，有時又比較親密的語氣。充滿誘惑的。

但她想知道他走這趟旅程有多認真。沒有直接問，他想自己說不清楚，但也不妨說。

他想到就先說一點。他最近看了一齣電影：老去的作家住在海邊的房子，一個年輕人看了她的書，受感動，千方百計要見她，終於跟她住在一起，照顧她。她喝酒，自暴自棄，他們吵鬧、互相傷害，但又在常規以外，建立一個他們自己創造出來的感情世界。那種感情令他感動了！

那可不是她的著作，是那男子寫的書改編成電影吧了！她說。

我知道，他說。他明白她說的是文學的權威性。但是，他說：對我來說那關係不大。

走進一所又一所破屋。有哪一所是她住過的房子嗎？

繼續一所一所房子地尋找。終能尋到嗎？也許我只是想感覺一下她的感受。相信若能設身處地，也可以接受了。他去到這階段，想要尋找一些不同的東西。

他不完全弄清楚那是甚麼。

導遊先生舉止有點奇怪，好像帶着他們遊花園。每到一個地方就打聽問路。結果還是坐船回去，又回到河邊，原來上船的地方。找到了：那中國情人住的地方還在。他們去看了。河邊寬敞的大宅，褪了色的藍色瓷磚的外廊。原來走過的，沒有留意罷了。現在走過去，正面是歐洲式的五道拱門，走近了上面卻是中國南方大屋的飛簷和裝飾。走進去，匾額和神像，庸俗的對聯，神案上繁瑣的雕鏤，穿金戴紅。愈走進裏面就愈見襤褸了，可見當年大宅丟空以後經歷的掠劫和滄桑，然後後代回來又重新想把祖先供奉起來。現在，又因為一齣浪漫的電影的聯想，再把它打扮成一個可供參觀的地方。除了一兩幀劇照的點綴，其實也並無其他。這兒甚至不是當年戀情發生的真正場景。那是在堤岸，關上的百葉窗、幽暗的房間裏隱約傳來外面街上的人聲，細膩如絲網的柔膚、煙草和法國香水的味道。那是在堤岸，甚至不是在這河邊祖屋大宅中。他想探索一個女性溫柔的感情世界，找到的卻是一個男性商貿家宅的文化遺跡。

還有些介紹文字，介紹這大宅的背景，顯赫的商賈家庭。導遊先生倒是很高興地拿了。下次大概有用吧。他們看了也就看了。

又找到她母親當年任教的學校，女兒也在這兒唸過書。但也只是如此，有一位老師接待他們，但也問不出甚麼新意來。他拍了錄像，映像保存下來。可也只是重複他們本來就知道的資料。

導遊有點奇怪。之前在河邊，說不妨停下來吃點甚麼當中飯，結果沒有。他似乎對吃不大感興趣。但至少也讓客人吃點甚麼？後來都不說了。倒是買一些零食、一些小型參觀的入場券上，搶着付了錢。

他想已經付了旅行社費用。給導遊的打賞，本來說了一個數目。看來又要節外生枝了。

一天的旅程看來也差不多了。導遊又不知從那兒聽到新資料，說要是不趕時間，可以開車到河上游的村莊看看，未必有故居，倒是有可能她當年就住在那些地方。可以看看。半小時的路吧。額外的。讓他們明白這是額外的服務。

他表示歡迎，人家的好意他接受。不過是想大家好好完成今天的節目而已。他想起父母分居後，有一次父親帶他去玩，特別找人開了汽車到郊外去。他一直板着臉孔，父親問他玩得不好嗎？他就說你只不過要人感謝你！他和母親刻薄地說不過是炫耀朋友的汽車。他成功地傷透了父親的心。年少時不知為甚麼會說那樣的話，也許是為了表示效忠母親吧。他想自己長大以後沒有那麼不近人情了。

他開過酒吧、搞點設計、寫點東西、做點生意，甚麼都是玩票式。他也這樣生活下來，好長一段時間了。

好幾年前了，金融風暴的時候吧。有一筆爛賬收不回來。周轉不靈的時候，發叔說父親要找他。他自己不會求他，他們一直沒有來往。中學以後他就跟媽媽住在一起，父親只是滙錢的機器。為了對媽媽忠心，他一直鄙視父親所代表的世界。他不會自動去找他。他找他，他也就敷衍去一趟了。

坐在書房等父親去拿支票簿，隨便瀏覽他的藏書。都是古典詩詞，他最討厭的沉悶東西。後來，在書架頂格的邊緣，他驚奇地瞥見幾本法文小說。他攀高打開來看看，一張發黃的剪報掉下來：是一篇杜哈絲小說的譯文，他吃驚地連忙掩上書本。

聽見父親的腳步聲，連忙把書放回去。他知道父親舞文弄墨，沉迷在古典的世界裏。他就是那些被近年報刊雜文嘲為落伍的「精研琴棋書畫醫卜星相的老派讀書人」。他有把古詩詞譯成英文，但不知道他讀現代小說，忽忙間他沒看譯者署的是父親還是朋友的名字。他拒絕相信他們可能有共同的感性！

他接過支票就逃難般逃出來。真可怕。他寧願他繼續是個陌生人，他不想知道更多，不想挖進他的生活裏去。多年來母親不談父親和他的世界。他印象中他就是個刻板而沒有生活情趣的人。母親是溫暖的大地，他一直對媽媽忠心。

跟着媽媽長大，他更敏感更溫柔，更能欣賞女性世界的優點。男性總是競爭與戰鬥。他在心中把世界二分，拒絕那另一半的世界。

這些日子他有一點焦慮不安。自從去年無意中發現了他不想知道的事：心愛的女子與他最好的朋友有染，他不能接受這樣的事實。他不是暴力的類型，沒有作出激烈的對質，只是慢慢地退隱。他發覺自己工作遲緩了，沒法集中精神，無法準時完成工作。甚至開始害怕見人，慢慢就自己躲藏起來，淡出了原來那個優皮圈子，獨自在養傷。他猜自己還是有愛的能力，也甚至逐漸減少了恨意，增多了理解。但唯獨是沒法平伏那種荒蕪的焦慮之感，填滿那空虛的心之洞穴。

他記起一些生日的鬧宴。他做過各種膚淺的事。他們過去都嘲笑教書的老何自我壓抑，都覺得該自我發揮，到了這中間的年紀，他彷彿對壓抑又有不同的體會了。

最初瞥見湄公河時他也想過：安靜的河水，若是將來退隱了就在這兒找一所小房子住下來，但愈是沿河而行，愈是見到破爛與襤褸，他對這初見的河流，能愛得夠深在那兒清理改建一幅土地蓋上自己的房子嗎？即使蓋了房子，他能接受不斷從上游沖下來的東西、抵禦潮水漲退淹埋的可能嗎？

湄公河已不是盛時了，潮漲潮退，洶湧激盪的慾望退潮了，殘缺和冷漠，生命不同的階段已過了一半。

她彷彿還有很多精力，彷彿不舍晝夜流動的河水，彷彿經過施洗，滌除心靈的煩垢，可以回歸天真和自由。

他昨天聽她說話時，被她的遭遇感動了。好似有時負面的經驗，也可以帶來對生活更多理解。有些事情變得不那麼計較，對其他人的坎坷也能有切身感受。

他開口想跟她說甚麼。但一句話說了幾次都沒說完。

回程時她手機的短訊的響號幾次把他們想說的話打斷了。

她問：行動藝術家約了兩位美國來的藝術家，要到他們的畫室看看，喝喝酒，要不要一起去？

他說不去了，明天一早飛回去，還要收拾行李。事實上他也有點累了。

他沒說完，又是響號。

她看了，沒說甚麼。

電話又響了。

她聽了電話說：在車上，還未回到胡志明市。快了。

他們好像是去參加甚麼儀式。快了，他穿戴整齊，望着兩旁往後退的風景。

快了。朦朧中耳邊好像有人這樣對他說。

她穿着民族服裝，他們彼此交換信物。他交給她一把鑰匙，她交給他的是一塊冰。

他們列隊向前，邊舞邊走。他在前面，她在背後，後面還有一列的賓客。他摸摸鼻子，嗅到春天的花香、伸手向天在陽光下舒展、迎接滿頭的落葉、交叉雙手，在寒天發抖。她在背後也做着同樣的動作，一隊人都做着同樣的動作，一步一步走過春夏秋冬。

他興高采烈地跳他的舞。跳了好一段路，偶一回頭，才發覺她並不在背後，後面半個人影也沒有！

她好似在一個遙遠的山頭。她說：「還不是你把我送過來？」她跳的是一種奇怪的舞步。「對不起，我太寂寞了！」

她冷冷地直視他：「你從來沒說清楚，我怎知你怎樣想呢？」

他驚醒過來。汽車還在平穩地往前駛去。她在講電話。

司機沒有甚麼表情地說：快到了。

車子回到今早上車的地方。一日的旅程告終。他把一大疊越南盾遞給導遊。本來就一美元換十六萬。一大疊真是不少。比原來說好的價錢又增加了一倍，但導遊先生還不是很滿意，沒有今早那麼客氣了，說還有午飯呢、坐船的錢呢。這男子也不爭辯說沒有甚麼午飯呵，就伸手進褲袋裏，把餘下的越南盾全數抖出來，把它們交到導遊先生手上。那一定是比他要求的還多。他說聲多謝，便鑽回汽車前座去了。

他停下來，對着她，說：很高興與你同遊，希望你留在西貢的日子玩得開心。

你不去坐一會？女子問。

男子搖搖頭，笑道：保重！往後一切順利吧。

女子笑道：這樣站在路邊，倒不像是好好說再會的方法！反正我也是去跟他們打個招呼就回來。你不如先收拾行李，休息一下，回頭我再找你喝一杯，好好說再見！

男子苦笑：看情況吧！

點心迴環轉

向東説：「想起來，還是你請我吃第一頓美味的點心！」那是二十多年前，他第一次出來香港的事了。

現在他稍胖了，時間給予大家許多意想不到的東西。包括這意外的重逢。我説我該好好請你吃頓飯，他雙手一攤：「就可惜所有時間都被安排滿了！」就喝個咖啡談談吧。在這酒店，舉辦文學節的大學剛宴請他，有來自內地和台灣的大師，就是沒有香港作者在場。

向東送我他的新書。紅色旗袍底下有古典素顏。古典詩的翻譯也出來了。我這拖着寫不出序的不禁汗顏。每天忙着各種瑣碎的東西，最想做的事反而做不出來，一直拖着拖着，直至不了了之。到頭來我的朋友寬大地原諒了我。我為甚麼陷入這寫作的困境，老是寫不出來？

當年是詩人，還翻譯艾略特。現在是當紅的偵探小說家，卻又忘不了詩。陳探長在追查案件柳暗花明的進展中，會停下來想到古詩詞的章句。在新著裏，陳探長被邀往最時髦的消費場所、紙醉金迷大浴場去體驗，正當按摩女郎多情地捧起他的腳趾，手提電話響了：領導高層要他去徹查牽連深遠的貪污案。站在通道上聽完電話，拿着杯酒，探長不禁吟起詩來：葡萄美酒夜光杯，欲飲琵琶馬上催，醉臥沙場君莫笑，古來征戰幾人回！

黃昏攤臥如麻醉在手術枱的病人。街道追隨你猶如喋喋不休的爭論。也許偵探小說比古詩更有效地刻劃今日的上海？朋友說抒情詩無法描述今日的變化。我跟隨陳探長遊了外灘公園（譯回中文變了外灘花園）。過去的街道保健醫院變成新建的賓館。從過去朋友家中享受國營牌價優惠購來的螃蟹，到申博成功後購房熱潮中在萬家燈火包房吃螃蟹。偵探小說好像比當前的文藝小說更能讓我看到一個城市縱橫的街巷。

向東的書我端在手裏，不禁感歎：「你好像終於找到一個最能表現你的形式了！」

「你的小說呢？」他記得二十年前的我。

「寫不下去，放棄了！」

他記得二十年前在我家的一場盛宴，大家談得夠熱烈。抱着我女兒逗她玩的一位年輕女作者寫出她的傑作，成為受人敬重的名家，另一位移居美國，後來不知怎樣了。說火鍋食物像「排山倒海」而來的詩人移居新西蘭，後來發生了運斧殺人的悲劇。年輕的批評家成了教授、成了畫廊主人、移民或下海了。那場現代主義會議的論文一直沒有結集，但那確像是大家人生一個重要的交叉點，許多人一生在那之後徹底改變了。一位作者得了文學獎，一位女導演逝去。年輕的學者出國去了。一位同事由於這場邂逅離了婚，開始另一段姻緣；另一位同事離了職，離開大學宿舍那驕人的殖民地舊宅，進大陸搞出入口生意。我們怎樣去做一個偵探，從種種歲月留下的痕跡去了解這些人生？

香港也改變了。朋友說他重臨也認不得路了。

雲咸街在哪兒？晚上還有作家團體宴請呢！

「喝過咖啡，我帶你走走吧！」

從酒店出來，我們穿過香港公園。從茶具文物館的樂茶軒經過：這裏有喝茶的好館子。他看着周圍的花草：沒想到香港還有這樣的地方！

我們走過連接公園與對面那些高樓的天橋。四邊是高聳銀行大廈的峭壁，這兒就像深谷中一道獨木橋。我想他當年來港，中國銀行的金屬竹節大樓還未豎立起來呢。我指給他看高聳的中銀大廈背面，花園裏貝聿銘堅持要用的台灣藝術家朱銘的太極人形。

天橋通往長江大廈，當年這兒是希爾頓酒店。長江對向東而言而是祖國的江河，對我們來説可是地產公司。天橋轉入長江公園。在這地產商統治的城市，只有他們才可以在鬧市擁有這麼奢侈的空間。嶙峋岩石蜿蜒路角露出豁然一角空間，草叢蝕刻版上模糊的香港歷史。我們可在那裏找到一些線索，又抑或陳探長會在草叢裏發現一具棄屍？

轉出去，就看見滙豐銀行的背面。照過去英國慣例，代表英資權勢的滙豐銀行前面，是無礙的皇后像廣場，通向英國官員和皇室登陸的皇后碼頭。如今福斯特後現代開放建築底層，在星期天密密麻麻坐滿了休假的菲律賓女傭，談笑、唱歌、進食，把這暫時的空間變成她們的嘉年華！

這就走吧，你和我。讓我們走下去，尋訪這城市裏隱藏的故事。

我借了向東的偵探小說給羅傑看。他也着迷了，我們現在變成他的忠實擁躉，一見面就討論怎樣寫一個以上海為背景的偵探小說：

一開場，我們發覺：來自香港的當代博物館館長全身赤裸，暴斃在從一樓通往二樓的長長梯級上，全身捲曲成一個「寸」字，正好在巨大的政治波普光頭傻笑與褪了色的水墨山林之間，指向丘陵間隱沒了的人形。

不成，太明顯的「達文西密碼」了！

還是從熱鬧的馬路開始，鏡頭推向人民公園、星巴克、奇怪的不知作甚麼用途的阿里巴巴、溫室般漂亮玻璃外殼的當代美術館，背後不遠處伺候着的公安總部。或許，鏡頭挑上去，可以看見高達幾十層的大酒店，高入雲霄，是繁華的遠景……

而我們的陳探長，正在高樓上的餐廳吃自助餐，他挑了新鮮運到的白蘆筍。

不，他在無人的陋巷裏，正扶着牆壁嘔得好辛苦。是昨晚吃的醉蟹，令他腹痛如絞。滿頭大汗的探長，從絞痛中悟出了玄機：是食物裏有人下毒……

從這裏開始，為要調查這宗無頭公案，他走遍整座城市。這我們都同意，是偵探小說的基本橋段嘛！但從這裏開始，我們的想法分歧了。羅傑的想像發展了怎樣在星巴克遇到熱心要學英語的男女、或是把腳底按摩和針灸變成荒謬鬧劇，最後以五味紛陳的異鄉戀作結。我卻對食物本身更感興趣：探長牽入種種人際網絡，嚐了一頓又一頓盛宴，從濃油赤醬本幫菜的德興館開始，到東正教堂裏的地中海菜，新天地石庫門何莉莉的貴價新派菜，我們的探長仔細咀嚼，發覺有助於理解事物的關連，他是個臥底神探、是個隱藏在人群間不動聲色的小說家嘗試從飲食了解中港矛盾、是遍嚐百草的神農，希望為人間憂苦尋找解藥！

從當年喝茶的陸羽走過去，每回我都要看看石板街路口小檔正在工作的老伯。走上去就是史提芬當年的私巢：星期一至五是髮廊屋、星期六晚上是私人酒吧。髮廊屋現在已經關門，我們就繼續沿着擺花街走過去，不遠就是泰昌，彭定康吃蛋撻惹來記者報道的地方。轉下結志街：蘭芳園，絲襪奶茶。門前留着鐵皮檔子，擺放凳仔，不過現在顧客都坐到室內去，或到前面不遠的新舖。龍記麻皮燒肉、新景記用九棍、門鱔、馬交做的魚蛋。魚味鮮甜。走下去，松記菜檔還有新界菜心。就這兒附近，一度有法國鵝肝專門店，後來卻做不下去。成裕泰的醬、米、油、鹽，好似永遠在那裏的。走過路口，有利和日浩的鮮魚在盆裏潑刺作響，老闆娘正在宰魚，刀角按着魚嘴，一按一扭，整排暗紅的魚鰓就給扯出來了！

不過這兒，我跟向東說，也要拆了！

羅傑走過電車路，又碰上雷曼示威者的牌子和布條。

他不知自己算不算苦主，大概不完全一樣吧。

分手以後，阿素打過電話給他，問起他的近況，約他到她尖沙嘴分行旁的餐廳吃午飯，幫他解決老弄不好的銀行户口問題，順便給他提供高明的財務意見。銀行存款逐漸變得完全沒有利息。所以現在這叫蘇絲的阿素不客氣地嘲笑這不懂理財的中年男人，説他那一點錢放在銀行裏簡直是坐以待斃，好心給他介紹了各種投資門檻。過氣的希僻士仍然帶點鄙視金錢的氣質，但年紀大了也明白將來退休以後並沒有任何保障（原來的退休金已經強迫變成可疑的強積金，由背後不知誰人在那兒投資來投資去），另一方面也不知他是否還帶着復合的幻想，老覺得蘇絲稍濃的眼影底下還有阿素天真的眼神，説的種種建議和解釋條文是關心他的情話。

吃過一頓午飯，羅傑在阿素的分行裏新開了一個投資户口，從他的積蓄裏撥一筆錢過去，按照專業意見進行「穩健」的投資。他並且照阿素的建議，為他自己買了一份十年的保險。阿素説這等於儲蓄，這樣他退休也不致身無分文了。而且明知他對處理收支糊塗，特別幫他在出糧户口做了自動轉賬，教他一勞永逸。羅傑本身並不那麼覺得需要保險，但覺金錢放在那裏也差不多。他也想到阿素在銀行的事業才剛開頭，他作為朋友讓她有一點不錯的「業績」也肯定是好事。他樂於幫忙。

羅傑現在走過德輔道中，看見眾人圍在銀行前面，舉起的白布有各種各樣的標語：指責銀行欺騙、要銀行歸還欠債、要求當局徹查雷曼事件的真相。

整個城市，都像我們那樣扮演偵探，想查清各種各樣的真相。

國強等了半天，從柴灣青年中心附近，終於截到一輛計程車。他上車就叫：「港澳碼頭！」他希望趕得上。他剛跟年輕人講劇場的革命、革命的劇場，感到自己仍有點熱血沸騰。車轉上東區走廊，他感到自己還有點激動，心隱約在突突地跳，好似無意中應和了快速跳動的咪錶。

車經過北角外面。油街政府物業仍在丟空，旁邊可建起了高層的酒店。他對這種地產的霸權真厭惡透了。車經過銅鑼灣外面他也彷彿感到滿街的遊客，他想起最近時代廣場的電影院被迫遷，讓位給生意興旺付得起貴租的金鋪。對面的人民公社書店靠出售禁書和奶粉勉強維持下去，灣仔許多書店卻都關門了。他感覺這他喜愛的城市好似逐漸變了形，變成他不認識的樣子。新會展中心外面增加了巨大的紫荊像，大家卻失去了內城的喜帖街和熟悉的社區。早就失去了港外線碼頭上隨意的茶座，終於也失去了皇后碼頭，不管他們怎樣露宿和抗議，推土機如惡夢依時來臨。他也參與反高鐵的行列，不贊成因為高速的發展犧牲了安穩的菜園生活。他但覺不管怎樣抗議，到頭來總好似是徒勞。

計程車停在中環的樽頸，動彈不得。不管他怎樣焦急，司機也無動於衷，而且表明情勢如此，與他無尤。他感到口腔乾燥，有點像喊口號喊得喉嚨也嘶啞了。但想喝一瓶冰涼的啤酒。

在對面的計程車上，老薛正要帶一家大小往孫中山當年住過的故居。

洪嬸看見那水喉就有氣，像快斷氣的病人！老半天才流出盛夠一盆的水。

等洗一過衣服要兩小時。這些老房子的水管全都有問題，不知從哪裏治起才好。

她撥電話給兒子：「學校功課忙吧？兩星期沒回家，也沒打電話回來。這個周末過節……你不用回來拜祖先，回來吃晚飯好了！」

向東現在是一個美食家了。說到各種美食，也說到香港近年流行的私房菜，我說：可以帶你到樓上看看。

從菜市場旁邊的樓梯上去。鴻燊不在。伙計早吃晚飯，準備晚上的忙碌。一列列大窗開向海港。這舊樓還有難得的視野。只要前面的空地一天還未建起新樓，這兒就還有一天這樣的景觀。

我跟向東介紹私房菜的特色，也說到鴻燊的近況。鴻燊以四川菜起家，做過蔣家菜，現在又回到傳統粵菜。他的生意愈做愈好，酒吧取代了史提芬的髮廊酒吧；本來老薛開頭的珠江美食團，現在鴻燊另起爐灶，帶隊品嚐順德東莞美食、河鮮和野味。老薛本來與他合寫一個專欄，現在變成他獨寫了。他逐漸成了著名的專欄作家、對煲仔飯和民主有時也提出一些個人獨到見解！每天一個食色性也的故事，真不容易。每次我介紹朋友到他那邊吃飯，生張熟李他總拿出他的小說來強迫人看情色故事。幸好他今天不在。

我看着窗邊一列空位。今年七月我們坐在這兒看煙花。今年的煙花不怎麼樣。說會在那些煙花裏看見實在的文字——但對那些虛渺的將來，不知有甚麼指向。

今年七月我們坐在這兒看煙花。平日難得見面的朋友在假日裏又再圍坐一起，不過一年比一年顯得冷落了。

記得碰見史提芬，我問他美子在新加坡過得怎樣？他說她回日本去了，好似不大順意，生病了，樣子憔悴多了。

看着電視，那些豪言壯語、那些激昂的情緒，大家都沒有甚麼感覺。鋪展的集體記憶決斷地為萬物定形，大家卻從個人記憶裏見出那參差。意氣為政治大事爭辯到頭來都沒有結果。便只談瑣碎日常，譬如飲食。史提芬剛從越南回來，他對越南更有興趣，說要開真正高水準的越南餐廳。食家老薛則跟他說當年在山林道越南餐廳嚐到的啤酒螃蟹、在佐敦道老趙那兒嚐到的咖喱牛尾煲送法式麪包。他老感慨現在的食肆水準低落，他說那天兒女們回來，去飲茶，部長問他要不要葱油餅，說是蟹粉味道的，他拗不過，也想嚐嚐，便說好吧，結果上來卻連一根葱也沒有，蟹粉也不新鮮，只是膩，結賬是五十大元一個，光這樣點心就二百元！這樣搶錢，又沒素質，飲食業肯定會完蛋了。

記得我們就坐在這兒看煙花。羅傑坐到我身旁，我們又再討論要合寫的偵探小說。兇手是誰呢？死者是怎樣死的？是病死？是謀殺？羅傑說照現在網上的潮流：最後查出來那兇手應該是美國間諜，要想利用香港作為顛覆基地，滲透進入內地藝壇，但卻遇到精明的反間諜、一位美麗的上海女畫家，感動了我們香港同胞，精忠報國，堅持民族藝術，寧死不屈！這應該對口味，夠賣座的。但不知怎的說呀說的，我們又構想出另一個可能：來自北京的權威藝評人，就是看香港的現代派不順眼，有一種說不出的內心痛恨，為了維持民族的純粹性，一定要把殖民思維徹底幹掉。說呀說的最後我們又構想出第三種可能：是自己搞出許多心魔，自己把自己弄死了。

說到後來，大家沒話說了，就抬頭看窗外，看着被老搞新主意的煙花弄得疲乏不堪的天空。

記得窗外的煙花放過不停，同時電視主持老對着滿天煙花笨拙地沒話找話說，結果甚麼都是象徵：這向上升的光柱象徵香港未來一年會更好、這些散開的弧形象徵祖國日益富強、這些圓圈象徵北京奧運成功、這扁扁的橢圓形象徵香港與祖國心連心！據說今年的煙花有香港、北京字樣、又有年份。但煙花自然爆放起來，有時也不是那麼容易管理，有時出現十字，大家就起哄說：加價、加價、象徵來年百物騰貴，甚麼都要加價！最容易看見的是8字，大家就說八八八，就是發發發！這是香港人最通行的象徵，把其他一切象徵都比下去，就是發發發發！

史提芬走下嘉咸街，他記得那兒有一所雜貨鋪，特別有越南的魚露Nuoc mam，他記得那裏擠滿了瓶子和甕罐。一個角落裏吊着一串串鹹魚。天花板上一輪老吊扇停在那裏。

她的臉頰變得緋紅，呼吸急促了。他仰望她臉上閃現繁忙日常工作中難得一見的溫柔神色，好不容易才融入兩人配合的律動節奏。在她肩上，越南式屋背的吊扇緩緩地轉，彷彿老屋裏的老祖母搖着搖着葵扇讓孫兒入睡。

甚麼是真相呢？羅傑說，當時是自己心甘情願地買保險、開户口、把錢移進新户口讓阿素把它調動投資。羅傑覺得自己老了，沒法玩那些商界才俊的數字遊戲。如果不是阿素，他根本不會再開甚麼户口。都是為了阿素，他像一個縱容的父親，一個年紀比她大的情人，讓她玩她的遊戲，想她也是為他好。有時他到銀行，等過了午飯時間才見阿素——現在是打扮得稍濃的蘇絲，跟短髮肥胖的經理一同從外面回來。她似乎適應這新的世界沒有甚麼問題，他也放心了。

許多個月以後，他也沒有她消息一段時間以後。就近一所分行叫他去弄清楚户口的問題，才發覺投資户口裏那幾十萬早已沒有了。也沒有人通知他。他打電話去也找不到她，似乎她沒做了。他想到她可能出了問題，是挾款私逃被人通緝嗎？儲下的一筆錢沒有了他也不去想，退休後沒有生計好像也不是切膚的問題。他至少還有工作。他反而奇怪地為她擔心起來。她到底到哪裏去了呢？到底發生了甚麼事，真相是甚麼？

他從各方面打聽她的下落。直至最後他收到一通強硬的電郵（他嘗試傳不同電郵到她過去的幾個私人郵址），裏面警告他不得再騷擾她，否則會對他不客氣。他非常錯愕，再傳電郵去解釋已無法傳達。他慢慢也就死了心。

看着電車路上拉起布條抗議雷曼事件的群眾，羅傑心裏特別明白他們的不平。他想：「我是另一種苦主！」他又想：「我們都是苦主呵！」

老薛說：年輕一代的食經我就沒法寫。現在年輕人不喜歡談歷史，也們有不同的胃口。我得退位讓賢了。

老薛在SOHO一帶對訪港的兒女進行有關孫中山先生的教育。他以為可以用九記牛腩作引子，但小兒子對九記牛腩已不如他熱情，他吹牛說怎樣曾經遇到譚詠麟請他吃了一碗牛腩粉，在列治文長大的小霸王對「譚校長」也不特別熱心。

老薛有點興奮：你知道嗎？馬可勃羅當年在中國吃了麪條，覺得美味非凡，帶回意大利去，便變成今日的意大利粉！

小兒子將信將疑，老薛不曾見好就收，還加重注碼：他路經香港，吃了雲吞麪。這就是意大利雲吞的由來了！

兒子說：爸爸，你在說笑是不是？

吃完牛腩粉麪大家已不耐煩了，對於他還要說對街的大牌檔如何炮製最佳奶茶也沒反應。她們只問：乾淨嗎？他還要裝摸作樣對孫中山事蹟的路牌表示莫大興趣，表示不如大家一齊追踪這些路牌，看看我們現代中國的偉人如何在此地留下踪影！甚麼同盟會、四大寇……說話從一對兒女的左耳入、右耳出，離了婚仍然要控制經濟大權的前妻根本當他是孫大炮，亦不會鼓勵子女細聽。吃飽了飯她就發動購物狂潮：女兒不是要買電話機繩子送朋友當禮物？小兒子有點感冒是毛衣太厚一定要買件薄點的。事不宜遲，她舉手截停計程車，把一對子女塞進車廂，然後回過頭來跟他說：「很好，你就沿着這些歷史紀念牌子走下去吧！回來再告訴我們好了！你走走，也可以順便減肥！」

老薛看着那豎起的指頭逐漸消失在遠去的計程車中，她王寶釧彷彿在訓示他應該從荷李活道往西、繼續西征，最好永遠也不要再回來！

我們沿着嘉咸街走，走往卑利街。我給向東介紹種種老鋪：大珍醬園、有利腐乳，過去有炭爐自燒的合桃酥、雞仔餅。賣菜的攤檔擺到路上，新鮮的水果在你手邊，跟不遠處的歐陸式餐室酒吧互相輝映，構成了這兒的特色。

走過港島補選的兩人的海報。有一兩家店舖掛出抗議遷拆的布條，但似乎更多人接受了補償的價錢。沒辦法，政府決定了這樣做。這不光是拆了幾條街的舊區重建，可惜的是原來建立起來的社區關係、種種生活累積的經驗，也一下拆掉了。

史提芬抵達機場，乘車往蓮黛家，心裏七上八下。

比一夜情更危險的，是第二次的接觸，代表了承諾，可能較長遠的承擔，一段未知如何轉折發展的關係。他心裏還未準備好。

史提芬站在舊樓的走廊上，俯瞰天井裏的水戲，這場水傀儡的演出還未終場，蝦兵蟹將的戰鬥正濃，一條大魚起伏穿插，激起人為的波浪，從他站的位置看不見揮舞杖頭的纖手，卻隱約看見破碎水波光影底下似有不只一人的雙足。

老薛沒料到深圳的世界之窗會引起小兒子的興趣！他的前妻沒在羅湖城做旗袍，他的建議卻引起小伙子的好奇。其實最初不過是由於貪吃，過來試巴蜀風、湘鄂情、東北人家、西湖春天！損友介紹他過來羅湖城做西裝，連工包料才幾百塊，正合他這種老派人。腳底按摩也試過了，再進一步，他就搖手擰頭了……說到底，他還真是老派人嘛！

帶着回來度假的家人直奔世界之窗，他也不是沒有猶豫的！深圳嘛！要留意有沒有人挨過來，要小心沒人跟你打毒針、計程車會不會不知怎的把車開到哪裏去。前妻擔心食物不乾淨，女兒並無興趣購買假 Prada 或 LV，唯獨平常對老薛不會假以顏色的小虎，流露了感興趣的神色。

拾級而上，老薛已是氣喘如牛了。在商場蹉跎半天，乘車又兜了遠路，抵達世界之窗已是遲遲的下午。

前妻在巴黎鐵塔下的茶座上不願起來。小兒子卻破例地願意跟老薛走一程：我們去看大笨鐘，嗯？

老薛第一次感到做父親的尊嚴，戰戰兢兢邁開大步，在快近黃昏的光線中向日不落國的盡頭走去，正是「落日心猶壯」，沒想到前殖民宗主國還有殘破的魅力，「秋風病欲蘇」，作為他這失去尊嚴的後殖民父親的親情道具！

經過沒有閱兵的白金漢宮、走向比真的比薩斜塔更傾斜的斜塔、聖彼德大廣場，世界真的來到中國了！天色逐漸暗下來，在沒有船夫的威尼斯，面對黑暗晃動的水波，小虎不禁拉住了父親的手。

上次見面，鴻燊說：「我的兒子要結婚了。」我們恭喜他。不錯的年輕人，從外國回來，成熟多了。他好像比鴻燊更踏實。但做父親的還是不放心。「過去老帶他『浦』，做壞了榜樣。就是怕他結了婚還不定性。」沒想到鴻燊偶然也會有反省。

史提芬又匆匆趕到機場：「有機票直飛澳門嗎？」

他不得不縮短他的假期。他一直不明白父親當年為甚麼一個人搬回澳門舊區，獨自生活。他不大情願回去，老拖延着，用各種理由。他們沒見面有一段日子了。他趕得及見他最後一面嗎？望出機場外灰濛濛的天空，他真是有點近鄉情怯了！

我與向東走過街市，沿荷里活道前行幾步，就右拐轉入橫巷走下去。七一吧大概剛開門，還沒有顧客。向東驚奇地發現街巷之間有這樣的空間。沒有汽車經過的小巷，一邊是個小公園，不知為甚麼給封起來，用布擋了大半，只隱約可見綠樹。小巷另一頭，一些老人家聚在那裏談天下棋。

「這叫『七一』吧！」

「呵，挺主流的名字。」

「在香港就不一定是這個意思。」我想起 Club 64 因為業主加租數倍而關門以前，還去坐了幾個晚上。直至好心腸的老闆娘告訴我，不會完全結束的。等找到便宜的鋪位，便會改名重開。從銅鑼灣走到中環的人潮，還是可以有個地方歇腳，喝一杯。

老闆娘不在。我想提起椅子在門外坐下來，店裏的女孩子說不成，要坐在店裏。不知是甚麼原因。也許是樓上的住客埋怨酒吧太吵了！不管怎樣，我們妥協地坐在門邊。

「來一杯啤酒吧！」

「這回讓我請你！」向東爭着付了賬！

過了二十年後，有機會再一起喝一杯是好的。

酒來了，我把桌面上攤開「二〇一七」大字標題的日報挪開，準備好好喝酒。

「我記得你當年寫的詩！」我說。

「我也記得你當年寫的小說，你來上海時送我的。」他說：「會再寫下去吧？」

工作太忙了。而且行政人員老給我們添各種麻煩。永遠填不完的表格和寫不完的報告。

「還想寫，不過寫得很慢，覺得很難寫，又老給工作打斷。」

一隻黑兔竄過我們的腳邊，真有點愛麗絲夢境的味道。

「但我明年可能有一個短短的學術休假，」我又說。

我們靜靜地坐在那兒，看店裏的女孩子拿着一小盆蔬菜紅蘿蔔去鐵絲網那邊餵兔子。我好似在許多年前經歷過這樣的一個片刻。

「不錯呀，至少可以做點自己想做的事。」

「不過行政大員已經去信給校長，建議把我休假時薪金減半！」

我們不禁笑起來！我的是苦笑。

「謝謝你帶我在中環走走。有機會一起去上海，我也帶你到處看看。」

「好的！」

我們對飲一口酒，繼續靜靜地坐在那兒看兔子。

尾聲

小雪笑道：「終於睡了！幸好有你嫂子幫忙。」說着就掩上門，跟着蕙出門去。

蕙把垃圾投進外面垃圾收集箱，指着右邊的路說：走那邊！那邊的路小雪還未走過。經過一列房子，就看到學校。走進去，還有不少人在，選舉辦事處的長枱一字排開。小雪說：「跟四年前那種煽情氣氛真不同了！」蕙說：「你那時是在台北最火紅的地方採訪，你們香港記者，老是要追煽情的新聞！」小雪聳聳肩：「你知道，我從來都不是煽情的人。」蕙拉拉她的手：「你知道，我不是說你！」

蕙拿出文件辦手續，進裏面投票，她對小雪說：「你在這兒等等我。」

小雪在外面看：不過是幾個課室，也沒特別遮掩。她看蕙走進掛着白布簾的間隔，過了一會從裏面出來。然後又看不見她，回過頭，蕙已回到身旁。

蕙說：「好了，投過票了，我們去買點菜。」

走過學校，大馬路邊的大樹旁，正停了一輛小貨車。一個手勢伶俐的婦人，正在打開車後面的木板，把疊起盒子裏盛的種種蔬菜鋪展出來。

「有紅椒！還有西紅柿，好嗎？」

小雪點點頭。

婦人又攤出了不同的蔬菜。「要甚麼菜？空心菜、波菜還是A菜？」

「通菜吧，下蝦醬，我來煮！」

蕙又去挖那婦人車上未打開的寶藏：有蘑菇！小寶最喜歡蘑菇了。

大家看着婦人不斷變出的魔術。這時圍攏的人愈來愈多。最後蕙問：「還想吃甚麼？」

小雪說：「苦瓜吧，台灣的白玉苦瓜，甜甜的，很好吃。」

大家都覺得買了太多東西。不過最後還是再添一根肥美的蘿蔔，蕙最喜歡蘿蔔煮湯！

婦人一邊搬出底下的蔬菜給顧客，一邊回答問價。她一邊數着她們挑選的蔬菜，一邊飛快地用閩南話算賬：三十、五十、二十……小雪看傻了眼！

晚飯的時候，蕙跟哥說選舉如無意外，結果應該很清楚吧！總之今晚就決定了！嫂子不斷給她們佈菜，「你們難得回來，多吃一點！」小寶只吃蘑菇，其他甚麼都不吃！

國強下了船，好不容易才截到一輛計程車。

「叫車唔易喎！」

「都去咗賭場開工，好撈嘛！」

再一次按手提，對方仍然是關了機。他跟司機有一搭沒一搭的聊：

「好景喎！」

「佢老母，批咗地又變更用途！多咗成倍，果啲人梗係發啦！我哋有乜好處！」

按另一個號碼。「番咗嚟！都未搵到？又玩失蹤？改咗嘞，冇矛盾！」

遲疑片刻，「有冇見過佢？……幾早呀？搵導演？……呵，冇嘢！」

計程車遇上塞車。

「超！架車喺唔喺行㗎！」

羅傑來到漢城，入住半山的凱悅酒店，總覺得太豪華了。他有點怪代他訂酒店的公主，真是貴婦口味，他倒是寧願住在小巷舊旅店中，他到底是個過氣的希癖士，喜歡樸素的聲色，平民化的人氣煙火。

不過他沒有怪她。他熱情地期待再見她，幾乎帶着初戀的心情。他較一起來滑雪的朋友早一天抵達首爾，不知為了甚麼。坐在這日本名字的餐廳裏，他又有點心情忐忑。他抬頭看見前面玻璃廂房裏，豪客們正吃鐵板燒。四周都是上了年紀、好似退休來度假的夫婦。他覺得自己不屬於這裏。他到哪裏都是異鄉人。她是屬於另一個階級的，正如他許久以前愛過的一個人，她們到頭來只能跟她們那個階層的人談戀愛！但真是她的問題嗎？是他自己心裏有芥蒂吧了！

不管怎樣，當她挪着舞蹈一般的步子移近，他甚麼都不介意了。她的晚裝、她的珠寶，都是這晚宴的一部份。她指給他看窗外的燈光，這麼優美的夜景，他剛才為甚麼沒注意呢！盡困在前希癖士的意識形態囚籠裏，嘲諷小資情調的平庸、上流社會的裝腔作勢，結果沒帶給他甚麼好處，他到頭來只是別人眼中怪怪的「鬼佬」！不，他應該扮演溫文爾雅的格利哥利柏（就是多了些鬍鬚，令他看來有點浮腫），在《羅馬假期》裏享受與一位公主的邂逅。

放鬆自己吧，欣賞從半山望出窗外的首爾夜景，夜未央呢！在那閃爍着寶石光芒的黑夜裏，他想看的那曾經閉封多年的暗渠、終於重見天日的清溪川在哪裏？又是他的理想主義作祟。她似乎聽不清楚他説甚麼。也許是他外國人的發音。然後菜牌就來了。他對着這高貴但又選擇不多的硬本子有點猶豫，跟他想的聲色喧鬧的豐富韓國晚餐好似有點不同。為甚麼偏偏選在高貴的日本餐廳？他其實並不太喜歡日本菜。他想起當年與阿素在京都吃懷石料理的經驗，他有點懷念阿素的自然樸素了。不過阿素已有她的銀行經理。後來來電，不是想他買保險，就是想他投資。懷念過去的樸素幻象也沒用，他只能節哀順變了！

她點了海鮮窩麵，他瞥一眼周圍的顧客，繼續在零散的項目搜索，不願意隨便妥協，要找出他真正想嚐的東西。終於有了：Sashimi bibimbap！他的指頭落在那上面，猶如大海漂泊找到浮標。他記得有韓國特色的拌飯，加上他愛吃的日本魚生，這是在這場合中找到最合乎心想的選擇。

沒想到這還得到公主的讚賞：選的好！他心裏的石頭落了地，至少終有了可以分享的東西！他不必壓抑自我，繼續發揮：你喜歡海膽嗎？

公主並不認識海膽：英文法文都出來了，沒有用！他在餐牌本子上找到日文，公主似乎還是茫然。他知道公主愛好清潔、講究衛生，但他這記者要把她拉下凡塵，一嚐人間美味！

他有點飄飄然了。沒有鏡子，但他其實也知道自己不太像格利哥利柏，也許該說是堪富利保加？住在香港的老外，老覺得自己是《北菲諜影》的主角，在亂世的卡薩布蘭加，遇見一位紅顏知己。

公主愈看愈似英格烈褒曼。這頓飯吃得愉快，褒曼一定也演過公主。羅傑不像他幾位香港朋友看電影那麼鑽牛角尖，他說的資料也總攪亂了，但這不妨礙他在比他年輕的公主面前亂吹，惹她笑得開心。

看完現代舞回來，從捷運站走回來的路上，蕙問小雪：要吃臭豆腐嗎？兩人就站在路邊等老闆炸臭豆腐。小雪說：「我們還有一瓶香檳，用臭豆腐送香檳，最好不過了！」

家裏大家都睡了，就剩下她們兩人在客廳吃臭豆腐送香檳，邊看電視上選舉的結果。

選舉是壓倒性的勝利，雙方接受選舉結果都顯得很有風度。原來擔心有甚麼變故和動亂都沒有出現。之前也出現過藍營四人衝擊對方選舉陣營、綠營事後埋怨甚麼選舉費不如人家多，也有人咬牙切齒、憤慨激昂。但整體來說討論還是就事論事。

在看電視上的評論，蕙說：這個台的評論還不錯。小雪本來對這邊的政局不是很熟悉，逐漸也摸出一個大概來。不像從外面看來：黑是黑、白是白，這樣細看，不同顏色的陣營也有深淺偏正。她想她更明白蕙為何要回來投票了。她們對着電視的評論再加上自己的評論，談得興高采烈，一瓶香檳也終於喝光了。

蕙說：該睡了！

蕙到廚房把熱水掣打開。小雪探首嫂子的房間，小寶睡得正濃，她又懾手懾腳把門帶上。

蕙幫小雪擦背，一邊笑道：你真瘦！老吃也吃不胖！

小雪也笑起來，從打開的窗户裏忽地瞥見有一顆流星掠過。她連忙閉上眼睛，任由水流從頭頂流下面頰流下身體，她尖翹的嘴唇好似微微嚅動，不知是不是在為她暫時離開了的城市和友人許一個願。

老薛最先抵達，獨自坐在預留給他們那一桌，翻翻金卡上面印的午餐菜單，沒說甚麼，閉上雙目養神，像一尊佛。

沒多久羅傑也來了。他的破中文和老薛的破英語正好成對，彼此辯才無礙，有時說到興起，也不理會對方在說甚麼。只有說到食物的話題，大家才好似真的有所溝通。再過一會，南轅北轍的老何和史提芬也不約而同同時到了。

儀式還未開始。那邊主家正忙於拍照。主人家鴻燊覷個空走過來，嘲笑這四個沒帶女伴的損友：你們幾位，不是失婚、失意、就是失戀、失拖，可說是四失人士了！

老薛瞪他一眼：「不要亂說，我們的史提芬在亞洲哪個城市沒有情人！」

史提芬苦笑：「都是傳聞，作不得準！總不成每天開視像會議？」

羅傑問：「不回越南了？也不打算在這裏開越南餐廳？」

史提芬搖搖頭。他笑道：「說我現在是失業才對。」

大家知道他回來照顧父親的病，只接些散工，港澳兩邊走。大家沒說甚麼，可是鴻燊沒放過他：「記得以前旅行，房間不夠，潘大姊就說可以跟史提芬同房，不擔心，因為他夠斯文——我說：你這是不是白骨精想吃唐僧肉呀！」

大家轟然大笑。史提芬瞪他一眼，說「阿彌陀佛！」

鴻燊讓我們看他新買的電子寶貝：「朋友給我存入幾千支流行曲和五百齣電影的性愛片段！」他把玩掌中的魔術 iPad，那是他最新的玩具，他追上時代了！

羅傑說：「我真不能想像鴻燊怎樣當一個 father-in-law，將來有了孫兒怎樣當爺爺！」

鴻燊又轉過去挑釁喜歡寫作的老何：「你現在還在用紙筆寫作？」

老何自嘲說：「我像探長阿蒙那樣的老派人，老追不上時代！對，我還在一張白紙上塗塗寫寫，而且總覺得很難寫，寫不出來！我不是失戀，是失語！」

鴻燊得勢不饒人，又要說他在蘭桂坊聽來寫之不盡的情色故事。

史提芬笑道：「也許那是八十後少女騙阿伯一杯酒胡謅出來的東西，不要以為那就是社會現實。那是買回來的現實，那是失實。」

老何說：「我不羨慕也不妒忌。各有前因。我們都不容易代替別人寫自己的故事。」

這時又來了幾個女的，其中一位專門策劃婚禮活動，另外幾位打扮時髦的女郎，似乎是酒店公關。不知是不是這引起了鴻燊話題：

「不要說——女人真是不經老！那天美子跟朋友來吃飯，她回來這麼久我才第一次見到。跟她真難溝通。沒想到她瘦得那麼厲害。她活在自己世界裏，跟別人沒有來往。」

大家靜了下來，幾個女子講自己的話題。沒人回答他，直至老何開口：

「鴻燊，我想你是失憶了！想當年美子從外地來到香港，真是愛上了香港，拍攝紀錄片、製作短片，也幫助不少朋友。當年圍繞她身邊的狂蜂浪蝶也不少，交的男友倒好像沒一個像樣，激進社運份子對她拳打腳踢，報刊編輯和專欄作者令她失望了。我倒覺得她本性寬大，不見得本來是個孤僻的人……」

「說得好！」老跟老何抬摃的史提芬竟然鼓起掌來，然後舉起前面的水杯：

「應該敬你一杯——可是今天鴻燊失禮了，竟然沒有酒給我們喝！」

這群人慣了互相取笑為樂，鴻燊倒沒生氣。他只是笑道：有香檳的，未準備好吧了！說着便到後面去看看。

賓客差不多齊集了。國雄匆匆進來道賀又有要事要趕下一場。一雙新人就位，這中西合璧的儀式快要開始了。

國強一掌拍在桌上：「不成，把這一場戲刪去！太囉嗦了！」

男女主角不說話。坐在一旁的編劇囁嚅地解釋：「這是想補充人物性格的一場文戲……」

「不成，太弱了，沒有激情！」

「可是，這是伏線，跟後面過兩幕的一段呼應……」

「把那段也刪掉！」國強說：「不要再說了，就這樣決定！排下一場！」

滑雪地點江原道是公主介紹的，龍谷是她去過滑雪渡假的，除此之外，歷史文化的地點她所知不多。羅傑發現一個秘密：公主雖然在首爾長大，卻在歐洲學舞，參加亞洲舞團，對於首爾地方，她有許多不熟悉。她也是跟香港的舞團約滿，剛回到首爾。在自己家鄉，她也是個異鄉人。說到甚麼玩樂的地方，說到最後，她會說：不過那是我中學時的情況了！叫羅傑氣餒的是：問起韓國甚麼地方，她總說：我有朋友很熟悉建築的、我有朋友很熟悉畫廊的，要不要我打電話去問問？他羅傑當年可是一個背囊走天涯的呵！

飯後回到大堂，公主指着樓下的JJ跟羅傑介紹，他也去過香港的JJ，不覺得有甚麼特別，但見她熱心，還是禮貌地問：要不要下去看看？沿着電梯下去，轉進迂迴的空間，看着牆上挺有風格的黑白照片，發覺真與他印象中香港同名的夜店有點不同。

這裏的空間寬敞得多了。沒有那麼擠在一起，好像不光是時髦潮人亮相的地方，也有一些角落，可以容許人好好坐在那裏談天。

公主說：「在當年，這也是一個知識份子聚在一起高談濶論的地方！談的是加謬啦、沙特啦、波芙亞啦……」羅傑記得她父親是生物學教授，她來自一個有教養的家庭。他可以想像一個初涉世的女孩子，那種對知識和文化的嚮往。那敢情是個煙霧瀰漫的地方！那時大概還沒有禁煙，大家還不用偷偷摸摸站在後門外吸幾口！

羅傑忽然想起自己在香港的時候，曾跟她談過當年的格林威治村、三藩市的城市之光書店，談過他當年嚮往的波希米亞生活，多少形成了他今日離鄉別井、反叛權威，始終不願安頓下來的個性。

他忽然明白過來，公主為他訂這地方、帶他看這咖啡店，也是一番好意，是以她的方法去理解他的口味。他有點感動，他軟化了。他一生中，也錯過多回人家的好意，他是後悔的。年輕的時候，要前衛、要叛逆、要灑脫，也因此就把自己限得很窄，不能體會其他態度的好處，總是嫌人家跟自己想的不一樣！他覺得自己現在不介意了！

公主離開的時候，答應明天趁大軍還未殺到的當兒，帶他看看首爾。他說想看清溪川。他問她在香港時知道啓德河嗎？她搖搖頭：「清溪川？也許讓我早上先打幾個電話給朋友問問！」

「不用問了！」我們的羅傑自信地說：「我們就隨便走走吧，走到哪裏算哪裏。說不定，我可以帶你認識你的城市呢！」

「你比我更認識？」公主忍不住格格笑起來，好似笑得很開心。

儀式開始，播放錄像，介紹一雙新人。之後新郎站上台，首先感謝父母當年反葛柏示威無端被關在一起，結果後來才有了他。他說父親很多奇怪主意，甚麼都想試，常常不在家。母親就搬張小凳子坐在他身邊看他做功課，做的菜也是蕃茄煮紅衫魚那樣的平實小菜。他自己是他們的兒子，大概會在兩者間平衡，走出自己的路來。

他說了他們的戀愛史，眾人起哄，要他與新娘又接吻又甚麼的，大家鬧酒，香檳四濺，鬧成一團。

最後是朋友代表老何上台，教歷史的他要從他們那一代七〇年代的歷史說起，與今天做個對比，立即就被一眾損友喝倒采（「肚餓了，要開飯了！」）他只得長話短說，恭賀了年輕一代，又教訓做老爺的鴻燊要「生性」，不要失儀，不要做壞榜樣！

在「劇場與政治」的研討會上，國強正在等待發言，前面的講者已過了發言時間，還在滔滔不絕，好不容易最後來到結論：「總之過去雖有寫到香港社區的文藝，都只不過是『題材』而已，真正的自覺的社區保育意識，要由我們二〇一〇年的作品才真正開始！」鼓掌之後講者本要下台，不料還有個年輕女生提問：「嗯，請問：你剛才說隨便拆毀老社區，令我們沒有了歷史，可是，嗯，你剛才又同時否定了以前的文學——你會不會覺得自己，是在做同樣的東西？」

講者一邊走下來，一邊揮手：「這根本是不同的觀念！沒時間，——」手指向下一位講者國強，好像要怪他。「隨便找本書看都會明白！」又搖搖頭，走近國強身邊，自言自語：「現在的學生太保守了！」

國強愣在那裏，剛才怨不夠時間的氣消了，不知是不是該讓出多一點時間給討論上一場的問題。

給小雪的電郵

小雪：

你寫台灣選舉的文章刊出我就看到了。謝謝你再寄給我。平實寫來，有個人觀察和感受，有想法。我沒有甚麼意見，但覺文章應該是這樣寫的。也希望香港經過目前的混亂，有朝一日也能公平選舉，以民生為重。你寫得愈來愈成熟了，恭喜你！

一個日出，一個日落。我最近運氣不大好，不光是飲食專欄又被停掉，出外吃東西也屢次吃得一肚氣。老字號老店，連蝦子柚皮也做壞了，都說是母親節人客太多的問題。七百萬人不斷地吃，如何吃得平均、健康、合理、愉快、環保，確是一個問題。

我住的小街開了一間懷舊冰室，裝修很討好。我第一天去試，奶茶也做不好，基本功不足，令人失望。六月還要搞綽頭套餐，叫人討厭。

外面大街轉角，酒店旁邊，本有一所不錯的中價西餐，兼售廚房用品，教授烹飪。有天走過，忽見簇新的沙發扔在街頭，門前封了板說重新裝修。過了幾月，餐室重開了。不見裝潢更加漂亮大方，價格卻提高幾成。去吃一個午餐，沙拉吧都是下價東西，主菜選擇卻是漢堡、墨西哥Taco（改頭換面轉了名字）、銀雪魚，等於沒有甚麼好選擇，卻要百多元一份午餐。我每次遇到這樣的事情都不免有氣。

因為多年來整個機制向地產傾斜，經營餐廳也像其他民生事務受影響，不得不在地產霸權底下苟活，這我也是明白的。使我不能釋懷的，倒是在這種傾斜底下，人的素質的退步。上面說的那所餐廳，不到兩天，報上就出現了捧場食評，說食材優，環境美，我真沒話好說了！

我們以前工作那份報紙，現在飲食版仍在，卻都是廣義的「鱔稿」，每天漂亮彩色照片，標題還不時引兩句唐詩宋詞，其實不過為大酒店餐廳做廣告。不新鮮的食物、不合理的價錢、叫人受氣的態度，全掃到地氈底下，變成粉飾太平了。不要以為主政的人都是好好先生，遇到沒有花錢賣廣告的、有利益衝突，或是敵對陣營，刻薄話照樣不留餘地。

朋友老何老感慨香港沒有書評，也沒有好的文化評論。傳媒人反駁他：怎麼沒有？可眼前就有一例：書獎揭曉，丁新豹、沈鑑治、司徒華的書得獎了，有人鼓噪，為甚麼女明星寫的書沒得獎？為甚麼評審裏面沒有書商？現在歪理也可理直氣壯罵人了。不光是食評、書評、政治評論其實也是這樣。

你問我好不好回來香港工作，我這樣亂說好似是澆你冷水了。事實上我在港工作多年，也時覺喪氣。近月讀報，老覺傳媒愈來愈歪曲囂張，結合地產霸權，我們今日更感到傳媒霸權了。以激越的面貌，支持的卻可能是一個不公平的架構。依附不願放手的權勢，老用蠻橫手段打擊對手，塗黑不同立場的異己。

目前的情況的確有點險惡。但我倒不是勸你不要回來。我也明白你的性格，不會輕易因困難而不為，愈是艱難愈有挑戰性，你是初生之犢嘛。傳媒老大積習難返，各家老闆各有利益牽涉，我們確實需要新血，但也要同時明白環境限制，想清楚如何在傾側中做一點事，而不是一腔熱血去幫人參與群毆。或自視為被欺壓者而變成暴君。

人年紀大了不免有點犬儒，讀你的電郵則常有清新之感。我對政治是外行，對食物倒還在行。我一方面看到主流食肆的種種弊病，另一方面偶然也見到有個性的小店小舖，提倡比較人性化的生活，注重食物的健康，更多人耕種有機農場，關注廚餘，改善生態，甚至有人想恢復水稻種植。就我的接觸，雖是小眾，也好似見到點滴新氣象。我知道你一定會說：這又是我多年來對香港的單戀情緒作祟了。你牙尖嘴利，我說不過你。有機會回來，我帶你看看，自己決定！說不定在目前一片混亂中，還是能創造一個可以容許小寶成長的環境？大家努力吧。

祝福！

老薛

雲吞麪與分子美食（後記）

一

跟以文去吃雲吞麪。他剛從外面回來，說沒想到在香港吃雲吞麪也那麼擠迫。十一時半，才開門不久，樓上樓下都坐滿了。我想從他的角度看這小小方圓一角，也許會有一種陌生的新鮮感？

我們看着吃完麪的人抹抹嘴離座，門外又有人進來。中間的圓枱，搭枱坐了幾個散客，可是在附近工作的白領？這是她們每日的午餐？一位穿着比較講究的白衣婦人從樓上搬下來，與她也穿白衣的女兒佔了角落剛騰出來的雙人卡位。她們剛從哪兒來，下午還有甚麼節目？一位老伯顫危危地從座位上站起來，按住扶手的拐杖、調整自己的步伐，正準備舉步挪前。而在外面，這時有一家人，拖兒帶女急步進來，一下子氣氛又變得熱鬧了。

我們在商量吃雲吞還是水餃，要不就來一碗炸醬麵。說起那年在北京吃的炸醬麵。南北做法不同，各有各的風味。兒子離家一段日子，度假去過北京，倒是懷念許久沒嚐過的香港式炸醬麵了。還要不要油菜，菜心還是芥蘭？母親說現在牙齒不好，芥蘭難咀嚼。她記起上次來吃麵，孫女兒喜歡乾炒牛河，大家整碟吃個清光。她又記起生病的妹妹，最近沒有胃口，不知該買些甚麼給她！食物連起許多人情與關係，連着我們的記憶、我們的想像。

街頭食店人聲鼎沸，好像隱藏了無數故事。杯盤碗筷之間有數不清的線索，讓你忖測縱橫交錯的人際交往，甜酸苦辣夾雜，喜怒哀樂亦在其中，端看你留神感知多少。這邊座上打開報紙，但見照片中唐英年去池記吃麵，筷子挾起麵舉得老高。說明是昨天政府部門「促消費、保就業」，第一站行程是幫襯雲吞麵店，說一碗雲吞麵背後有許多就業機會。彩色照片上面帶頭消費的政務司夫婦、商務及經濟發展局長、自由黨及民主黨的個別人士，喜滋滋地咧開了嘴巴，各自舉起盛滿「戰利品」的購物袋。這些照片和文字都有明確功用，只傳一個訊息：大家都要多購物，促進消費！也促使你只要這樣閱讀。

筷子把麵挑得比人頭還高，平常我們吃麵並不會這樣的。所以這些照片其實並不是日常照片，是宣傳照片。同樣，一般人購物，也不會把購物袋高舉示人。我們社會現在好似更重視傳媒覺得你做了甚麼，而不是真正做甚麼去解決困難。訊息傳揚種種方面都愈變粗略簡陋、單向化，這些現象，不免令人對目前流行的傳播和溝通模式有點感慨，感到我們社會對文字和圖片的閱讀愈來愈狹隘化、單一化，只取其指示性、功用性的一面。

現在吃到一碗煮得好的麵也不容易。隨便走進一所麵館，吃到的麵不是鹼水味太重，就是麵不夠蛋香、嚼起來沒有勁道。但不僅是我們吃不有到素質較好的食物，有關食物的文字也易變成政策商戰的宣傳，也變得單向而乏味了。

文藝和創作的練習，是學習對文字有更敏銳深入的感受，去使用文字溝通、閱讀文字的表達，幫助我們去明白與同情，其中當然也包括對浮詞和濫調的分辨。過去中學教育制度把語文和文學分家，留下的惡果是令人表達感情和使用文字單一化，無法欣賞更複雜的文字和感情，表達和感受愈趨平面化，難有寬廣視野。

另一桌座上報紙娛樂圈的偷歡新聞，男主角好似是熟悉了傳媒的單向閱讀習慣，自行編寫了一場通俗鬧劇，牽着傳媒鼻子走：於是男主角在照片中低頭就被閱讀為悔過了。跟神父一起出現就是懺悔？看《地球停轉日》就是心情沮喪、覺得世界末日？一張眼紅紅的照片：自稱「我是瘟神」，這就代表內疚？然後：「動搖過，才懂得堅定」式的金句就代表了智慧了？

從食物到愛情，當文字的表達和閱讀傾向於把事物定型，那感受和感情也只能鎖定在一些俗套的公式之中。若習慣了粗略的簡約解讀，只從複雜的現象中歸納出最功用性的庸見，我們有可能再用文字把思想從定見中釋放出來嗎？

二

其實，煮好一碗麪也不容易的。

以前認識一對夫婦，太太能煮美味的菜，還能唱歌。丈夫卻懂藝術理論，又懂飲食理論，老讓我們覺得他才是高手，只是不出手而已。後來終於有一次讓我們迫他下廚煮了碗擔擔麪。嘩，簡直是死辣，辣得毫無味道！原來他的標準就不過是這麼原始：愈辣就愈好！我不會由此而說理論沒有用，他的理論讓我們明白川菜的食材、明白佐料的性質，但這還夠不上煮好一碗麪呢！

煮一碗麵也經過不同的步驟，累積不同的經驗。

很想把小說寫好而因為全職工作沒有寫作時間，只好校了鬧鐘摸黑起來寫字的時候，我常常想到那些大碌竹打麵的師傅。坐在竹昇上，蹬起落下，一下一下的將麵團踀薄。手藝是一個悠長練習的過程。我們在雲吞麵鋪裏看見師傅漾動鋼勺裏的麵條，把麵旋進碗中，澆湯，撒上葱花，看見的是完成的喜悅。但在那背後，怎樣打出一盤盤韌性適中的爽口靚麵，還是有不少工序，是許多老師傅把實踐的心得手口相傳下來的結果。

我覺得理論是可以看的。讀得通讀得活的話，不見得會壓抑了創作，反可澄清觀念、解放思想。但創作的時候，往往從感覺、從人物、從意象氣氛開始，不見得會笨得照着理論臨摹！那樣寫出來的東西，一定乾巴巴，讀起來沒有味道！

其實創作與理論都可以反思人世經驗、探索人生經驗。但文學創作更是具體的，既是以景寫情、情景交融；文學還把人放在道德倫理的網絡上，看他如何選擇，而選擇又帶來怎樣的後果。

光按照一個理論寫，政治上正確了，但寫來呆板，沒有了氣味、顏色，沒有了紛亂的人世。人物光變成紙板！

從理論上討論香港，可以說後現代、可以說後殖民。談香港不能忽略殖民地背景，但香港作為殖民地跟印度作為殖民地不盡相同、跟越南或韓國作為殖民地也不盡相同，種種歷史和文化，不是從書本上讀來的，是從生活中體驗得來的。種種傲慢與偏見、政策上的疏漏、種種移前與後退、貧瘠中的豐富、正義裏夾帶偏狹，這些都未必完全是已有的討論殖民地的理論可以包容的。

但當然，我也不會傻得光是為了證明某些理論不足才去寫小說。對我來說，當然是由於我在這地方長大，很想理解這地方的問題，是甚麼形成了大部份人主流的意見呢？是甚麼歷史令那麼多人帶着偏見的看法呢？我在面對種種偏見中長大，想去理清問題，觀察不同的人生，去想他們經歷了怎樣的歷史而形成自己的想法而已。但每當我寫作，為甚麼總得面對理論的干預，為甚麼理論變成壓抑性的概括、理論帶着它的偏見，否定我們的探討，把我們複雜的文字放進它們容易消遣的小框框裏，失去了原來豐富的意義？

逐漸的，我愈來愈厭倦一些空疏的政治正確的理論，愈來愈想回到文學和電影豐富寬闊的人的世界，那裏有人的感情和思考，但卻不是教條。我們具體觀察一個人的言行舉止，才去決定他是怎樣的人。他的經驗，令我同情嗎？令我反省嗎？令我們把握到生活的實質嗎？小說首先是書寫的藝術，不失閱讀的樂趣，可以整理出想法來，卻並不是依據一套觀念寫出來的。小說，並不光是發表我這一代人的宣言，打倒前一代人！在人際關係的網絡中，有前一代的長者，有後一代的才俊，互相發生作用，組成不同的圖案，才是值得細賞的。

提出說香港的故事老被人誤解。連自省說香港的故事不容易說也要被人歪曲為排他的說法。讀理論的腦袋是不是出了問題？小說有趣，正因為它連起廣大的人生，以藝術去感染而不是以道理去強辯。我還是希望重新找到方法去寫不同的角色、去說出能夠與人溝通的故事。

閉上眼睛，浮現的是一張張男女老幼的臉孔，飄浮掠過，我能體會他們的細節，找到新的方法，說出他們的故事嗎？

三

說故事的困難，令我想到班哲明在〈說故事的人〉裏說到「互相交換經驗的能力」的消失。過去的道德經驗變成不切實際的空言，而目前溝通經驗的能力正在降低，我們在尋找說故事的人，提供言語、整理事實，讓讀者可以帶着友誼之情，找回衡量人性正常感情和事實的尺度？（但甚麼是正常呢？）

重讀班哲明的文章，我特別感興趣的是他提到「務實」、提到言語與經驗，但是卻對「判斷」與「解釋」抱有懷疑。比方他說到故事藝術與新聞資訊的分別：

> 每個早晨帶來全球的新聞。然而我們卻匱乏有意義的故事。因為每件事傳到我們耳中之前，都早已被他人闡釋盡透了。換言之，現時發生的一切，不會對說故事有甚麼幫助，一切發生的只有利於資訊。事實上，說故事的藝術，正賴於在敘說時擺脱強加的解釋。

班哲明把說故事比作手工藝。手工藝悠長細緻的製作，抗拒把一切撮要的企圖。故事邀請讀者一起去思索生命的意義。故事在誕生多時後，仍保有燦爛開放的能力。這些說法都令人嚮往。但我們同時也知道，今天在香港，正是以資訊取代了故事、以浮淺的是非短評月旦人物取代了故事，因而手工藝的製作方法，被視為不合時宜。同時，在一個不再要說故事、忽略了說故事所代表的意義的社會，在遇到危機時更少可供參考的經驗；不同社群更缺乏溝通經驗的能力，彼此更缺乏共識，更多暴戾地要否定他人經驗的言論。

在這樣的處境下，怎樣繼續去說故事呢？這樣問，是自己的反省而已。是打麵的師傅發覺好的大碌竹也難找了，材料變化了，人家亂用不新鮮的肉、靠用梳打粉去醃，社區的價值和要求，在日漸變化之下自問：怎樣才可以打出一盤盤爽口靚麵呢？

四

有人喜歡佛跳牆、九大簋、滿漢全席，我卻喜歡廣東點心、西班牙 Tapas，就這樣亂吃也可以當一餐。

跟朋友吃飯。午餐是四選二或三：頭盆、湯、主菜、甜品。人家的選的是要頭盆還是要甜品。我問：不要主菜成不成？

喜歡設計不同的菜單。最好是可以跟廚師商量。問今天市場有甚麼新鮮的東西，又比方這個人客只吃素的，春天可以弄一個五秀晚宴嗎？冬天弄一個怎樣的火煱？煲一個怎樣的湯，配甚麼小菜？設計菜單也是一種學問。

寫大時代的歷史，大家從五四以來都是寫三部曲。好像三部曲就是一道道宴客的主菜，把你吃得飽飽的。照足歷史的公式。滿漢全席。應有盡有。全面兼顧的結構。

我有時倒想吃街頭的小吃呢！我想設計一桌不那麼飽膩的小菜。一定要由乳豬開始嗎？一定要吃翅嗎？吃中式就不能吃星馬印？一定要先吃鹹再吃甜？不能混雜食材？可不可以大菜連起小菜，中菜加西菜，加上一些不能上桌的東西？能算一餐麼？也可以吃一頓有創意有趣味的晚飯吧。

五

寫這書，寫了許多不同年齡不同背景的人物，朋友問起是否有真實人物作為藍本？我想起西班牙大廚 Ferran Adrià 在艾布爾的烹飪方法。法倫半年開店，半年躲在巴薩隆那實驗室瓶罐試管間煅鍊他的魔術。他用各種食材做原料，但卻做了不少實驗，抽取特質，移換變化，不光剪裁配搭，兼且挪動形影。他的廚藝被稱為分子美食（Molecular Gastronomy），從食物材料的分子分解重構，偷天換日，看來是橄欖，似有那種味道，但卻已不是橄欖了。

寫作人像偵探也像間諜，在小巴上側耳聆聽家庭主婦的隱情、在渡輪上猜想波濤下沉屍的寃枉、在茶餐廳裏記錄閒言、在無聊的酒會淺嚐八卦。小說作者像奧登所說的在公道場裏公道，在齷齪裏也齷齪過夠。他上天下地、出生入死，神經過敏、浮想連翩，在實驗室裏發明時間機器、製造他的科學怪人，發展出不同的生命抉擇。

辛苦採來的材料未必有用，情報並非用來出賣賺錢、也不見得能建立甚麼權勢。小說家目的不在揭秘，也無意影射。他若與材料生活上十年，顯然不是要逞一時口舌之快，觀察別個身影已轉化成自己骨肉，微諷裏更多同情，若果不已是自嘲的話。

雲吞麵與分子美食是二元對立嗎？二者當然大有不同，但兩者的同異何妨都來慢慢細嚐？法倫在實驗室裏苦思調配原料，未嘗不像師傅研究如何試吃雲吞改進湯底。如果法倫生在香港吃慣雲吞麵，他也會用它從它來變出各種不同質感不同光澤色度的眾生吧？

鳴謝

香港的文化生態在九〇年代中逐漸有了轉變。九七年有許多感觸，但種種感覺總像說不分明。對人情世態的體會，往往不是來自順景中，到了站在邊旁，體會到世態炎涼，感受更多。退過一旁，對感情和事態的幅度也會看得寬廣一點。但當時香港報上已經沒有了長篇連載的篇幅，要抒發感觸，描繪人物，發展成一貫徹的故事也不容易。

前輩小說家王敬義重出江湖，把六〇年代的《純文學》復刊，邀我寫稿。彼此談起小說寫作甘苦，恍如老饕回顧陳年食譜。我從浪子史提芬的敍事角度寫了〈後殖民食物與愛情〉，發表在一九九八年的創刊號。我原想寫一個長篇，寫一群普通人在這階段的生活，不從極端的政治立場來寫對錯、不從正邪去寫角色好歹，而是從日常的愛情和飲食，寫平凡人物的感受和變化。沒有長篇的篇幅，也不知能不能寫下去，所以只好以短篇形式，開始寫作片段，本身有獨立的故事，待以後再嵌砌起來成一整體。刊出後也有回應，但我自己還不滿意，再增加一兩場，想把人物寫得立體點。同時友人閔福德好意翻譯這小説，在討論過程予我啓發。英譯刊在紐約的刊物上（John Minford and Jessie Chan translated: "Postcolonial Affairs of Food and the Heart", *Persimmon* Vol. I, No.3 Winter 2001, 42–57），也是比較完整的版本。這修訂的版本，後來台灣楊澤兄約稿，就交由《中國時報》連載（二〇〇二年五月六日至十二日）。日後這交叉相連的故事，還是有賴不同編輯、譯者、朋友的幫助，在不同場域書寫，參差把原來的想法發展出來，我衷心感激。

我當時不想循已成定論的方法寫香港，也不想只顧迷戀肚臍眼只看香港。九七後我對香港與亞洲或其他城市關係更感興趣，所以本想從國強和安的支線寫澳門。一九九九年澳門回歸，我當時有朋友在澳門，也關心澳門的情況，故續在《純文學》九九九年寫了〈濠江的水流〉，用了殺手的故事，但主要寫的不是政治，着眼點還是在寫人在動盪過渡時期不安定的感情吧了。這以後工作愈來愈忙碌，想寫的小説就擱下了。羅傑與阿素的故事一直想寫，這要到二〇〇二年夏蒙法國人文科學研究基金會和學者安妮居里安（Annie Curien）邀請參與「兩儀文舍」（ALIBI）的計劃，由我和法國作家傑克‧儒埃（Jacques Jouet）各就「名字」為題各寫一篇小說，譯成彼此的語文，並與譯者、評論家一起討論，我才趁這機緣寫出一直想寫的〈尋路在京都〉，中文初稿就發在國內的《天涯》。法文譯文發表在《八月雪》（*Neige d'août*, No.7, Winter, 2002），由詩人 Camille Loivier 所譯。我起先有點擔心日本文化的東西不易譯出，見面談起才知道，原來譯者對日本文藝極有心得，還譯過九鬼周造的美學論述。這故事後來還有谷內美江子日譯，得日本愛好文藝的同行西野由希子、燕子、秦嵐、赤堀由紀子策劃發表在《藍 Blue》特集專號上（No. 11, 12[2003], 94–113）。

原來整本書的計劃是寫一群角色，互相穿插在彼此的故事裏，有不同的視點和接觸範圍，人物在不同篇幅也各有輕重。開始了幾個人物的故事卻沒時間寫下去。香港報刊要發表小說也不容易。幸好陶然《香港文學》後來每年一次的小說專輯，給我機會把阿素的故事以另一個角度寫成〈愛美麗在屯門〉（二〇〇二年一月）、〈幸福的蕎麥麵〉（二〇〇四年二月），並在後者帶進阿麗絲和老何的故事，老何的故事的另一面見於〈西廂魅影〉（二〇〇三年二月）。感謝陶然讓我有機會把初稿寫出來。而老薛的故事〈溫哥華的私房菜〉（二〇〇四年十月）則因古劍所邀得以在《文學世紀》的小說專號完成及發表。

寫小說也是邊寫邊摸索。過去從八〇年代初執筆寫《煩惱娃娃的旅程》、九〇年寫作及編成《布拉格的明信片》，很想在敍事和語言上多所嘗試、試作實驗。後來寫目前這些故事的時候，反而想在人物方面多下功夫，也想多包容傳統或通俗的敍事手法。比方老薛是舊式人，我亦正在做五〇年代文學電影研究，便試用比較傳統的文字和敍事方法去寫；羅傑和阿素的一條線則比較現代，便有了電影的章法。〈愛美麗在屯門〉本是鼓勵同學寫西新界故事、鼓勵同學故事新編改寫流行電影，先行自作嘗試用陌生方法寫熟悉環境。寫這些小說時我不強調一定使用粵語，更有興趣在語感：老派或新派白話、翻譯小說語氣、甚至粵語的語感。

二〇〇五前後是創作的低潮吧。要頂起行政的擔子，確是創作的災難。本應休假，讓給同事先放假，結果也就無暇寫作了。但倒是常常想到那些人物。想寫了的怎樣可以再改好一點，未寫的該怎樣寫出來。故事放久一點再改也有好處，甚麼地方不自然，就很容易顯露出來。人物和故事自有它們的生命，有時也需要耐性去讓它逐漸顯現。

二〇〇六好不容易才申請到半年研究休假，研究稍有餘暇，回到這些小說，開始了其中最長的一篇。夏天又得外援，法國好友幫忙，讓我在修道院裏修行。修道院不講美食，亦無愛情，有了距離，當然最適合修訂食物與愛情的故事。有幸完成了老薛在香港的〈後殖民食神的愛情故事〉，得王德威教授推薦發表在《印刻文學雜誌》（二〇〇六年十一月）；我也讓老何外遊帶進一些其他角度：〈斯洛文尼亞故事〉、〈艾布爾的一夜〉（二〇〇六年）得盧婉珊和鄧烱榕約稿，發表在《號外》。

至此主要的小說好似都寫出來，只剩下修改編輯的工作就是了。但我仍然有故事想寫，我續寫完寫了許久的浪子史提芬後來的故事〈沿湄公河尋找杜哈絲〉（二〇〇七至二〇〇八），仍然幸賴陶然催稿得以完成，真要感謝一直寬容的陶然！而林沛理的鼓勵，亦令重新修訂的〈點心迴環轉〉（二〇〇七至二〇〇八）在《瞄》*Muse* 雜誌以中英文版本與讀者見面（還得高手 Eva Hung 譯出）。我特別想補回離開了老薛的小雪的生活。〈西廂魅影〉的故事還未完，我開始了〈續西廂〉，但到這裏又節外生枝，彷彿可以變成另一本獨立小說，在這本書之外，只好暫時放下了。這故事裏的人物，正如其他故事的人物，還在發展之中。有些是父親，有些是兒子。各有不同角度。他們辦食肆從成功到失敗了，他們從邂逅到分離了，另外一對人又或許發展了一段新感情了。有人去新加坡、有人往越南有所追尋，有人去台灣開展了新的生活。這些人的故事都未完。我繼續生活下去，這些角色也發展下去，抗拒一個輕易的定論。我得包容他們的各種可能，但我到最後也只能劃一個暫時的句號了！

今天在我們的社會中，要把這些故事說出來，找一個地方發表、印成一本書，可以有人看了大家互相討論，都變成不容易的事情了。幾位朋友先後對個別小說有所回應，對我無疑是空谷足音。老友葉輝在各方催稿十萬火急之下仍欲拔刀相助寫作長文，我皆心懷感激，即使聊聊數語亦是一番心意。畏友道群早年看過一兩篇說「未免太搞笑了」！我引為警惕，幾年下來用功把故事寫好，希望他還滿意，多謝他一向以來的支持，對此書的出版尤其照顧周到。這書從一九九八到二〇〇八寫了十一年，我特別感謝幫助這成為可能的各位朋友，讓大家可以通過不同故事而互相溝通。

ISBN 978-0-19-398722-7

後殖民食物與愛情